魅丽文化 花火工作室

小凰不是仙

新版

蜀客 著

廣東旅游出版社
GUANGDONG TRAVEL & TOURISM PRESS
悦读书·悦旅行·悦享人生

中国·广州

图书在版编目（CIP）数据

小凰不是仙 ： 新版 / 蜀客著． — 广州 ： 广东旅游出版社，2022.4
ISBN 978-7-5570-2648-6

Ⅰ．①小… Ⅱ．①蜀… Ⅲ．①言情小说－中国－当代 Ⅳ．① I247.5

中国版本图书馆 CIP 数据核字（2021）第 257739 号

小凰不是仙：新版
XIAOHUANG BUSHI XIAN：XINBAN

出 版 人：刘志松
总 策 划：曾英姿
责任编辑：梅哲坤
责任校对：李瑞苑
责任技编：冼志良

广东旅游出版社出版发行
地址：广州市荔湾区沙面北街 71 号首、二层
邮编：510130
电话：020-87347732
印刷：人民今典印务有限公司
（地址：湖南省长沙县黄花镇印刷工业园人民今典印务有限公司 电话：0731-82757135）
开本：880 毫米 ×1230 毫米　1/32
字数：290 千字
印张：10
版次：2022 年 4 月第 1 版
印次：2022 年 4 月第 1 次印刷
定价：45.00 元

目　录

第一章 神王朝华

茫茫天海，中有孤岛，岛上生扶桑树。

波平烟静，万籁俱寂。

突然，岛上一声鸡鸣划破云天，嘹亮、高亢，响彻六界。

东方露白，晨风拂晓。

扶桑树上，一群天鸡威风凛凛地站在枝头，头顶红冠闪闪，浑身五彩羽毛，鲜艳夺目，绝非凡鸡能比。从最高处领头的那只开始，每只鸡轮流一声接一声，带动人间万家鸡鸣。

刹那工夫，一轮红日跃出海面，霞光万丈。

天鸡们受到鼓舞，一个个昂首挺胸，得意扬扬，叫得越发起劲，唯独角落里有一只小天鸡缩着脖子，没精打采地蹲在枝叶间。

与别的天鸡不同，这只小天鸡长得实在不太好看，个头小不说，连羽毛也是灰黑色的，暗淡无光，简直是天鸡里烧锅炉的，被周围一群五彩斑斓的同伴映衬，格外惹眼。

没错，故事的主角就是它。

这只丑小天鸡的身体里，住着一个特别的灵魂，那就是我们的女主角——田真。

人家说鹤立鸡群，咱这算什么呢？

田真默默地用爪子挠头。

莫名来到这个世界，对于这场意外，她很想发表些包含不雅字词的感想，无奈岛上只有一群鸡，还是群货真价实的鸡，有灵魂却无太多灵性，很难交流，其实就算有人，估计也听不懂她的话。

田真悲戚，不能同鸡语，花了一晚上时间接受事实。

好吧，天鸡就天鸡，好歹也是鸡中神仙，不用担心被人割脖子。

但麻烦很快就来了。

感受到众天鸡不满的目光，田真欲哭无泪——知道你们肩负六界报晓的重大任务，可是你们难道就看不出咱是母鸡？报晓这活儿是咱干的吗？

田真低头瞧着羽毛叹气，忽觉后背剧痛，扭头看，只见周围所有天鸡都竖了脖子毛，极不友好地瞪着自己，顿时头皮发麻。

坏了，嫌咱偷懒呢！

见她没动静儿，旁边那只大天鸡再狠狠地啄了她一口，这回啄下了一根羽毛。

人落天海被鸡欺，田真又疼又无奈，考虑到这些鸡禽畜本性居多，交流不得，继续装模作样很可能遭到群殴，她连忙伸长脖子学着叫了一声。

茫茫天海，一片沉寂。

奇异的鸣声，高亢而不尖锐，悠扬悦耳，带着空旷缥缈的余音响彻行云，足以令万物沉醉。

所有天鸡都呆住。

这是……咱的声音？田真自己也不相信，再叫一声。

众鸡陶醉，冉冉上升的红日停住。

这儿的母鸡打鸣比公鸡厉害？田真总算发现一项特长，正沾沾自喜，头顶忽然传来另一个声音——

“小凤凰？”

声音极其动听，清澈、婉转、优雅……这些词远不足以形容。柔而不阴，恰到好处，其中隐隐带了种奇特的吸引力，相较之下，方才的鸣叫声也逊了几分。

田真正努力适应天鸡身份，陡然听到人语反而不习惯——昨天刚到这个世界，没见这小破岛住人呀！

“我说听着像，果然在这里。”那天籁般的声音叹息道，隐约藏了一丝笑意。

确定是人话，田真大喜，仰头看。

那是……凤凰！

一只巨大的火凤凰停在半空，双目清澈，尽显傲气，头顶羽冠精神，凤翼张开足有两丈，灿烂若锦，长长的尾羽金光闪闪。和它一比，树上那些五彩的天鸡简直就成了乌鸦。

暴发户和天生贵族的区别啊！田真眼睛也不眨，望着凤凰……上面的男人流口水。

金边白衣，金色腰带，长发披垂，凤眼中的温柔溺得死人。至于他的年龄，说年轻吧，庄重之相偏又暗含威严；说老吧，看着那张无与伦比的脸会内疚的。

周身被淡淡的圣光环绕，美丽、祥和。

圣父——田真的脑海里蹦出这个词。

白衣圣父稳坐凤背，笑容比初升的朝阳更温暖和煦：“小凤凰，还要留在这里吗？”

小凤凰？他骑大凤凰来找小凤凰？田真下意识地左右乱瞧，没等她找到目标，一只修长漂亮的手就伸过来，将她拎入洁白的怀抱。

怀抱宽大，异香扑鼻，田真血压狂飙、头脑发昏。

“我们神羽族的小凤凰，怎的沦落入了鸡群？”他轻轻整理她的羽毛，语气含着三分疼爱，又有三分戏谑，“居然学打鸣！”

凤凰？小凤凰？

田真回头瞧瞧扶桑树上的那群天鸡，突然有种“仰天大笑出门去”的冲动——谁说只有丑小鸭变白天鹅的，咱丑小鸡今天也变小凤凰！

白衣圣父微笑："凤凰岂能逗留鸡群，我带你去该去的地方，好不好？"

田真点头不止。

白衣圣父见状待要说话，却又停住，转脸看向另一边。

海天之际，无数密密麻麻的黑点由远及近，整齐地朝这边移来，在百丈之外停住，看样子竟是许多鸟儿。

眨眼间，一团黑影至眼前。

那是只威武的大鹏。

大鹏瞬间收了羽翼，化为人形，身披战甲，乃是一个四十来岁、将军模样的人。他缓缓降落，恭敬地朝白衣圣父作揖："垂天率北海九天鲲鹏部，参见朝华君。"

朝华君？田真暗暗记下这名字，看来是位领导。

朝华君安然受礼，亲切地称他为"大鹏王"，又问："陛下点将？"

垂天回道："正是，魔神犯界，属下奉旨回北海调兵，闻朝华君路过，故在此等候。"

朝华君道："保举你入朝，这些年你立功无数，令我欣慰，神羽族以你为荣。"

垂天忙道："属下自当竭尽全力，为陛下、为吾王效命。"

朝华君点头："战事紧，就不必多礼了，你且去吧。"

垂天告退。

朝华君想起一事，叫住他："这里有只浴火重生的小凤凰，我看她是侥幸度劫，保住性命，却伤了彩羽，所以迷失本性误入鸡群，你来了正好，顺便把她带回北海凤族吧。"

垂天道了声"遵命"，上前来接田真。

田真望望那双锐利的三角眼和满下巴的胡子，再望望朝华君俊美的脸，果断地竖起脖子毛，扑棱着翅膀，两只爪子死死抓住朝华君的前襟不放。

朝华君忍不住笑了："你可是不愿去北海？"

田真连连点头。

原是听到本族子民学鸡叫，循声而来，看她糊涂不知身份，有心送她归族，谁知小凤凰无半点修为也这么通灵性，朝华君多了两分喜爱，抬指托起她的小脑袋："好乖巧的小凰儿，既不愿去，那便随我回羽漠天宫修行吧。"

神啊！那微笑太耀眼！田真眩晕了，把有关这场意外事故感想里的不雅字词去掉。

其实当鸟不错……

朝华君执掌神羽族数万年，一片爱护子民之心，哪里知道小凤凰身体里其实住着别的灵魂。他挥手令垂天退下，乘火凤冉冉升起。

凤翼轻扇，瞬息八千里，直向天庭而去。

过天海，便是莽莽大荒，其中云迷雾绕，有一山，山名优婆，高耸入云，望不见顶，怪石嶙峋，极为险峻。

夜冷，天风疾扫。

山脚下，夜明珠光芒闪烁，掀起夜帷一角。

大荒未设驿站，夜里赶路颇有不便，朝华君便命火凤降落在这优婆山下，将就过一夜。

火凤飞了一整天也累了，远远蹲在岩石上闭目歇息。夜明珠的光蓝中透紫，异常美丽，可是田真始终觉得比不上人间灯火，那种光缺乏温度，更显出四周一片冷寂。

朝华君抱着她坐在地上，俊美的脸在珠光的映照下显得有点暗淡，他静静地看着面前的优婆山，似乎出神。

腹内饥饿，田真急躁。

领导会不会养鸟？

察觉她的不安，朝华君回神，轻抚她的羽毛："小凰儿？"

田真思考着该怎么表达饥饿。

"饿了吗？"朝华君莞尔，放开她，"去寻吃的吧。"

田真松了口气，自他怀里跳下地，踱了几步，开始犯难——这荒郊野外能找到什么吃的？难不成……看着地上的蚯蚓爬虫，胃自动抽搐，田真最终回到朝华君面前，望着他摇头——咱不吃虫，咱要吃饭……

朝华君早已看得发笑："幸亏不吃虫子，否则就真成天鸡了。"

真成鸡也吃不下，田真暗忖。

朝华君自袖中取出一朵晶莹的蘑菇，哄她道："我身边并无练实，你既不愿去寻，这里有前日鹤部送上的玉灵芝，先将就着吃好吗？"

"将就"着吃灵芝？田真暗喜，这是个有钱的领导，待遇不错。

漂亮的手将灵芝掰碎，用掌心托着放到她嘴边。

田真实在太饿，低头一块一块啄来吃了，顺便吻了无数次领导的手表示敬仰。

朝华君看她吃完，又从袖内取出一把小壶和一个小金杯："此乃梧桐露与竹叶泉酿的酒，暂且当泉水饮吧。"

田真啜了两口酒，只觉余香无穷，于是心满意足地朝他点头表示感谢。

但凡禽鸟遇王者之气，无不低头臣服，偏这小凤凰一点儿不怕，朝华君也觉惊奇，抱起她柔声道："睡吧，明日还要赶路。"

沉溺在美男的温柔里，田真迷迷糊糊地睡去。

被风吹醒，已是半夜。

夜明珠依旧散发着冷幽幽的光，不远处火凤在岩石上沉睡，唯独身旁空空的不见了人。

远处无边黑暗，送来凉意重重。

田真站起来四下张望，不见朝华君，连忙跑过去啄火凤。

火凤被吵醒，大为不悦，见主人不在，一翅膀将她扇了个跟斗。

不懂凤凰的交流方式，田真无奈，又不敢再惹它，只好试着拍拍翅膀，由于羽毛受损，虽然勉强能飞起来，却甚是吃力。

优婆山很大，山脚有树林也有乱石堆，风萧瑟，树木摇晃如鬼影。

口衔夜明珠，因怕迷路，田真按照固定路线小心翼翼地绕优婆山山脚低飞，心里直发毛，已经开始后悔了——能当大鹏王垂天的领导，朝华君地位不低，敢独自出门，应该也有两下子，会有什么事？说不定他只是出去溜达溜达而已。

找到退缩的理由，田真的勇气全面崩溃，决定掉头回去。

正在此时，头顶忽有一道耀眼的红光闪过。

什么东西？田真吓得险些从半空摔落。

眨眼间红光灭，前方枯树干上坐了个小小人影。那是个十来岁的小孩儿，红色小袍子在夜中分外醒目，白底红花纹的护肩护腕和腰带，脚蹬一双褐色小靴，圆乎乎的小脸并不显胖，眉清目秀，满头红发披散肩头、胸前，戴着银质的嵌宝石的精致额饰和发饰，贵气又可爱。

谁家小孩儿这么漂亮！田真目瞪口呆。

小孩儿看着她甜甜笑："哈，小凤凰！"

见他一派天真的模样，田真母性大发，情不自禁地点头：你好小"正太"！

"小凤凰好漂亮！"小孩儿拍手称赞。

出自孩子的赞美是最令人愉快的，田真扭头看满身灰羽，呃，好像也不那么难看，真有点漂亮……

小孩儿探手入怀，引诱："过来，我给你吃竹子果好不好？"

咱不吃竹子果，可是咱不介意让漂亮小"正太"抱一抱。田真被夸得飘飘然，飞过去停在他肩头，拿翅膀"摸"那可爱的小脸。

小孩儿笑眯眯地抱住她，不知从哪里摸出把寒光闪闪的匕首："神羽族的凤凰血，疗伤圣药呢，总算遇上一只，运气真好呀。"

嘿，这是做什么！田真大惊。

天真烂漫的笑容变得邪恶，小孩儿毫不客气地拎过她的脖子，拿匕首一划，血立即流下，滴在准备好的小瓶子里，一系列动作干净又利落。

田真疼得翻白眼，直扑棱。

死了死了！"腹黑"小"正太"，太邪恶、太可怕了！

"这么丑的凤凰，真可怜，"小孩儿叹了口气，同情地抓住她的翅膀，制止她挣扎，"放心啦，我只要你的血。"

田真差点气晕。

臭小子，满嘴花言巧语，敢放老娘的血！

小孩儿接了半瓶血，还很认真地替她处理好伤口，这才心满意足地摸摸她的脑袋："再放血你就要死了，我下回再找你吧。"

田真已经头昏眼花，听到还有"下回"，一个哆嗦，差点哭出来。

小魔头，我不惹你了成不？

"路小残，你又在做什么？"

听到那声音，田真如获救星，有气无力地拍翅膀求救。

路小残丢开她："伯伯好！"

朝华君挥袖将田真接入怀，仔细一看便明白发生了什么事，半是无奈半是气怒地道："既然认得我，为何伤我族类？"

路小残跳下地，单膝跪着行礼："这只丑凤凰太笨了，我顺便借点血，没来得及禀告伯伯，望伯伯恕罪。"

朝华君忍怒问："何事找来？"

"父皇命我转告伯伯，别让那只大鹏来送死，"路小残爬起来，拍拍膝盖上的土，"这次是父皇亲征，说看在伯伯的面上，他不想杀神羽族的人。"

他要亲征？事情严重了。朝华君轻轻叹息："你就说陛下亲自点将，羽族实难抗命，望他留情。"

路小残笑嘻嘻地应下："伯伯把这只丑凤凰送给我吧。"

要养着咱放血？田真受到刺激，立马望朝华君。

朝华君皱眉。

"算啦，伯伯一向是最小气的，不要了！"路小残见势不妙，立即化为红光逃走。

顾及身份，朝华君到底不好真与他计较，低头唤："小凰儿？"

田真耷拉着脑袋不作声。

人家是领导的亲戚，咱能计较吗？还是识相点接受精神安抚吧。

朝华君抬头望望面前的高山，轻声责备："怎的乱跑！这优婆山险得很呢，很多神仙妖魔都在这里……出事了。"

那你还选在这里过夜？田真暗暗诧异，终究是失血过多，沉沉地睡了过去。

路小残前来报信，朝华君明白这次战事不同以往，再也不敢停留，带着田真匆匆赶路，没几日便抵达天庭。

天音悦耳，神光普照，远处是金碧辉煌的宫墙，自半空望去，庞大的宫殿群望不到边，其中无数楼台高耸，一色的琉璃瓦屋顶，精美、壮观。

宫墙外是闪闪天河，河面广阔，宽约两里，水光映天光，一座白色长桥自河上飞过，直达对面宫门，如卧波长虹，气势壮极。大道两旁皆设有披金甲执长枪的守卫，每二十步一名，威风凛凛。

这就是天庭？田真探出脑袋张望。

火凤稳稳地降落在桥头平台上，早有两名侍者等候在台上，远远望见朝华君，都迎上来躬身行礼。

朝华君抱着田真走下凤背，微笑："两位天官久候。"

地位略高的那名侍者忙笑道："陛下让小神在此等候，朝华君不必去正殿了，陛下现在在星宿台。"

说话间，另一名侍者上来将火凤引走。

这侍者说完便躬身示意，请朝华君走在前，自己则落后半步陪在旁边，适时指引方向。

顺大道进宫门，在庞大的宫殿群间穿梭，人变成了鸟，所有东西看在眼里都自动放大了几倍。高大的台阶，高大的蟠龙柱，宽阔的广场，天庭的地皮显然不贵，光殿宇就修建了上百座，雄伟庄严。

不知走过多少座桥，转过多少回廊，最后侍者竟领着朝华君又从另一道宫门出去了。

天河畔，高台入云。

"自去玩吧，"朝华君放下田真，吩咐，"不可走远。"

带只鸟去见那位"陛下"未免不敬，田真理解，踱着小步子在原地打转，点头表示听懂了。

旁边的侍者见状赞道："这小乌鸦好乖巧！"

乌鸦？田真竖毛。

朝华君忍不住笑道："那是只小凰，度劫重生出了意外，伤了彩羽。"

侍者尴尬，忙道："小神就说鸦族岂有这般贵气的，原来是王族。"

贵气？田真扭头瞧自己的一身灰毛。

朝华君抿了抿嘴，转身沿石级登上台去了。

圣父一笑，光芒万丈。田真正站在原地回味呢，突然，耳畔传来一阵嘈杂的蹄声。

马蹄声由远及近，震耳欲聋，定睛一看，只见河对面大道上烟尘滚滚，无数天兵整齐列队，雄赳赳气昂昂地开过，或步行，或骑天马，有扛旗的、带刀的、负弓的……许久望不见尽头。

田真被那气势镇住，连忙跑到对岸，跳上桥头栏杆当观众。

"文犀，你小子会打仗吗？"

"话不能这么说，倘若魔界来了女将，却是非他上不可的。"

几个骑马的天兵嬉笑嘲弄一名小兵，那小兵似没听见，只低头不语。

哪儿都有这种欺负弱者的事啊，田真暗自同情。接着就听得天马低嘶，那小兵的坐骑忽然受惊，狂躁之下昂首立起，在原地打了两个转，带着他直往前冲，天兵们纷纷惊叫避让，队伍立时大乱。

"扑通"一声响，水花四溅，小兵控制不住，竟连人带马掉入了天河！

幸好天兵都有点法力，他也应变极快，立即足尖点水跃起，落回岸上。

"这小子骑马都骑进河里！"

"生一副女人相，打什么仗！"

由于离得近，事情经过田真看得清楚，分明是旁边那几人使计捉弄他的。

队伍散乱，一名将领打马上前，厉声呵斥："谁在闹事？"

先前嘲笑的几个天兵都住了口，谁也不敢多说。

岸边河水不深，仅淹至马腹，那马因为发怒仍挣扎不已，小兵双手死死拽住缰绳，以防它挣脱，却无论如何也拉不回来，又不能放手，只好尴尬地回道："是文犀不慎让马受惊，掉进了天河。"

"又是你，废物！"将领劈头给了他一鞭子，"成事不足，败事有余！"

文犀默然，并不分辩。

"都给我走好！"将领大声喝令，重新整好队，然后转身朝文犀骂道，"没用的东西，还不给我拉回来，大军马上起程，误了战机拿你问罪！"

文犀讷讷应下，使劲拉那马。

事情发展出乎意料，想不到他这么能忍，田真心中那些怜悯转变成了敬意，留神看了他两眼，发现此人生得极美，玉面朱唇，双眉斜飞入鬓，更难得的是，虽遭暗算、被众人耻笑，他却并无半分怨恨之意，眉宇间始终有种恬淡平和的气质。

见大军去远，那马还在水里拉不回来，田真也替他着急了，于是展翅飞过去，想助他一臂之力。

文犀意外："小凤凰？"

好眼力！田真更卖力地朝天马扇翅膀，往岸边驱赶。

就冲这声凤凰，咱也帮定你了！

忽然，那天马一声惨哼，自眼前消失不见，却是被一股大力生生自水里拉起。

田真不解地抬头。

马已回到岸上，文犀悠闲地拉着缰绳，微笑着看她。

田真心下震惊。

这小小天兵竟是个深藏不露的高手！

目如秋水，深不可测，文犀低声道："多谢你，小凤凰。"

有了被路小残放血的教训，田真凡事都会首先考虑自身安全——一个人肯忍辱负重，其中必有内情，如果让他发现咱什么都明白，会不会杀鸟灭口？于是她对这份谢意不予回应，扑棱着翅膀落回桥头。

看出她无半点修为，不过是普通灵禽一只，文犀果然没有防备，对着她出了会儿神，不知道想了些什么，之后便翻身上马追赶大军去了。

田真目送他消失，跳下桥栏杆，在附近随便溜达了几圈，居然收获不小。

例如：某神与某神女有情，掌管宝库的某神私吞了一批礼物，甚至还有某妃子要拿药害另一位有孕的妃子……

这世界不太平哪，许多秘密只有鸟才能发现！田真以爪抚额。

为了小命，咱要做一只不多嘴的鸟。

估摸着时候差不多了，田真顺着大桥往回走，很快听到前面有人在说话。

“就这么定了，朕稍后下旨。”

声音很年轻，中气十足，亲切虽有，威严更多。

田真连忙停住抬眼看去，只见朝华君与一个男人站在星宿台下，几名侍者恭敬立于数米外。那男人金袍玉带，身材颀长，由于背对这边，看不到相貌，方才的话正出自他之口，他既自称“朕”，身份已无须猜测。

朝华君道：“陛下三思。”

“表兄一路辛苦，就早点歇息吧，明日动身。”神帝打断他，拍着他的肩笑道，“眼下除了表兄，这帮废物没一个能替朕分忧，不可再推脱，稍后弟妹还要来拜你。”

说完，他自顾自带着几名侍者进宫门去了，只留下朝华君与先前引路的那名侍者。

侍者笑道：“陛下主意已定，朝华君请吧。”

朝华君无奈，侧身唤道：“小凰儿？”

听到温柔的呼唤，田真叫了一声，习惯性地快步过去。

瞧她两条小腿在地上飞跑，朝华君忍俊不禁，将她抱起来：“再让你留在天鸡群，怕是连怎么飞都要忘了。”

侍者引着他进宫门，边走边道：“朝华君此去东原阴山督战，定然能解陛下之忧。”

朝华君道：“有战神亲自把守，陛下何须忧心！不过是命我前去看看战况，安抚三军而已。”

侍者叹气，低声道：“不瞒朝华君，魔神之威非同小可，战神也只能设阵困住他，此战要胜，须是朝华君出面。”

朝华君皱眉道："圣无名妄言，岂能当真。"

侍者道："有乱平乱，无乱生乱，不臣而走，这话都已经应验了，他反去魔界是天意注定，此事应在神羽族，前几次有朝华君在，可不就胜了。"

朝华君苦笑。

别人来你的地盘杀了几万天兵，然后毫发无伤地收兵回去，这叫你胜了吗？不过都是自欺欺人而已。

魔神作乱？田真听出个大概。

也对，有神，就必定有魔，不然拿什么给这帮天兵"练级"呢！

天庭设有专门接待神王的园子，几名侍女早已等在门口，纷纷矮身作礼，引朝华君至房间，侍者再陪着说了几句话，便告退离去。

侍女取了练实过来，朝华君将田真放到桌上，示意她吃。田真瞧瞧小竹米，终无食欲，将脑袋插进翅膀。

朝华君拍她："怎的不吃东西？"

感受到担心，田真伸出脑袋跳两下，表示无事。

想她先前吃过玉灵芝，朝华君便不再劝，很快就有两名美姬走进来作礼，娇声道："竹泉已备好，请朝华君前去沐浴。"

朝华君吩咐田真："在房间玩耍，不可乱跑。"

目送他出门，田真忽然听到一阵低低的笑声，两名美姬正暧昧地互相伸手推对方，再留神一瞧，二女身上虽披着宽大外衫，里面却仅穿着薄得可以忽略的轻衫，田真顿时明了——姐姐，穿成这样，分明是你们想拉个美男陪浴吧！

让你们服侍，领导清白不保。

当然，也许此人非常乐意……

田真发誓自己对美貌领导沐浴绝对没兴趣，只不过内心生起了一种强烈的正义感，想要调查下这位领导的生活作风问题，于是她跳下地，连蹦带跳地跟着溜出门去了。

园后有大片竹林，林中有白色轻烟升起，几扇高高的素色屏风挡在四周，方才那两名美姬手里捧着干净的衣裳冠带等物，相视一笑，走了进去。

“放下吧。”

“陛下吩咐，让妾身伺候朝华君沐浴。”

哎哟喂！田真用翅膀捂嘴，这位陛下真是体恤下级，上战场前知道先派美女慰劳，还安排两个！

半晌，里面传来朝华君的声音：“不必，都下去吧。”

两名美姬出来，满脸失望之色。

好吧，事实证明咱领导是位正“神”君子，田真肃然起敬。

堂堂羽族神王，脾气再好，也不代表你可以在他跟前放肆，二女纵有不甘，也没胆子再进去自荐，只好放弃，依依不舍地走了几步，忽然瞟见一道灰影从脚边溜过。

“这只丑凤凰跑出来了！”一女低呼。

另一女看了两眼，偷笑道：“我还当凤族全都是朝华君和霓妃那样的呢，原来也有这么丑的！”

丑怎么了，再丑咱也是凤凰！田真自我安慰，看不出来咱这领导也是只大凤凰！等等，霓妃？刚在外面听墙角，有位妃子要拿药害另一位怀孕的妃子，那怀孕的妃子好像正是叫什么霓妃，大家都是凤凰，要不要告诉朝华君救她呢……

“别让它乱跑，出事了不好交代。”一女要过来捉她。

“罢了，”旁边那个制止她，撇嘴，“这么丑，谁会把它怎样。”

冷眼看二女离去，田真用嘴理了理灰毛，咱这叫长得安全……

很快，屏风内隐隐传来水声。

“阿米豆腐”，色即是空，作为一只高尚的鸟，田真怏怏地转身，打算原路返回，谁知还没等她走出竹林，迎面就有一名少妇挽着一名女子走来，身后跟着几名侍女。

那少妇修眉高髻，钗环额饰光彩夺目，衣着极其华贵，佩戴着金绣云纹霞帔，七分美貌，三分威仪。被她挽着的紫衣女子也很年轻秀美，满脸娇羞，眼睛悄悄朝这边望。

田真见状即明了，挺胸立正。

前狼后虎，领导您就是那块唐僧肉啊！

少妇笑着将紫衣女子一推，然后领着侍女走了。四下无人，紫衣女子收了羞涩，唇边泛起一丝不易察觉的笑，低头将自己全身上下检查了一遍，保证目前处于最美状态之后才漫步朝屏风这边过来。

太有心计了！美女你专业拍戏的？田真开始想象后面的情节。

一声惊呼，美女捂住脸，一扭小腰，一跺小脚，跑出去叫得尽人皆知，然后先前那位贵妇立刻跳出来说：哀家替你做主……

翩翩君子美女好逑，本来很正常，问题是咱那凤凰领导一办完正事就喂鸟沐浴，并没有去看你的打算，可见未必喜欢你，这么设计对他是不是太不公平？

作为称职的下属，不能让领导陷入被动，田真毅然抛弃“鸟品”，冲进屏风。

温暖的气息如潮水般包围过来，面前是个白石砌的池子，水汽蒸腾，池中有一人，高高的鼻梁，从侧面看去线条更加优美，凤目微闭，神色安详，长发湿漉漉地贴着脸和后背，泉水仅淹没至胸前，那紧实的胸膛……

发现动静，他抬起脸。

鼻子一阵热，田真马上仰头望天，不能多看，省着点儿，好不容易补起来的血……

“小凰儿？”朝华君惊讶。

田真被唤回神，想起正事，连忙朝屏风外摇头示意。

身为羽族之王，朝华君本是熟悉各种鸣声，从而判断族民们要表达什么意思，可惜田真是只冒牌凤凰，根本不懂鸟语，所幸凤族浴火重生乃是一大劫，什么意外都可能发生，朝华君这才没怀疑。

拿她当寻常灵禽看待，朝华君忽略自己正在沐浴的事，柔声安慰：“莫急，你想说什么？”

田真一时想不出该怎么表达“起来”这个词，索性翻身躺倒在地，然后跳起，接连重复好几遍。

朝华君担忧：“站立不稳，莫非病了？”

见他从水里起身要来抱自己进行检查，田真大受刺激，连忙闭眼：“阿米豆腐”，咱绝对不是故意的，是你非要让我看的，咱还是只好鸟……

朝华君越发惊疑：“小凰儿，怎么了？”

我没怎么，是领导您要成为“裸照门”主角了，田真叹气，叼过衣裳往他面前一丢，然后飞到屏风顶，可巧那紫衣女子正要进来，她想也不想便展翅俯冲下去。

迎面黑影掠过，紫衣女子冷不防被吓一跳，花容失色，惊叫后退。

要的就是这效果，咱现在是鸟，鸟做什么都是正常的，美女对不起了啊！田真完成高难度飞行动作，满意地落回屏风顶上蹲着，没有继续捉弄她，毕竟这里人人都有法力，解决一只小小鸟不是问题。

果然，朝华君衣衫整齐地自屏风内出来了，神情略显严厉：“不是叫你们退下了吗？”

他依旧穿一身带金边的白袍，只不过头上已换了细窄的金色高冠束发，看起来更加优雅贵气。

田真佩服。

领导就是领导，穿衣速度非我等能比。

好事被鸟破坏，紫衣女子倒也镇定，迅速掩去尴尬之色，做出吃惊的样子：“朝华君？”

朝华君认识她：“恒月神女？”

紫衣女子盈盈下拜：“恒月姬见过朝华君。”

朝华君面色和缓了些：“你为何在这里？”

“方才与神后娘娘一同过来的，”恒月姬笑得风情万种，无限温柔地望着屏风顶的田真，“原是随便走动，见这只小凤凰生得乖巧，我很喜欢，怕它迷路，所以跟着来了这里，想不到朝华君也在。”

多爱鸟的美女啊！田真差点吐血身亡。

朝华君似信了，责备田真：“让你留在房间，怎的出来乱跑，惊了神女！”

叫你管闲事，叫你挡别人桃花，自食其果了吧，活该被抽！田真用翅膀狠狠扇了自己一耳光，灰溜溜地跳到地上，低头赔罪。

恒月姬俯身，亲切地摸她的脑袋，微笑如圣母："无心之过，朝华君就别骂它了。"

是是，我承认是我之过，美女姐姐你可别爆我的头啊！田真望着那尖尖的长长的指甲，汗毛竖起来，直往后躲。

朝华君微倾上身，示意："凰儿。"

听到召唤，田真马上飞起扑到他怀里。

朝华君轻抚她的背表示安慰，问："神后娘娘何在？"

恒月姬忙道："娘娘在厅上等候朝华君。"

神后果然坐在厅上，朝华君刚进门还未来得及作揖，她倒飞快站起身，先迎上来拜了一拜："听陛下说表哥来了，不曾迎接，失礼。"

朝华君放了田真，回大礼："适才怠慢，娘娘恕罪。"

"呀，好丑的小凤凰！"神后惊讶。

田真泪，默默踱到墙角。

神啊，不是说心灵美才最重要吗……

朝华君将她浴火重生的意外大略解释了一下，请神后坐，神后却再三让他先坐了，自己才肯归座，她笑看恒月姬："方才恒月妹妹要出去走走，怎的这么巧，竟与表哥一起回来？"

恒月姬笑得不太自然，答了句"竹林巧遇"。

见朝华君面色如常，神后知道出了意外，于是移开话题，关切道："表哥那边可有德音龙女的消息了？"

朝华君摇头。

看清凤目里的黯然之色，田真疑惑，德音龙女又是谁？

"陛下派了人一直在优婆山四周找寻。"神后叹息，低声劝道，"自德音妹子失踪，都过去二十年了，表哥不能总这么下去。"

朝华君显然不愿继续这话题："听说霓妃娘娘那边有喜事？"

听到“霓妃”二字，田真立马集中精神。

“正是来告诉表哥这件喜事呢。”神后眼波流动，脸上依旧带着完美的微笑，她抬手吩咐众侍女，“都退下吧。”

等恒月姬与侍女们都退了出去，神后的笑容迅速变冷，轻哼了一声：“霓妃不能侍奉，那荷妃又开始不安分，陛下最近常去她那边，本宫只担心她又要生事……”

朝华君温文依旧，打断她：“太子勤奋有为，神羽族自当全力扶持，陛下是明白的，娘娘忧心太过。”

“朝华君说得是，的确是本宫多虑了。”神后展颜，左右是为了这句话，撮合他与恒月姬，是想加深关系罢了，提到自己儿子，她语气颇有几分得意，“我们凤族血统岂是贱荷能比的，如今陛下极看重太子，也常来本宫这里。”停了停，她忙道，“太子原本要来见朝华君，被陛下临时叫去了。”

朝华君含蓄道：“娘娘出身神羽族，本不该往来过密，太子更当避嫌，以免授人话柄，也让陛下安心。”

“本宫明白，”神后点头道，“只是霓妃有孕，各族打听到消息，都争着送人来，本宫此番来，是想问你可有准备。”

朝华君不答，站起身负手踱了几步，忽然道：“霓妃有孕，必惹人忌惮，她既是我凤族子民，又是霓将军之女，我当初做主送她到天庭，倘若出什么事，恐怕族人心寒。”

“朝华君放心，本宫吃不过来这些醋，也只有太子这一个指望。”神后无奈地笑了笑，“不是她，就是别人，自己人多少算臂膀，这些年她对本宫和太子还算忠心，多次在陛下面前为太子美言，只要她安守本分，本宫定然护她们母子周全，否则还有谁会替我们办事？若非本宫暗中留意，那些贱人早已对她下手了。”

朝华君满意地点头：“娘娘能为大局着想就好。”

关于霓妃可能被害的事，田真原本还忐忑，不知道该不该告诉他，孰料听到这番对话，一时大受打击——呵呵，还当是听墙角得来的独家新闻，结果人家早料到了，领导看似温文尔雅，实际上极品“腹黑”！这些大神一个个都比猴子还精，哪用我等小小鸟瞎操心！

“新的人选……”

“我自有安排。”

得他这话，神后放了心，起身让侍女们进来：“时候不早了，本宫就回去了。”

朝华君作礼：“恭送娘娘。”

神后道：“表哥太多礼，免了吧。”

恒月姬嫣然道：“听说朝华君明早要赶去东原阴山督战，还望保重。”

朝华君称谢。

至晚间，檐角嵌着的拳头大的明珠开始放光，乐声消失，天庭夜色冷清，侍女们摆上膳食，丰富的一桌，五颜六色。

朝华君独立窗前，珠光里不见温润面容，背影透出一片孤寂萧索。

许久，他才转过身来。

桌上有团黑影，是田真悄无声息地站在那儿眨眼睛。

“小凰儿通晓人意，也伤心吗？”朝华君轻声问，唇边的微笑有点苦涩，“德音在优婆山失踪后，我已找了这么多年，却仍无半点消息，她究竟……出了何事？”

那样的目光，与平日精明淡定的形象相去太远，田真不由得愣了一下。

咱不伤心，事实上咱只是等着吃饭。

怪不得他那夜在优婆山下会说那样的话，原来出事的人就包括他的女朋友德音龙女。

其实按照田真的理论，伤心和吃饭是两码事，伤心本来就痛苦，再伤胃那就更不划算了。领导伤心，咱愿意陪着伤心一下，但你快伤心完来吃饭吧，要不然咱先吃饭再继续伤心？

“我早该想到她的脾气倔，赌气离开定然会出事。”朝华君抱起她，“二十年、二十年了，小凰儿你说，我是不是该死心，或许她已经……”

黑幽幽的眼睛，恰似夜空的颜色，田真看得心里一动。

电视剧与杂志告诉女人，不要试图去安慰一个受伤的男人，否则闪着母性光辉的你会爱上他的。

田真连忙低下头。

能寻找一个女人二十年，比起神帝陛下，他已经算大情种。

感受到背上那手温柔地抚着她的羽毛，渐渐地，整个怀抱里，甚至空气中都满是忧伤了。

田真终于还是伸出翅膀，在他手臂上轻轻拍了拍。

见她有安慰的意思，朝华君半是惊讶半是欢喜："凰儿，你听得懂吗？"

咱懂的比你想象的要多，田真点头。

心中的愁闷消解大半，朝华君取过练实喂她。

领导不能搞特殊啊，你吃饭菜，给咱吃这玩意儿？田真扭头，纵身从他怀里跳出来，围着桌子上的饭菜打转。

神界食物不似凡间五谷，并无浊气，清香扑鼻。

莫不是它要吃饭？朝华君愣了一下，有心试探，索性将自己的饭食推到田真面前。

得到允许，田真大口啄起来。

凤族素以练实为食，忽然遇上个例外的，朝华君暗暗称奇："原来小凰儿是吃饭的。"

与鸟共桌多少影响胃口，田真过意不去，用爪子将一盘菜推到他面前，然后转到另一边背对着他继续吃。

多年无人陪着吃饭，今日对面竟是只尚未修得人身的小凤凰，朝华君不由得笑道："既然这么有灵气，将来若用心修行，定然能修得人形。"

田真忽略这句话。

当人当太久也很腻的，当鸟有美男抱、有八卦听，哪里不好了？

第二章 神杀之威

神帝的旨意当夜传到，命朝华君代为前往东原阴山督战。翌日清晨天未亮，朝华君抱起睡得迷迷糊糊的田真，由月族将军带五千人马护送起程。

当鸟多好，不用上班，一觉睡到自然醒，田真在梦中抱着翅膀翻滚，几百年修来的幸福日子啊。

蹄声细碎，身下摇啊摇……好像是在坐车？

“你带只乌鸦作甚？”一个清朗的声音传来。

又是乌鸦，大哥你有点新意好吧！田真被刺激醒，再好的心态也经不起接二连三的打击，迅速睁开眼，愤怒地寻找声音的源头。

对面坐着个年轻的天官，寻常侍卫打扮，可那远远靠着车壁的姿态，俨然是副领导架势。再看长相，也非同寻常，眉宇轩昂，高挺的鼻梁气势十足，薄唇含笑，目光却暗藏锐利，额间一条金带饰物更显露几分贵气。

“是只伤了彩羽的小凰。”朝华君微笑抬手，不动声色地将田真脖子上竖起的毛抚平。

那侍卫却留意到了，“咦”了一声，饶有兴味地打量：“它竟恼了！”

“通点灵性而已，哪里懂得什么，何况陛下面前它怎敢着恼。”朝华君低头看田真，忍住笑安慰，“有没有彩羽都不要紧，小凰儿就是小凰儿，将来有大出息。”

陛下？田真马上将再次竖起的毛放倒，服服帖帖的。

原来堂堂神帝陛下扮成他的近身侍卫，一起去视察下级工作，怪不得浑身充斥着王霸之气。

“表兄当真爱民如子。”神帝勾了一下嘴角，恰到好处。

“都是陛下的臣民，臣不过是想替陛下分忧。”

“如此，”神帝直起身，自他怀里抱过田真，“我也爱护爱护子民。”

被大神气息包围，田真开始发抖。虽然同是美男，可这尊神是她这只小小鸟万万惹不起的，关键是他现在若一把捏死她，朝华君肯定不会报仇。

“它在害怕。”神帝眸中闪着危险的光，淡淡道，“说不懂嘛，我看它倒是懂得很多，方才定是在恼我，是不是呀朝华君？”

田真欲哭无泪。

咱哪里恼了，陛下说咱是乌鸦，咱就是乌鸦。

朝华君失笑：“连人形都未修得，不过是多点灵气，陛下何必吓唬它。”

发现鸟身僵硬，神帝大笑：“有趣！有趣！”

果然当皇帝的全都不是什么善茬，田真将脑袋插进翅膀，哪里有趣了，玩够了吧，还不快把咱还回去！

神帝到底是神帝，不会在小事上浪费太多精力，如愿将她丢回朝华君怀里，语气转冷：“当初魔界那般没落，谁想到会有今日气候，他一个还不够，又来两个儿子，上回打到堕马河，这回是东原阴山，只怕改日就要打上天庭了。”

朝华君道：“战神已将他困住，陛下宽心。”

“神无功哪里困得住他，不过是他一时高兴停手罢了！”神帝也不糊涂，自己道破事实，冷笑声中透着无奈，“当年若非四部作乱，天庭告急，先帝断不会留下他的，如今果然成了大患。”

朝华君道：“难道就没有重新封印他的办法？”

神帝不予作答。

朝华君沉吟道：“或许陛下可以考虑与仙界……”

“关河月武那个废物，篡位这些年，仙界人人各怀异心，他自顾不暇，能中什么用？”神帝轻哼，语速陡然慢下来，“听说旧太子关河月微流落到异界了，仙界旧臣们都在暗中寻找……”

朝华君会意：“臣会派人查探。”

神帝点头叹息：“眼下只有你能替我分忧了。”

仙界旧太子关河月微当年颇有贤名，实因关河月武母族势力太大，最终篡位。关河月微出逃在外，如今旧臣们虽有心拥护，无奈关河月武派重兵把守仙界之门，关河月微身上的仙帝力量又被封印了十之八九，难以回归。倘若寻得他达成协议，助他回仙界夺权，到时两界联手，或可牵制魔界。

天马的耐力非凡马能比，队伍行至午时，前方有消息传来，昨日石将军受命前往东原阴山支援，大军路过青枫岭时遇小股魔军袭击。虽然伤亡不大，可是魔军公然在神界挑衅的行为大大触怒了神帝，遂命朝华君传令下去，今夜就在青枫岭扎营。

关于这件事的详细内容，田真没有听清，也不敢表示出半分兴趣，以免神帝陛下杀鸟出气。下车后，朝华君便让她自去玩耍，田真知道他们要商议正事，于是踱着步子四处乱走。

长空月小，夜色朦胧。

出于凤凰的本能，田真拍拍翅膀飞起来，只觉遍体轻快。

青枫岭一带较荒凉，四周都是低矮小山，草木稀疏，难怪石将军大意中计，这种地方谁也想不到会有埋伏，当然，在神界地盘上，魔军也不会笨到来第二次。

人变了鸟，视力跟着好起来，小山脚下一株矮树下似有光亮。

这里还住了人？田真不由得奇怪，一边想着，一边滑翔降落。

小小的夜明珠散发着微弱的光芒，映照着老树干和受伤的人，那人天兵打扮，衣襟半敞，胸前鲜血淋漓，看样子受伤不轻。此刻他正低着头，忍痛为伤口上药，旁边地上还插着一柄刀。

那感觉……有点眼熟……

田真正努力地在记忆中搜寻，冷不防那小兵猛地抬起头，直直地看向她，眸中寒光一闪而逝，紧接着转为诧异：“小凤凰？”

秀美的脸略显苍白，眉宇间的淡然气质却半点未改。

是他！田真惊喜，想到他受人欺负的隐忍和深藏不露的本事，又转为警惕——虽然这位美男不像坏人，但为安全着想，咱还是继续当只什么都不知道的鸟比较安全。

于是她远远地站在石头上，歪着脑袋瞧他。

文犀果然卸下防备，无力地靠在树干上，闭目。

本是跟随大军前往东原阴山，谁知路过这青枫岭时遇魔界小天王伏击，受了重伤，且自己又见到一个意外之人，必须躲避，因此落单。听山那边的动静，似有大军扎营，再有这只小凤凰，必是羽族神王朝华君奉旨督战，路过此地。

想到这里，他睁开眼冲田真微微一笑，道："小凤凰，你我两次相遇，倒很有缘。"

有缘啊有缘，田真扑棱翅膀。

"人间都说凤凰带好运，你给我带来什么样的运气？"文犀盯着她半晌，轻声道，"果真如此，你就到我身边来吧。"

田真暗暗叹气，原来身处困境的时候，神也会迷信，咱只是只"穿越"的鸟，连自己有什么运气都不知道呢。

多年的坚持，终于因重伤生出一丝消沉，话说出口文犀就反应过来，忍不住苦笑，一只没有半点修为的凤凰能知道什么呢，他缓缓移开视线，抬头望夜空。

这种情况下，给伤员精神鼓励是必须的，田真飞到他身旁落下。

文犀倏地低头。

深邃的眼眸逐渐泛起光彩，越来越明亮，到最后竟变得流光四溢，除了惊讶、喜悦、不可置信、坚定，依稀还有……自负？

瞬间的变化而已，等田真回过神仔细看时，那目光又恢复温和淡然了，似乎方才所见都是幻觉。

文犀伸手抱起她，与她对视："你……果真听懂我的话了吗？"

糟糕！俊脸突然放大，田真头一晕、鼻子一热，尴尬起来。

吾未见好德如好色者也，证实孔子名言，吾田真终于为文学研究做出了贡献，人家是流鼻血，咱是鼻子嘴巴同时出血！

“小凤凰，你……”俊脸陡现喜色。

田真莫名低头，顿时被眼前的景象惊得发呆——凤凰血滴在他胸前，狰狞的伤口蠕动着，新肉滋生，伤口逐渐拉拢，愈合……

片刻工夫，伤痕竟浅了许多，看样子好了大半。

神羽族凤凰血本是疗伤灵药，文犀并不奇怪，缓缓整理好衣袍，站起身，托着她微笑：“好个小凤凰，他日我必不亏待你。”

咱……咱就当义务献血，流了几百CC？田真心疼，连忙望天止血，好吧，将来多送点营养品补血就成了，咱贫血。

正在此时——

“嘿，这儿还有个没死的！”

听到叫声，文犀面色大变，抱着田真化作一阵香风，向朝华君营地方向遁去，可惜他的法力明显不如对方高，刚遁出不远，就被一道红光打落。

“灰凤凰！”

那笑声响亮又熟悉，田真全身的毛都竖起来，完了！

红袍箭袖，红发披垂，银质额饰上的红宝石在夜明珠的映照下闪闪发光，路小残站在高高的树梢上朝田真招手：“又见面啦，还认得我吗？灰凤凰！”

太受关注也不是好事，田真想哭了，我不认识你，小魔头。

“你就是那个从我手下逃走的小兵？”路小残很快又认出文犀，大眼睛里满是惊奇之色，“接我十招，居然没死？”

他很快又释然，笑嘻嘻地看着田真问：“灰凤凰，是你治好了他吗？”

田真心脏抽搐。

深藏不露的文犀竟是伤在他手上，而且才十招！小魔头到底厉害到什么程度？

路小残毫不客气地指着文犀命令：“本天王赐你自尽吧！”

文犀已恢复镇定，微笑：“可我不太愿意呢。”

路小残倒背着手，大模大样地在树梢上踱了两步：“别想啦，你们跑不掉的。”

足下枝条一沉，他忽地纵身跃起，朝二人直扑过来，矫捷灵敏，活像只脱笼的兔子，小小手心魔光闪烁，掌心雷直逼文犀。

文犀早有防备，见状带田真急速后退，无奈路小残的本事远在田真意料之外，他咯咯笑着，翻身化作道红色闪电，越过二人，拦截去路。

逃不过的终究逃不过，当真是天意注定自己要命丧此地，也无可奈何。文犀苦笑，索性丢开田真：“小凤凰，看来我不能报答你了，去吧！”

就凭咱能逃出多远？左右都是一个结果，不如救人救到底。田真长叹，硬着头皮掉转方向，冲向路小残，狠狠地要去啄他的脑袋。

“小凤凰！”文犀惊，很快明白田真的用意，迟疑了一下，最终化作香风遁走。

路小残果然抓住田真就不再继续追赶文犀，毕竟放走个小天兵也没什么大不了，他带着田真落在一块大石头上，“咦”了一声，拎起她的翅膀：“看不出来，你胆子真大呀。”

小鬼是兔子精？田真瞪着那双圆圆的红眼睛，伸头使劲啄、使劲啄……

当然，以上仅限于想象。

田真的胆子向来很小。

路小残龇牙咧嘴地做出恶狠狠的样子，扯她颈上的毛：“敢啄我？”

儿童就是那单纯的恶魔呀，田真哆嗦。

见她害怕，路小残大悦，满意地停了手，眨眼道：“杀了你，朝华伯伯会生气的，父皇说过不杀神羽族人。”

咱就猜到是这样，田真松了口气。

路小残歪着脑袋想了想：“虽然你长得丑，但本天王还是有点喜欢的，不如你跟我回魔界吧！”

魔界，父皇，他就是魔神的儿子！田真翻白眼，怪不得小小年纪就这么阴险腹黑，你是喜欢咱，还是喜欢咱的血？

果然路小残马上接着道：“因为你的血太有用啦！”

我去你个圈圈叉叉！面对小朋友，田真生平第一次有了爆粗口的冲动。

很明显，路小残没打算考虑她的感受，动了养鸟的念头，他开始设想未来可能遇到的一系列问题，小脸露出十分担忧为难的神色。

“带你回去，父皇见了会怪罪呢。”

路小残烦恼，田真得意。

“我就说是朝华伯伯送我的。”

路小残得意，田真烦恼。

“可他不会信的……”

对啊对啊！

“那我悄悄的，不让他知道！”

嘿！

几句话工夫，田真的心已经上上下下被蹂躏了无数次，好在路小残想来想去都觉得不妥，最终无奈地表现小朋友的仁慈：“算啦，我不会养鸟，带你回去也麻烦，还给朝华伯伯好了。”

多乖的小正太！田真感激涕零。

“不过纯正的凤凰血太难得啦，多留点给我。”路小残为这想法沾沾自喜，取出一把小刀，拉起她的脖子就割。

拿老娘当血库使？田真欲哭无泪。

其实当鸟也不太好，至少不能当凤凰，如果重来，咱还是去当乌鸦……

白天，晚上，再白天，再晚上……

马车摇晃，温暖的怀抱幽香隐隐，一只手轻轻地放在她背上，不时替她整理羽毛，田真耷拉着脑袋一动不动。那日文犀回去报信，朝华君赶来找到她时，路小残已离开了，而她正躺在石头上犯晕。

“不愧是出身凤凰族，它怎样了？”

“托陛下洪福，已无大碍。”

神帝对她舍己救人的行为很赞赏，伸手示意。

朝华君道："此番它元气大伤……"

是啊，咱失血过多，头昏眼花心发慌，经不起您老人家开玩笑折腾，田真尽量缩起身体，爪子紧紧抓住朝华君的衣襟。

神帝扬眉："朕有心嘉赏它，表兄怕什么，朕还会吃了它不成？"

昨天还亲切地称"我"，今天就原形毕露开口就是"朕"了，田真闭上眼睛暗骂，不就是拿最高领导的身份压人嘛，你牛什么！不知道吧，你那几个老婆斗得可欢了，这位忠心耿耿的表兄事实上也在暗中给你使美人计呢。

"神羽族子民理当为陛下分忧，怎敢求嘉赏。"朝华君微笑，将田真送上，"臣是担心它受伤，在陛下跟前失礼。"

神帝也笑起来，抬手推开道："罢了，正事要紧，回去朝华君代朕赏它就是。"

朝华君答应，起身掀开车帘，将田真递给旁边马上的文犀，自己坐回车内与神帝商议正事。

行了五日路，前方地势逐渐平坦，远远可望见长长的山脉轮廓，云雾缭绕，当中隐藏着冲天杀气，看来离战地东原阴山已经不远了。

文犀含笑问："小凤凰，今日可好些了？"

这几天他没少照看田真，彼此更加熟悉，料定他不会害自己，田真低低地叫了一声表示回应。

文犀目光闪烁："你是听得懂话的，对不对？"

田真沉默。

他早怀疑了吧，自己与朝华君的交流哪里瞒得住他。

"但我的事，你并没有告诉朝华君他们，"文犀拍拍她的背，"你为何要帮我？"

田真只看他一眼。

文犀也知她不会回答，没有再问。

远远地，十来个穿着战甲的人骑天马飞驰而来，在队伍前停住，下马与前面的月族将领作揖，说了几句，月族将领便将领头那人带至车前。

那人朝车门行礼道："末将薄还归，奉战神之命，前来迎接朝华君。"

须臾，侍卫打起半边车帘。

朝华君端坐在内，含笑问："前方战事如何？"

薄还归恭敬回道："魔神暂且还被困在阵内，尚无动静，只是方才魔界大小天王领兵赶到，与战神对上了，现下胜负未知。"

旁边的神帝授意，朝华君领会，道："如此，你且带我前去一看。"

薄还归应下。

队伍重新移动，田真激动。

两军对阵，神魔大战，咱这就去看天兵练级！

山脉连绵起伏，有如墨龙之背，望不见首尾。草木稀疏，多为怪石黑土，偶尔有几株枫树，叶子也是黑色的，在凛冽杀气中更显得萧索。

大旗飞舞，满山都是密密麻麻数不尽的天兵，皆执枪横刀严阵以待。旗帜下，一位天将格外引人注目，年约三十，方额直鼻，双眉倒立，相貌威武，身材雄伟，盔甲金碧辉煌，腰佩乾坤剑，手执方天画戟。

队伍停在半空，引得众兵士纷纷仰头看。

天官下马，高声道："朝华君奉旨前来督战。"

帘门掀起，朝华君走出车外，白衣金带令人眼前一亮。

为首的金甲神没有上去迎接，仅朝空中抱拳："军中不便行礼，望朝华君莫怪。"

"战神无须多礼。"朝华君率队伍落下云头，露出招牌式的微笑，说几句为神帝歌功颂德之类的话，然后才问，"战况如何？"

战神遥指对面："弦将军正迎战魔界小天王。"

战斗实在太激烈，田真从下车起就被吸引了，对面魔云滚滚，云中整整齐齐地排列着无数魔兵，枪尖、刀尖林立，两人在阵前打得难解难分，光圈闪耀，气流碰撞，飞沙走石，不时还伴着震耳欲聋的炸裂声。

看清那位魔界小天王，田真开始头晕，不由自主地缩起脖子。

朝华君凝神观战，逐渐皱了眉，也没有说什么，半晌将视线移向另一边。

不远处的山头，居然停留着一阵黑色旋风。

巨大的漏斗形旋风，高高的几乎连接着天，可以说它是动的，因为它正以极快的速度在旋转；也可以说它是静止的，因为它始终停滞原地不去，亦不消散，方圆一里皆被它笼罩，看不清中间有什么。

朝华君道："地风水火伏神阵，风阵，困了他？"

"是，"战神压低声音，苦笑，"不瞒朝华君，此阵顶多困住他一时，小神实在无甚把握……"

朝华君忽然道："叫弦将军回来吧。"

战神愣了愣，很快沉下脸，传令鸣钲。

田真正觉奇怪，头顶就有个轻轻的声音解释道："再打下去，不出二十招弦将军必败，此刻召回他，乃是为了保住神界的颜面。"

仰头，文犀正含笑看着她。

这人会读心术？田真默，将视线移回战场。

钲声起，闪电破空划过，弦将军果然退回。

路小残没有追赶，收招，负手笑道："诚如父皇所言，神界都是一群废物。神无功，你手下就没人了吗？"

战神神无功忍怒道："黄口小儿，如此无礼！"

"末将愿往，教训魔界小辈！"一将至跟前请命。

田真在旁边冷眼看着，发现此人很是面熟，没费多少精神就想起来，这不是当初天海遇上的大鹏王垂天嘛！

神无功正在为难，数将连败于路小残之手，神界颜面尽失，对方偏又是小辈，总不能堂堂战神亲自上阵，如今见垂天主动请战，顿时大喜："此战须将军去，方能得胜！"

他执戟下令："大鹏王垂天听令，着你代本将，迎战路小残！"

垂天应下，飞身至路小残对面。

路小残见到他，眼神变得机警，口里却笑嘻嘻道："大鹏，我父皇有心饶你，朝华伯伯怎么还让你来送死？"

垂天骂道："魔界小辈，乳臭未干，也敢口出狂言！"

路小残"嘿"了一声："先看我的怒海神杀。"

小手平平推出，掀起蓝色光圈如海潮，一波接一波地朝对面涌去，明显未尽全力，攻势也不乏凶猛，可见他年纪虽小，对敌经验却丰富得很，这是要先发制人，同时试探对方的深浅。

垂天冷笑，身后猛然生出一对极宽大的鹏翼。

鹏翼轻扇，掀起飓风。

对面的海潮受阻，高高竖立，终被压退，往后如山倒。

路小残早已移形换影躲开反击，连连发招，在对手不弱的情况下，必须抢得先机。

二人你来我往走了数十回合，活像电影镜头，还省了光影特效，田真看得头昏眼花，哪里分得出高下，转头看旁边的朝华君，发现他面色如常，不由得暗笑，“腹黑”就是这样的，胜败都会装。

“小凤凰想要听吗？”文犀摸摸她的脑袋，“我跟你讲？”

田真忙点头。

文犀果然低声讲了句：“路小残会败。”

田真丝毫不怀疑他的判断力，兴奋得脖子毛都竖起来了，紧盯着路小残两眼发光，幸灾乐祸——大鹏，代表咱神羽族狠狠收拾小魔头吧！要不也抓来放放血？

两人越战越激烈，掌力对上，瞬间，三座山头被削平。

路小残后退数丈方才站稳，嘴角似有血流出，他并不露怯，小手胡乱在嘴上一抹，双掌合于胸前，做成个大大的蓝色光球，朝垂天击去。

哟，小小年纪还逞强！田真无语，见他真受伤，反而不忍了。

瞧瞧人家大神多聪明，眼看手下要败就赶紧命令撤退，如今这小破孩儿受伤了，他爸妈都不疼的？

察觉不对，田真忙又暗骂自己。

瞎操心，你嫌放血放得少了？

面对强劲攻势，大鹏王垂天也不敢怠慢，一声大喝，左手高举，刹那间天地风云变色，四方气流急速往他掌中涌去。

借得风之力，他缓缓朝前推出右掌。

一道白光射出，细如剑，瞬间穿透蓝色光球，光球炸裂，白光依然未停，朝对面的路小残击去。

路小残口喷鲜血，勉强翻身躲开。

见他伤上加伤，田真终于母性大发——好吧，咱是圣母，小笨蛋，打不过不会跑吗？对了，他爸被困在阵里，可怜啊可怜，他老妈怎么不出来救人？

看大鹏王垂天，一大人追着小孩儿打，不怕丢脸的？

再看朝华君，别人有心饶你部下，现在你眼见部下伤别人儿子却不阻止，摆出副我佛淡定的姿态，未免有失厚道……

当然，田真也表示理解，神帝陛下真身在此，谁敢当着他的面和魔界搞友好关系？

“路小残没那么容易死，”文犀拍拍她的脑袋，示意她安心，“你看他小，却不知道他已经令多少人头疼了。”

田真闻言松了口气。

也对，看似漂亮无害的小“正太”，其实狡猾得很，比兔子还精。

对手落败，垂天大喜，毫不留情地追杀过去，哪知十余招后，忽觉迎面一片刺目的白光，视线凭空受阻，惊得他连连后退。所幸他身经百战，经验丰富，头脑虽未反应过来，手里已经下意识地收招，凝聚气流，在面前形成一道圆形屏风，试图防守。

路小残咯咯笑：“笨鸟！”

肩后剧痛，鲜血喷溅，垂天始知中计，大怒之下双手握空拳，不知从哪里变出一柄火红色长刀，循声朝路小残挥去！

啊呀！田真惊呼。

清亮的凤鸣声突然响在战场上，听得所有人都一愣，朝华君看着她摇头，似觉好笑，又似责怪。

田真连忙用翅膀捂住嘴，好在她也没打算再叫第二声了。

路小残没有死，安安稳稳地躺在一人怀里。

垂天的长刀被一道蓝光格开，打着转，在半空中砰然炸裂，碎片瞬间消失得无影无踪，原来竟是由风火之气幻化而成。

田真惊讶地打量那人，不得不说，凤凰的视力可能比老鹰还要好，纵然远隔百丈，也能将一切看得清清楚楚。

救下路小残的是位年轻战将，紫色战袍，银色长发在风里飞扬，紫色额饰，一张脸轮廓分明，高鼻梁，深邃的紫眸泛着冷冷的光。

红发、银发，魔界都是搞艺术的，还是都爱玩非主流？

田真感慨。

年轻的紫袍战将放下路小残，冷哼："神羽族？"

路小残站稳，恭敬地叫了声"哥哥"。

"天王路冰河，"这边战神苦笑，正要召回垂天，忽然间又面色大变，转头看着另一边低叫，"不好！"

"吾儿，退下。"一个男人的声音传来。

低沉、浑厚，带着点鼻音，倨傲、威严，在天地间悠悠回响，依稀透出的杀气，令在场所有天兵莫名胆寒，生出压抑之感。

声音来自不远处那阵黑色旋风。

听到那个声音，战神顾不得什么，高举画戟，声音洪亮如雷鸣："三军听令，速退！"

其实不用他下令，天兵们已经后撤了。

文犀显然也明白事情有多凶险，抱着田真掠走。

似乎被一股巨大的力量撼动，山头的黑色旋风塔开始剧烈摇晃，恍如即将倒塌的大厦，不再是中规中矩的漏斗形，而是变为模糊一团。

战神毕竟不愿轻易放弃，亲自腾云至空中，借天风之力护阵。

风力重新凝聚，法阵恢复平静。

战神松了口气，忽然又变色。

静止的旋风，好像黑色的玻璃高脚杯，表面竟逐渐现出裂纹，一道、两道、三道……

裂缝纵横，其中神光迸射！

没有时间修补了，战神大惊，预测到即将发生的事，甚至来不及转身，就这么直直倒退回旗帜下。

朝华君仍稳稳地立于山头，并没有退避，见状不由得长叹一声，抬左掌，右手凌空画了道弧线，带动广袖轻挥，动作不大，更显得优雅好看。瞬间，一团火红色的光球将他全身包围，然后逐渐向四周扩张，形成一道牢固的巨型结界。

与此同时，旁边的战神也挥动画戟，朝天一指，长空电闪，犹如被戟尖所牵引，白色火花耀眼，生成道蓝白色屏障。

羽族神王，天界战神，尽展平生法力，筑双重结界，共抗魔神之威。

爆炸声震耳欲聋，旋风散，阵法破，蓝色神光亮起，冰冷刺目，气流如决堤之洪，携带烟尘飞石，翻滚着，铺天盖地而来。

巨响声里，两层结界均粉碎。

一切，只是眨眼之间的事。

早已料到这结果，朝华君与战神没有意外，顾不得伤势，同时退后闪避。他二人有强大的神力护体，天兵们就惨了，数千避退稍慢的全部灰飞烟灭。

目睹了超乎想象的恐怖的魔神力量，剩余的天兵们个个面色发白，两腿发软。

幸亏文犀闪得快！田真发抖。

狂风不止，卷起漫天沙石、尘土，迷了所有人的视线，先前那种压迫感越来越清晰、越来越重，几乎令人窒息。

蓝色神光里，逐渐现出一道身影。

田真连忙抖抖脖子，将灰尘抖落，凝神看去。

一个看似二十疑似三十实际不知几千几万岁的男人，身材明显比寻常人要高大许多，黑袍广袖嵌金边，被风鼓起，黑色长发随风飞扬，几缕自额前垂下，衬着金色额饰与发饰，高贵炫目。

东方神仙，还是西方神祇？

虚天魔帝，转世杀神，仅站在那里不动，浑身的杀气已令人心生惧意，不敢多看。

一眼，一眼足够。

脸部线条出乎意料的柔和，高直的鼻梁，薄薄的唇，嘴角微扬，似笑非笑，双眉秀窄，斜飞入鬓。若问魔神威严，尽在狭长凤目，长睫下的眼神，与其说是自信，不如说是轻蔑与傲慢，那是一种睥睨六界唯我独尊的气势，无论人还是神，在他面前竟都显得如此卑微，如此渺小。

这形象……这形象咋那么眼熟呢？神话中的魔王撒旦？还是叛神路西法大人？

田真闭上眼，心狂跳。

“不愧是魔神。”文犀低声叹息。

传说中的魔神大人！田真悄悄地重新睁开眼。

没有多余的语言，魔神眼一眯，眉一低，袖一挥，刹那间周身神力爆发，又有数千天兵光荣地变成了脚下土地的肥料。

田真吓得再将脖子缩了点。

这位魔神大人是制造核武器出身的……

文犀留神不远处的朝华君与战神，用传音之术向她解释：“他本是神帝的嫡亲兄弟，神界最出名的一位神王，因不甘居于神帝之下，故反下神界，做了魔帝。

“昔神界先帝有七子，长子弑中天乃神后所出，就是当今神帝，时隔八万年，神后产下第七子，圣无名连夜进宫面见先帝，说他是‘有乱平乱，无乱生乱，杀神转世，不臣而走’，可当时神界四部作乱，天庭情势危急，先帝执意留下他，赐名弑中流。

“据说他原是上古众神合力困在太上镜里的九天杀神，神元转世，性好杀，不出一年即平定四部之乱，自此无人敢犯神界。后来先帝应劫身故，弑中天即位，他便不服，反去魔界做了魔帝，弃本名不用，自称魔中之神，正好应了圣无名的话。”

对面，魔神制造了上万炮灰之后，终于停了手。

“陛下。”魔军齐齐跪倒参拜。

路冰河与路小残上前，单膝跪下：“父皇。”

听到这两个字，田真差点被呛死，全身颤抖，毛都竖起来了——路天王你确定？那位美貌的暴力大哥真的是你爹，不是你兄弟？

文犀不着痕迹地勾了一下嘴角，道：“魔神生性傲慢，到此刻才现身，必是战神言语相激，令他甘愿留在阵内的。”

果然，魔神抬头，发丝被风吹得拂在下巴上，声音透出几许轻蔑：“神无功，吾入阵十五日，你亦未能胜过吾儿前行半步，还有何话说？”

战神毫不示弱：“事已至此，何必废话。”

这分明是间接认输，魔神颇为满意地“嗯”了一声，没有计较他的嘴硬：“弑中天，来了又何必躲？”

此话一出，战神面色大变，急忙回头看。

“七弟要见朕，是不是该叫一声皇兄？”车帘被打起，一人缓缓走出来，浑身锦绣，面带微笑，不输王者气势。

领导换衣服都这么快？田真佩服得五体投地。

战神差点丢了魂：“陛下！”

朝华君率三军行礼。

黑色广袖挥过，魔神负手：“无能者，不配吾效命。”

这话非但不客气，简直是狂妄至极，面对如此轻辱，神帝再也忍不下怒火，语气与眼神一样冷：“弑中流，你不要欺我神界太甚！”

“那便用你的力量，令吾臣服吧。”

黑眸一眯，数千天兵又成炮灰。

文犀早已料到此结果，先退得远远的，田真缩在他怀里唏嘘不已，不愧是上古大神，文化程度高，开口就是“吾”啊“吾”的，神帝陛下啊，现在有个你玩不起的人了吧，可惜你的天兵哪……

看看周围剩余的天兵——

魔神大人一眯眼，不想当炮灰就闪，没发现规律吗？

再看向朝华君——

是不是搞错了，其实我们是来看魔神练级的吧？

最后抬头望着文犀——

这是个危险人物，咱再躲远点？

神帝站在山头，看着面前发生的一切，俊脸冷得可以结冰了，袖底双拳几乎握碎，无奈实力差距太大，根本没有发作的资本。因为眼下就算自己与朝华君、战神三人联手，也无把握胜他，激起他的杀性，打上天庭更麻烦。

朝华君暗暗叹息，上前道：“表弟，你这是何必，神界已多年不曾犯魔界，纵然消失，于你又有何好处？何况除了神界，尚有仙、妖、鬼界与人间，表弟亦出身神族，如此自相残杀，岂非让他们平白得益？”

田真听得发笑。

领导您真会搞外交，好话全让你说了，什么神界多年不犯魔界，听着是多大的恩赐一样，问题是有这位魔神大人在，你们敢犯吗？

杀神转世，本性好战，考虑到神界亡了自己多少失去个乐趣，魔神大笑：“能言善道的人，且看在你的面上。”

他侧身下令：“吾儿，收兵。”

话音刚落，人已不见。

路冰河说了声“撤”，与弟弟路小残一起，连同数万魔兵，都在眨眼间消失得无影无踪。

田真无语。

这位魔神大人真是随性，轰轰烈烈地打到现在，搞得别人鸡飞狗跳，到头来咱领导几句软话，他就回去了。

到此时，田真终于明白数十万天兵真正的作用，那就是充当魔神“练级”的炮灰。

风止，四周一片沉寂。

战神收了画戟，垂首单膝跪下：“臣无能，求陛下治罪。”

身为神界之主，当着数十万天兵的面受此羞辱，想到神界的存亡尽在对方一念间，堂堂神帝如何咽得下这口气，冷笑道：“神界消失，于他并无好处，消失嘛……好个消失！”

这话针对谁很明显，田真担心地望向朝华君：领导您为神界消弭了一场大祸，别人却并不领情呢。

朝华君倾身：“臣失言，有罪。”

“魔界撤兵，乃是看在朝华君的面上，朝华君面子不小啊。”

说话间，几名天兵抬过一人，却是大鹏王垂天，双目紧闭，面若金纸，胸前一个血淋淋的大洞，极其恐怖，想是方才躲避不及，被魔神之力重创。

“又是你那位表弟赐你的面子。”神帝看一眼，拂袖离去。

战神看着朝华君，微露担忧之色，朝华君反倒莞尔，示意他先走——跟这位表弟陛下打了几万年交道，岂会不知他的脾气？肯当面发怒，反倒说明他心无忌惮，倘若和和气气地当什么也没发生一样，那才不妙。

朝华君看着昏迷的垂天，问：“能救否？”

医神忙回道：“将军伤势严重，尚余一息。”

田真早已从文犀怀里跳下地，踱着小步子叹气。几万天兵成了炮灰，唯独大鹏王没死，显然是魔神对神羽族手下留情了。臣子跟敌人有交情，难怪神帝陛下会生气。

发现某领导的视线移向自己，她连忙假装没看见，踱到一边。

“小凰儿。”温柔的声音终于响起。

田真想哭了，领导，义务献血也要有个休养期嘛，这不到一个月就被放了几次血，咱还想当只健康的鸟！

见她似不乐意，朝华君半蹲下身，伸手抚摸她的脑袋：“垂天将军乃是神界重将，忠心耿耿，且又是本族臣民，你……”

田真耷拉着脑袋不吭声。

忠臣良将关咱啥事，他是为神帝陛下受伤的，又不是为咱，为啥不叫神帝陛下献血，咱的身体也很重要啊！

文犀道：“她前日才受过伤，恐怕……”

纯正的凤凰血极少，凤王之血又非同小可，不能随意取用，朝华君无奈，抬起她的脑袋：“小凰儿，你真忍心看他死？”

微笑，有如春花灿烂。

神啊！田真鼻子一热，认命地走向垂天，看来这血今日横竖都要流，也别浪费了。

亲眼见到伤口生新肉，医神连声赞好。

好什么！将来你们就拿咱当长期血库使吧。田真预见未来的悲哀生活，一颗心开始流血。

“够了，”朝华君亲自抱她入怀，心疼地称赞，“好凰儿，早知你如此善良，岂会见死不救。”

是领导您逼我善良的，田真心头血流成河。

医神仔细查看垂天，喜道：“将军暂且仍不能醒转，但已无性命之虞。”

朝华君松了口气，命人抬走垂天，又回身看着文犀道：“文兄弟之才，留在军中未免委屈，前日占统领曾说手底少一名御前侍卫，小王有心引荐，文兄弟意下如何？”

连他也看出文犀深藏不露？田真惊喜，周围的天兵们都羡慕不已，区区一个小天兵，能得这位神王看重，运气实在太好。

文犀看着他半晌，微微一笑：“朝华君提拔，文犀之幸。”

神帝的车早已离去，原地不知何时多出了另外两辆车，拉车的是四匹雪白神骏，可见朝华君早有准备了。

二人行至车前，文犀停下来看田真：“它……”

田真连连朝他拍翅膀，还是跟你混安全，领导虽然好，却太“圣父”，说不定啥时又被哄去献血了。

“失血过多，本王会照料。”朝华君按住她的翅膀。

毕竟对方是羽族神王，自己无权过问，文犀点头上车去了。

眼见事情毫无转机，田真马上服从领导表忠心，收起翅膀，亲热地往朝华君怀里钻，正牌领导不能得罪，跟着他有肉吃。

朝华君似笑非笑地看她一眼，手指重重地敲了一下她的脑袋。

自战场归来，天庭的气氛沉闷至极，几次朝会下来，群臣皆不敢作声，一个个溜得飞快。

也难怪，魔神越来越不把神界放在眼里，神帝召集群臣，接连三日商议魔神下次光临时的退敌之策。所有人包括战神在内全都缩着脑袋装乌龟，神帝陛下的脸色啊，就和那墨汁一个样——老子受气怎的，你们全都得给我陪着装孙子！

后殿内，神帝坐在案前揉额。

朝华君进殿："臣参见……"

"免了。"神帝挥手示意，苦笑，"朕说过不必来这些虚礼，表兄是在责怪朕前日失言吗？"

"臣不敢。"

"坐吧。"

朝华君依言往椅子上坐下。

"朕的颜面关系神界颜面，当时朕也是气糊涂了，"神帝盯着笔架，轻声叹道，"想到父皇传位时的一番教导，再看如今神界基业就要毁在朕手上，如何不急？"

他笑了笑道："朕又不能跟那帮废物发脾气，除了你，还有谁明白朕的烦恼？"

朝华君道："陛下言重了，魔神再厉害，总有对付的办法。"

"今日找你来，正为此事。"神帝抬手，面前案上顿时出现一颗明珠，火红色，小指头大小，光华内敛，平凡无奇。

朝华君惊讶："这是……"

神帝道："当初圣无名无意窥破天机，知道他是杀神转世，将引动异变，是以连夜进宫面见父皇，无奈父皇执意留下他，圣无名因泄露天机，当场应劫身亡，只来得及留下这颗丹。"

朝华君道："能否容臣一观？"

神帝颔首示意他拿去："父皇未能悟得其中用意，大劫已至，临去时将它交与了朕，无奈朕苦思多年，仍一无所获，只觉得像是神羽族内丹。"

朝华君细看那丹，皱眉道："是，却也不尽然，陛下因此便怀疑与神羽族有关？"

“朕是那爱臆断之人？”神帝瞟他一眼，“神羽族，乃是圣无名临死时说的最后三个字。”

朝华君摇头：“仅此三字，也代表不了什么，内丹是神羽族子民修行多年炼化所得，先有修为后有丹，或是天然神丹，灵气所化，食之等同平白获得数年修为，亦能得人形，然而此丹分明是死丹，无半分灵气，等同废物。”

“朕也知道，”神帝坦然，“令人那么传，是安他们的心罢了。”

“陛下英明。”

见他要将丹送回，神帝制止：“你且拿去。”

朝华君道：“此等重要物件，放在臣这里恐怕不妥。”

神帝站起身踱了几步，挑眉道：“如今朕突然想到，或许圣无名说那三个字的意思，并非指神羽族能对付他，而是此丹之谜，当由神羽族来解。”

朝华君也跟着起身：“陛下之智尚且难解，臣自问无能。”

神帝道：“表兄也要学他们敷衍朕？”

朝华君不再推辞，将丹收入袖内，含笑道：“臣还有件大事要禀明陛下，或可解陛下之忧。”

神帝双眼一亮：“说出来。”

那边君臣二人在后殿商议机密大事，这边园子里，田真蹲在石桌上晒太阳，面前摆满了食物，阳光暖洋洋的，绿树荫动，侍女们来来去去，偶尔也会停下来逗她。

被人当鸟耍，田真不计较，低头乱啄一气，咱要休息，咱要进补……

头顶一片阴影笼罩下来。

看清那人，田真张开翅膀问候。

文犀往桌旁石凳上坐下，拉起她的翅膀尖问道：“凤凰族素以练实为食，书上竟说错了？”

田真懒洋洋地拿尖嘴梳毛，书上没错，可惜咱是冒牌的。

文犀放开她的翅膀道：“明日你就要跟朝华君回羽漠天宫，没有话想与我说？”

此事田真早已知情，相处这几日，突然分别，还是有点不舍的，不过他既然留在天庭当差，要见面并不难，因此田真也不甚难过，拿翅膀拍他的手。

文犀叹道："明明早就养足了精神，你这只懒凤凰，除了吃就是睡，几时才能修得人形？"

修行？田真装没听见。

从鸟变人有什么了不起，咱从人当回鸟，这才是本事！

文犀道："听说凤族女子修成人形都极美貌，你不是伤了彩羽嘛，只要修成人形，脱去灰羽，就没人敢看不起你了。"

美女？田真迟疑着，还真有点向往了。

此人"腹黑"，知道咱因为外貌受了不少奚落，所以用美色来诱惑，为了满足群众的视觉享受，咱可以考虑修行试试……

文犀碰了碰她的尖嘴，唇边的笑意若有似无："像你这样，不知要等几百年。"

几百年？田真吃惊，那要重新考虑。

"纵如此，也无妨。"文犀忽然一扬俊眉，"倘若我……到时一定替你找寻天下灵丹，助你早得人形。"

自信的脸，像是他又不像是他，田真正在感动，一名天官走来作礼："陛下在后殿，命小神来请文侍卫过去。"

"保重了，小凤凰。"文犀拍了一下她的背，站起身。

啊哦，神帝陛下啥时这么礼贤下士了，居然用"请"？田真目瞪口呆地送他走远，好半天才回过神来，当是听错，低头继续慢吞吞地啄果子。

须臾，一只手伸来夺走果子。

纤纤玉手，尖尖的指甲在阳光下闪着光。

哪位练九阴白骨爪的姐姐！田真惊得扑棱翅膀，扫得碟子盘子全翻落在地。

紫衣女子亭亭而立，手拿果子，姿态端庄优雅，美目中却满是厌恶之色："这只坏事的丑凤凰，他怎么还留在身边？"

悔不该阻止她看领导洗澡，真结下梁子了。田真默默落回她面前，低头表示认错，咱再也不坏事了，咱的领导你随便泡。

背上一痛，却是被丢来的果子砸中。

“滚远些吧，”恒月姬不耐烦地踢她，低声咒骂，“丑成这样，浴火竟不死。”

这女的太毒了，跟一只鸟都这么计较！田真怒上心头，正寻思对策，远处就传来了侍女们作揖问候的声音。

宽袍高冠，缓步而来，胜似画中雅士。广袖金边闪闪，长睫挑起一丝丝阳光，被染成了淡金色，凤目温和，里面隐藏的情绪却始终无人看透。

傲气迅速变作温柔，恒月姬整理衣袂，垂眸作礼：“朝华君。”

“恒月神女？”朝华君看着面前地上狼藉的景象，意在询问。

恒月姬满含歉意道：“方才见它在这里，就顺手喂它吃两口果子，谁知它竟莫名生起气来，想是不合它的口味。”

田真听得连连冷笑。

好得很，全是咱不敬客人的错了。

朝华君果然责备：“凰儿甚是失礼，还不赔罪！”

赔罪？田真看着他半晌，慢吞吞地扑棱着翅膀，摇了摇脖子，一步步踱到恒月姬面前。

恒月姬连忙俯身去亲近她，假意说情：“它并不知道什么，朝华君就别责怪……啊！啊！”

话说到一半，她便尖叫着跳起来。

田真以极快的速度狠狠地啄了一下她的手，趁她护手之际，又扑上去袭击她的头发。

恒月姬大怒，指尖寒光一闪，正要作法，忽听旁边朝华君叫了声“小凰儿”，她立即反应过来，迅速收手，后退躲闪。

朝华君训斥道：“不得无礼！”

老娘让你装好人！你不是爱鸟嘛，有本事动手啊！田真捉弄得起劲，心头大快，哪里肯听。老娘现在是鸟，老娘就是无礼，你能把我怎么的？真让此等阴险女人傍上咱领导，咱将来还有好日子过吗？今儿就让你给他留个

“好”印象！

她身形灵活，且有主人在，恒月姬不敢伤她，被弄得发丝散乱，什么姿态什么风情全都消失得无影无踪，形象颇为狼狈。

“胡闹！”朝华君挥袖将她扫落，“还不与神女赔罪！”

在他跟前丢脸，恒月姬低泣而去。

田真落地打了个滚，也觉得委屈，翻身爬起来，一扬脖子就朝园外走——咱的错是吧，领导你慢慢教训，大不了咱出去单混！

朝华君好气又好笑，羽族子民在凤王面前，谁敢如此无礼！眼前区区一只小凤凰居然不听命令，赌气要走？

他沉声喝道：“站住。”

温柔的人严厉起来更可怕，田真的脚软了软，开始心虚。

“给我站住。”语速很慢，警告之意浓厚。

田真乖乖站住。

“回来。”

真出去，很可能马上就被恒月姬解决了，田真哪敢真走，听他没有发怒的意思，连忙顺势踱回到他面前。

朝华君俯身抱起她，什么也没说，走进房间，坐到椅子上。

田真闭着眼睛装睡。

朝华君终于忍不住笑了：“她招惹你了？”

领导英明！田真马上睁眼，点头不止。

朝华君拎起她的翅膀：“开罪了她，还想独自跑出去，让她看见，神羽族是不是又要少一只小凤凰？”

所以咱没敢走嘛，田真歪歪脖子。

“对本王无礼，论罪当逐出羽族，”朝华君将她往地上一丢，“念你初犯，乖乖地在这里认个罪，本王便饶你。”

田真马上低头作服气状。

“今晚早点歇息，明日起程回羽漠天宫。”

第三章 神凰之舞

次日清晨，朝华君带田真乘火凤离开天庭，几名天官奉神帝之命送出八万里，文犀没有来，田真也理解，他如今在御前当差了，哪能像以前那么自由。

战事解决，朝华君也就不急，有意带她游览见识，身边有只通人意的鸟陪伴，比起往常竟添了许多乐趣。

名山奇谷，平林神湖，黄沙大漠……

宽阔凤背像一艘大船，身旁云飞烟动，朝华君披发而坐，修长的手指执着片薄刃，正在雕一根竹管，那是路过琼山时顺手摘的。

田真跳来跳去，看得好奇，不知他要做什么。

朝华君抖落她一身竹屑："此物甚妙，稍后你便知晓。"

眨眼的动作带了几分戏弄，与他素日的形象相去甚远，田真看得一愣，连忙低头，安静了。

刀下之物逐渐成形，却是支精美的竹箫。

白色广袖被风掀动，朝华君不紧不慢地将那箫送至唇边。

箫声起，清如凤鸣，响彻云空，妙不可言，带着种奇异的魅力，田真顿觉精神一振，心神渐被箫声所迷，魂魄仿佛受它牵引，身体随之变得轻盈起来，双翼不由自主地扇动，带着她飞上半空，盘旋起舞。

箫声中正平和，俨然王者之风，火凤亦停住，引颈和鸣。

优美凤目，荡漾着浅浅的笑意。

这是在哪里，在做什么……

曲毕，舞毕，余音犹在行云间回响，田真落回火凤背上，根本没有反应过来，只觉心头怅然若失。

朝华君收起箫："族中有修成人形者，便该上羽漠天宫朝拜本王，凤者歌，凰者舞，今日本王先令你献舞一支，如何？"

给领导献舞？田真终于被这词劈回过神来，十分窘迫。

朝华君道："我很喜欢，小凰儿可愿意再为我舞一曲？"

田真马上将脑袋从翅膀里伸出来，眼泪汪汪地摇头，见他作势又要吹奏，立即扑上去衔住他的袖子使劲拽。

朝华君忍俊不禁："凤族天生能歌善舞，有什么害羞的……"

说话间，远处有什么东西闪过。

驿站！驿站错过了！田真连忙松了口，冲他鸣叫示意。

笑容依然在，只逐渐暗淡下去，朝华君缓缓将箫自唇边移开，没有表示。

前面是大荒，田真很快明白过来，闭嘴。

"最后一次，"朝华君抱她入怀，望着前方的迷雾轻声道，"最后一次好吗？倘若再寻不得，也就……罢了。"

田真不作声。

夜色笼罩下，虫鸣鸟鸣俱无，茫茫大荒一片沉寂。和上次所见时相比，优婆山看上去没有任何变化，在风中巍然矗立，黑黝黝的，有点冷，有点模糊。

"这优婆山本是上古神山，受日月灵气滋养，后来被神所弃，因怨怒生出许多妖魔鬼怪，凶险至极，但上头仍长着不少罕见灵药，她便是与我赌气，跑上山寻药……"

朝华君将田真放在火凤的翅膀下，轻声嘱咐："不要乱跑，记住了吗？"

找了二十年都没有结果，分明已经凶多吉少，这是最后的执着？田真不好阻止也不能阻止，只得点头。

察觉有人来，朝华君侧身看去。

三道白光落地，化作三个天官模样的人，为首的是位五十多岁的老者，面目慈祥，白发白眉白胡子，手执拂尘，雪白道袍嵌九宫八卦图案，被风吹得飘飞，很有种仙风道骨的感觉，像是画中的太上老君。

“尊驾莫不是朝华君？”

“九弗太宫？”

互相认出对方，朝华君与老者俱拱手作揖。

朝华君看向另两人，含笑道：“玉陈少宫也在。”

那名黑发黑须的紫袍道人忙笑道：“下仙与太宫奉吾皇之命来贵境办事，路过此地，想不到竟遇见朝华君，巧得很。”

他停了停，又试探：“朝华君来这优婆山，莫非还是为了……”

朝华君道：“天庭归来，路过此地。”

九弗太宫摇头。

玉陈少宫便知他不愿继续这话题，于是赔笑客气几句，道：“我等皇命在身，恕不能久留，先行告辞，朝华君莫要见怪。”

朝华君点头：“愿仙帝陛下福寿无边，过些时日吾皇也将派使者前去仙界。”

那三人亦恭维神帝一番，离去。

九弗太宫乃前朝老臣，在仙界声望极高，玉陈少宫却是当今仙帝关河月武母族表兄，关河月武派他与九弗太宫同行，实为监督，怕九弗太宫借机寻找旧太子关河月微罢了，如今仙界局面混乱，人人都在盼旧太子回归，也难怪关河月武这般忌惮。

朝华君笑了笑，化作一道金光消失。

这些人来自仙界？田真根据近日听到的种种谈话，已大致弄清了当前的局势，也渐渐产生了兴趣，仙界神界都在找关河月微，他躲到哪里去了？

夜深，珠光暗淡。

风卷夜寒来袭，好在火凤的翅膀宽大，田真个子又小，躲在下面被羽毛盖得严严实实，居然十分暖和。

优婆山这么险恶，他是神王，应该不会有事吧？

能让他痴情不忘二十年，那位龙女就是死，也该满足了……

朝华君不在，田真始终睡不安稳，总是处于半梦半醒的状态，半夜，一阵奇异的响动自耳畔传来，惊得她睁开眼。

透过羽毛之间的缝隙，她看到面前停着一双黑色的靴子。

朝华君的靴子是白色的。

什么人？田真警觉。

“朝华君乃羽族神王，最得神帝倚重，与他交好大有益处，陛下为何非要除去他，倒是奇了……”那人似是不解，半晌笑了一声。

声音很耳熟，田真不费什么力气就想起来，这不是刚才那个玉陈少宫嘛！

听他话中的意思，仙帝要杀朝华君？

此事非同小可，无意偷听到这样的秘密，若被发现，下场可想而知，田真又惊又怕，躲在凤翼下大气也不敢出，直到那双黑靴消失。

许久，周围再无动静。

田真暗暗用嘴啄火凤，谁知火凤似睡沉了，没半点反应，她只得悄悄探出头张望，确认玉陈少宫不在，这才从凤翼下跳出来。

四下乱找，并无任何可疑之处，不知他到底做了什么手脚……

要暗算朝华君，怎样最有效？

田真告诫自己必须镇定，沉思片刻，将视线移向火凤。

不出所料，火凤睡得很沉，看样子是被动了手脚。

田真飞至火凤背上，仔细查看，凤凰的眼力本就极好，还真让她发现了异常——一片与众不同的小羽毛。

羽尖锋利如针，混杂在火凤的金羽中，颜色略有差别，若非有心，肉眼几乎难以分辨。

也是诸多电视剧的功劳，田真积累了不少暗算方面的经验，心知可能是有剧毒，万一被它刺到，后果就很难预料了。于是她尽量保持冷静，小心翼翼地拨开周围的羽毛，用嘴衔起毒羽的根部将它拔了下来。

“小乌鸦竟坏我事！”阴沉的声音响起。

他回来了！田真受到惊吓，下意识地扑棱翅膀惊叫，那根羽毛也就自嘴上飘落，慌乱之间，田真忽觉右翅一疼，紧接着又一麻，然后全身都变得僵硬了，便自凤背滚落。

羽尖的针刺破右翅，毒性入血。

玉陈少宫本已抬手，见状又放下。

此毒虽烈，却不足以伤凤王性命，朝华君中毒后必会立即运功，他等在旁边则是要趁机下手，在此地出事，神帝定然疑不到仙界。只没料到千算万算还是算漏了，火凤翅膀下还藏着只小的，一切都被它看在了眼里。

“坏事的下场就是死，一只乌鸦，倒省了我动手。”玉陈少宫冷笑。

刚才的叫声，不知朝华君听到没有。田真暗暗着急。

毒羽自地上飘起，自行飞入玉陈少宫袖内。玉陈少宫还没傻，这小乌鸦一死，神气消失，朝华君素来谨慎精明，未必会上当，绝不能让他看出是仙界下的手，还是料理掉这小乌鸦的尸体后速速离去为妙。

此番思虑固然周全，可惜，一切变数的产生都是毫无预兆的。

来不及动作，突然出现的强烈压迫感，伴随重重杀机，从四面八方包围过来，让人喘不过气。

沉沉的夜，暗淡的珠光，人好像身处黑暗的无底山洞中。

孤独、恐惧，逐渐滋生……

甚至有种死亡的预感。

一时之间，玉陈少宫竟无端地开始不安，如同被定在原地，双腿变得异常沉重，半步也移动不了。不仅是他，这种恐怖的气氛，就连旁边地上的田真也察觉到了。

“暗算吗？”

低沉而略带鼻音的声音不知从何处传来，在天地间悠悠回荡，透着无尽威严，还有愤怒。

这是……是……

田真全身的毛竖起。

眨眼间，两丈外现出一高大身影，黑袍广袖带金边，金色额饰发饰，长长的黑发被风吹得散乱，自高高的鼻梁下拂过，半掩无瑕的脸，那是种黑暗的完美。

玉陈少宫显然知道他的身份，惊恐万分，声音都变了："你……"

"卑鄙的仙者，你，不该存在。"

凤眸一眯，广袖一扬，强大的神力袭来，玉陈少宫来不及做出任何反应，身体已经像散沙般崩塌。

沙粒随风撒落在身上，田真觉得毛骨悚然，骨灰、骨灰！

转瞬间，高大身影已站在了面前。

魔……魔神大人！田真的小心肝直发抖，紧紧盯着那漂亮威严的狭长凤眼，开始祈祷，他没有眯眼的习惯吧？

魔神低眸看她，半晌开口："灰鸟。"

田真马上泪流满面。

就算咱不像凤凰，你也可以叫声乌鸦的……

魔神高高在上，脚边一只灰鸟。

"中毒的灰鸟，痛苦吗？"

田真泪流成河，咱现在相当痛苦，肉体痛苦，精神更痛苦……

"当今六界，唯有吾能救你。"

听到"救"字，田真止泪。

好吧，灰鸟就灰鸟，这形容还算合适，只要能修复肉体的创伤，精神方面，魔神大人神威无敌，藐视咱小小鸟也是可以理解的。

"嗯——"魔神略作衡量，评价道，"忠诚护主，勇气可嘉。"

可嘉可嘉！田真期待。

"吾救你一次。"魔神下决定向来不需太多时间，说做就做，掌风自袖底掀起，漂亮的右手若隐若现。

这是……打算用掌力逼毒？意识到不对劲，田真开始担心了。

此神乃上古杀神转世，眨眼间就能制造几千炮灰，这等彪悍力量万一控制不好，咱很可能就要跟玉陈少宫一样变骨灰……

念头刚起，浑身剧痛。

“哇——”闷叫声里，田真飞出两丈远，跌落于地，口鼻耳一起出血。

掌风息，袖垂落，魔神负手道：“毒已尽除。”

黑血流尽流鲜血，久久不止，五脏六腑似被轧碎了般奇痛无比，呼吸越来越困难，田真躺在地上奄奄一息，连哭的力气都没有了，只剩脑中的一点意识。

毒是逼出来了，咱也要挂掉了。

最小的力道造就了这样严重的后果，魔神并未觉得不妥：“小小灰鸟，死于吾之手，强过你中毒而亡。”

田真荣幸得口吐血沫，差点当场气绝。

早该料到杀神不擅长救人的，像这样治疗失败，还不如中毒算了，至少可以多活一会儿。

一道金光无声飞来，落地化作人形，原来朝华君在山上，也听到了方才那声凤鸣，所以匆匆赶了回来，果然出事了。

看清状况，朝华君连忙过去抱起田真，一检查，心便凉了，此刻她分明是五脏俱裂，已无生还的可能，只因凤凰血本有疗伤作用，这才迟迟未断气。

“这是什么意思，表弟？”

魔神并不辩解，侧身道：“与吾作对的后果，如它一般。”

朝华君到底冷静，以这位表弟的力量来说，他要杀谁，就绝不会有重伤的状况出现：“神羽族不可能叛离神界。”

“念在昔日交情，吾已容忍神羽族多年，”魔神挥袖道，“但因你屡次插手战事，今后吾对神羽族将不再留情。”

朝华君叹了口气，道：“表弟身为先天之神，令我等望尘莫及，更应尽心守护神界才是，何苦执意造反？倘若归来，陛下定然重用，将来功成名就，流芳万古。”

“尔虞我诈，争权夺利，此等神界不配吾守护。”魔神长长地“哼”了一声，略抬下巴道，“吾一人，即能创一方神界。”

朝华君摇头。

魔神道："据说，神羽族将有败吾之人？"

朝华君苦笑："那是圣无名妄言。"

"羽族凤王，纵然再修行十万年，你也未必能接吾一招，何人能败吾！"沉沉的笑声透着十分狂妄，"吾很期待证实圣无名的预言。"

强风卷起，黑袖拂过，魔神消失。

旁边火凤早已醒来，对发生的一切表示不解，莫名地望着主人。

朝华君留意到地上的黑血，大略猜出怎么回事："有人下毒？"

田真连点头的力气也没有了，眼前的景物逐渐模糊。

谁会针对一只毫无修为的小凤凰，这场暗算分明是冲着他来的，误伤到了它。朝华君目光闪烁，抬手，一件小小的物什自地上灰土中升起，凌空飞至他掌上。

那是一方仙印。

朝华君意外地皱起眉，半晌又低头看着垂死的田真，凤目中神色复杂。

此毒本无药可解，就算是自己，也要立即运功一两个时辰，稍有耽搁便返魂无术，小凤凰更不可能活命。侥幸的是，六界功体最强的魔神在场，毒竟被他用掌力半点不剩地硬逼了出来。

可惜，魔神乃九天杀神转世，就算他只用一分神力，寻常躯体都是不能承受的，眼下毒清除了，五脏也破裂了，还是难逃一死。

毕竟是凤族子民，相伴这些日子，朝华君喜它通灵性，多少有感情，眼睁睁地看它丧命，到底不忍，若干脆死了也罢，偏偏这副将死不死的模样，让他越发迟疑起来。

要救，不是没有办法，凤王心头之血能起死回生。

然而凤王心头血何其重要，乃羽族王气凝结而成，关系羽族气数，数十万年始得一滴，历代神王即位就承袭了这道王气，四方子民修行也要借它牵引，王气弱，羽族修行必受限制。生死有命，历代神王皆受过训示，就算要破例，也绝不该是为救一只小小凤凰。

朝华君黯然，也颇无奈。

想它毫无修为便肯舍己救人，而今他身为族王，却要见死不救。

一滴血，流失的不仅是王气，还有千年修为，若真得了这滴血，她便能凭空获得千年修为，只需再修一颗内丹……

朝华君心中猛然大震，愣愣地看着怀中的田真。

醒来后，田真发现自己变成了一只大凤凰！

当然，还是一只大灰凤凰。

或者，叫大灰鸟更合适。

从头到尾巴三丈多长！如果有完整的尾羽，恐怕她比旁边火凤的体型还要大上一倍！田真满头冷汗，全身的羽毛根根倒竖，对这等成长速度表示难以接受，实在太吓人了，那感觉，就像一只猪做梦醒来，发现自己突然变成了一头大象。

依稀记起昨夜之事，她立即看向朝华君。

朝华君依旧温和地笑，摸摸她的脑袋表示安慰："别怕，小凰儿很快就可以变成人了。"

身负千年修为，只欠一颗内丹。

原来是领导救了咱，田真感激不已，同时也对自己莫名长大很不解，只觉得浑身上下充满了力气，精神大好。

不过，此等变化直接影响到她的福利，小灰凤凰虽难看，好歹还能装可爱让美男抱抱，如今这等彪悍体型，怎么看都与"可爱"二字搭不上边，这么大只鸟，估计没有哪个美男会抱着到处跑，如果有，那场面一定很壮观，也很惊悚。

朝华君望了一眼优婆山，轻声道："走吧。"

俊脸神情依旧感伤，却又依稀多了一丝决绝，不知怎的，田真反而有些欣喜，仍没找到恋人踪迹，他是打算放下了？

转眼之间，她忽然发现旁边的火凤的眼光有些奇怪，愤愤的，带着敌意。

田真很快明白过来，用翅膀拍拍它的背。

大哥，虽然咱变大了，但你放心，咱绝不会抢你的饭碗。

不妙啊，回去得想办法减肥，万一啥时候领导看咱长得壮，要骑……

田真轻咳两声，扑棱着翅膀往前冲，这一下，足足飞出了八千里。

大名鼎鼎的羽漠天宫，简直是个虚无缥缈的所在，不接地，不着天，宫外云雾茫茫，整座天宫悬在半空。

宫墙内亦有大片殿宇，比起天庭，雄伟壮观不足，清幽雅致有余，后园里花木繁茂，更有大片的梧桐树，还有竹林，时而桐叶翩翩映朝阳，时而梧桐细雨滴黄昏，时而翠竹迎风摇曳，时而碎影对月筛金。

正殿一带是大理石铺就的地面，通常朝华君都在后殿办事。

如同小足球场的大殿，田真转个身什么的还是不难，对于一只吃饭的凤凰，朝华君格外开恩，容她与自己一起用膳。

当然，田真现在的个头是不能上桌了，她默默地蹲在墙角，看着面前地上的食物，有种深深的耻辱感。

朝华君安慰道："有了内丹，就能化作人形了。"

田真还是低着头，浑身充斥着颓废的人文气质。

领导提拔，度与千年修为，修颗内丹本来是很简单的事，可不知怎的，她修了足足两个月都没修出来，真是辜负领导的厚望。唯一能引以为豪的是，羽漠天宫里所有的凤凰都不敢欺负她，她一翅膀能扇翻几个。

"小凰儿莫泄气，"朝华君摸摸她的脑袋，"你定然可以的。"

领导的信任带来更大的压力，田真有点想哭。

朝华君取过一块肉芝糕，喂到她嘴边："修行原不该操之过急，慢慢来。"

望着那俊脸，想到自己一脸灰毛，田真摇头踱出殿去了。

朝华君坐回椅子上，沉默。

不日太子将出使仙界，出使队伍庞大，带个人混进去不是太难，此计固然好，事成后太子立功，地位将更加稳固，但倘若事情败露，太子也很可能成为人质，神后与他这次是下了大赌注。

眼下小凰儿的状态更令人不安，难道果真如猜测中那样……

沙沙，内劲过猛，园子里梧桐叶落满地，几名扫地的小童咬牙切齿，眼睛简直要喷火，无奈王对这只丑凤凰格外容忍，因此全都敢怒不敢言。

千年修为无内丹控制，所以才造成这等后果。田真默默地跳下梧桐树，垂头丧气地顺着宫墙走了两圈，最终还是决定回大殿找朝华君，再听两遍修行方法。

大殿内静悄悄的，朝华君不在。

这日子没法过了！没法过了！田真在地上翻滚，做人的愿望从未有过这般强烈，神啊，赐我一颗内丹吧！

啪嗒，有东西跌落。

那是个精致的小盒子，不知怎的从案上掉下，盒盖在与地面碰撞的过程中被打开，一颗火红色明珠自里面滚了出来。

霞光灿灿，大殿被映得亮堂堂的。

会发光，是类似于灯泡的夜明珠吧？田真伸着脖子确认，翻身站起来，抖抖羽毛，走过去用嘴衔起明珠，准备将它放回盒内。

就这瞬间，明珠开始动了！

仿佛有了生命，小小明珠不受控制地顺着她的喉咙往里钻，没等她反应过来，已经骨碌碌地滑进了食道。

田真震惊。

没错，它自己能动！难道……难道是个孙悟空之类的玩意儿变的？

还没来得及采取对策，浑身的骨头开始疼痛。

东西真不能乱吃，没被魔神拍死，吃东西吃死了，未免冤枉。田真意识到不对，转身就跑，要出去求救。

门口不知何时已站了个人，凤目中神色复杂。

全身的骨架毫无规律地收缩，扭曲，伴随着剧痛，眼睛好像也出了问题，殿里所有东西都变得越来越大，书案、椅子、花瓶……

而真实情况是，田真在缩小。

变化来得太快，以至于精神上的骇然远远胜过肉体上的痛苦，她很快翻倒在地，半是痛的，半是吓的。

朝华君却明白是真气与内丹产生排斥的缘故，什么也没说，快步过去替她引导。

这真气与内丹，打个比方，就像水和盛水的杯子，内丹就是那个杯子，没有杯子，水就会四处溢流难以控制，炼成内丹，就等于修为上了一个层次，可是田真这颗内丹并非她自己所炼，要强行收服原有的真气，难免会被排斥。

得他相助，千年真气源源不断地朝丹田流去，仿佛被什么吸纳了一般，痛苦减轻，田真感激之余，发现自己庞大的身躯缩小许多，更加意外——敢情这玩意儿是颗缩骨丹，再吃一颗是不是就可以缩小变回小小鸟了？

“小凰儿，”朝华君看着她，语气有点奇怪，“你……究竟是从何处来的？”

身为凤凰，不懂鸟语、不吃练实，本就是件奇特的事。

领导怀疑了？田真警惕。

天海初见，迷失本性误入鸡群，她应该是真不记得了，朝华君没再追问，缓缓直起身看着地上的空盒子，心中的震动仍未平息。

真相早已摆在面前，她体内的剧毒被魔神的掌力强行逼出，身体也因此严重受创，虽靠着一滴凤王心头血捡回性命，破损的丹田却再难修复，要凭她自己修得内丹，根本就是不可能的事，眼前发生的一切，证实了这个事实。

这样的结果代表了什么？

他喃喃道：“是这样……是这样吗……”

不是咱偷吃，是它自己下去的，田真只当他误会，爬起来打算解释，就在此时，她发现了更恐怖的事。

一片灰羽掉落。

两片，三片，四片……

直到黑灰色羽毛散落一地，还有继续掉落的趋势，田真总算反应过来，咱还没老，咋就开始掉毛了！

嘿，那颗珠子有副作用！

脑子里浮现出一只光溜溜的烤鸡，田真的鸡皮疙瘩直冒，连求救都忘了——这个问题很严重，长得丑点儿还能勉强忍受，如果连这身羽毛也报销了，今后岂不是要裸奔？

不要啊！咱愿意做灰鸟，大灰鸟也行！

羽毛仍不断脱落，身上居然生起袅袅轻烟。

烧烤凤凰！田真冒出这个念头，仔细一想又觉得不对劲，身上并无火烧的感觉，反觉四肢舒畅无比，迫切地想要伸展。

下意识地做出伸展的动作，于是，她看到了一只手。

一只年轻的女人的手，肌肤晶莹细致，纤美细长，极其漂亮。

不过此时此刻，配合殿内一系列诡异事件，田真怎么看都不觉得它漂亮了，反倒毛骨悚然。

这是谁的手？难道咱身后有个女人？

朝华君依旧站在旁边静静地看着她，并无半分意外之色，有点思考入神的样子，目光似喜似忧，透着矛盾。

这该不是在做梦吧？

如果不是鸟，田真肯定会选择扇自己一巴掌清醒脑子，以便判断是真实还是梦……

念头刚起，那手马上折回，扇了她一耳光！

“啪”的一声，不只成功地将朝华君唤回神，田真自己也被打得晕头转向目瞪口呆。

这是……

咱重新做人了！

确认之后，田真禁不住一阵狂喜，连忙挥舞手臂，驱散缠绕在身体四周的轻烟，迫切地观察新身体。

美腿，有了！

美臂，有了！

细腰，有了！

美胸，有了！

终于当了大美女！碍于领导在面前，田真全力控制住流鼻血的冲动，嘴角情不自禁地弯了上去。

然而就在此时，更诡异的事发生了。

不由自主地，长腿抬起。

咱没打算动吧？田真察觉不对，慌忙纠正，无奈冥冥中似乎有种力量强行控制了她的身体，不仅伸出去的腿收不回来，连同手臂也开始抬起，腰肢也开始扭动，居然跳起了舞。

身轻如燕，踩着奇怪的步伐，有节奏地舞动着。

对上朝华君的视线，田真一阵眩晕，差点昏死过去。

还没穿衣服啊！跳什么舞呢！

殿内的气氛变得古怪异常，一名裸女围着白衣神王翩翩起舞。

凤目中掠过一丝尴尬之色，朝华君并没有回避，镇定地打量了她几眼，似觉意外，半晌才将视线移偏了些，微笑着解释："凤凰族修得人形，便要循王气来此地朝拜，如此方能入神籍，第一次领略王气，凤歌凰舞，所以……"

通常大家都是变身后才赶来朝拜，她田真刚得人形，这位凤王就在身边，王气太盛，所以就自动献舞了。

田真被刺激得满头冷汗，看着他许久，终于说出第一句话："能不能让我停下？"

朝华君摇头，含笑抬手："我送凰儿一件礼物。"

地上散落的灰羽自动飞起，围着田真旋转，很快便化作一件黑灰色的衣裳穿在她身上，不大不小，似有弹性，轻薄舒适。

田真稍稍安了心，不知怎的还是有点不安，等到最后一个旋转完毕，她自动跪倒在地，聆听凤王训示。

朝华君伸出一只手将她扶起，行动之间不觉皱了一下眉，心里更加困惑，面上仍是不动声色："乖巧的小凰儿，你已入神籍，今后要谨记天规，为天庭效力，知道吗？"

关于为天庭效力的问题，田真打算从长计议，只管四下张望。

一面镜子适时地出现在她面前。

"小凰儿还是很美的。"

听到这话，田真的心倏地凉了，一起生活了几个月，她对这位领导的作风相当熟悉，真的很美，他会说出来？何况还用这种典型的安慰语气。再者，天宫凤族的穿着再素净也是白色，若无蹊跷，为啥单单给咱一身灰衣裳？

镜中真的有个美人，有鼻子有眼睛。

田真先是微笑，然后脸色发白，接着嘴角垂落，最后掩面泪奔出殿。

接连两日天气奇好，艳阳高照，和风吹拂，羽漠天宫风景如画，可惜有人的心情怎么也明媚不起来。

看看虚掩的房门和门外愁眉苦脸的房间主人，朝华君生平头一次不太厚道地弯起嘴角，推门进去，寻找一圈，果然找到缩在角落里抹眼泪的田真。

出现这种意外，就连他也不知该如何解释，朝华君理解此女所受的打击，轻咳了一声，将她从地上拉起来，搂入怀里："你是打算今后都躲在这里不出去了吗？"

在领导的怀抱中受到治疗，田真觉得好了点。

朝华君也是下意识地像以前那样抱她，察觉不妥很快放开："走吧，随我回殿去。"

田真不作声，那只手温暖有力，不太松也不太紧，一路上都拉着她，直到走进后殿大门才松开。

"这样也不算太难看。"朝华君拍拍她的凤翼。

田真扭头瞅瞅，无语。

这对翅膀实在入不得眼，灰扑扑的，本来她想用"天使"来安慰自己，可无论怎么看，脑子里蹦出的还是"鸟人"。

朝华君尽量安抚她："这对神翼乃是上天所赐，实属难得，你只要学着使用，自会发现它的好处。"

好处？田真指挥着拍了拍翅膀。

刹那间，殿内狂风起，书籍自架上被扫落，椅子"砰"地翻倒，案上的纸张如雪片纷飞，整座大殿"咯吱"作响，眼见就要散架。

"出去再试吧，"朝华君及时制住那对翅膀，忍笑将她拉到桌旁，"先吃饱。”

被这效果震住，田真怏怏地坐下。

好吧，咱承认它有好处，天热的时候可以当强力电风扇。

圣无名所留的死丹通过这样的方式发挥了作用，朝华君内心的疑惑反而更多。因为他发现，除了修成人形，田真身体各方面的指标都没有明显变化，体质更是神族最差的那类，修行进度奇慢，想是筋脉被魔神重创的结果，当然，他仍然严格督促田真修行，期望奇迹发生。

带着对大灰翅膀在领导面前裸舞，说不在乎那绝对是假的，加上被鸟人模样刺激，田真哪有心思修行法术，时常坐在池塘边顾影自怜，接受更多嘲笑或是同情的目光。

领导的表现无任何异常，田真绝不会称赞他定力好，原因是，他当时注意到的肯定不是裸女。

水中的倒影清晰地告诉大家，无论何时何地，翅膀永远是最引人注目的。

田真兀自悲戚，身后传来朝华君的责备声：“小凰儿偷懒！”

“王。”田真起身立正，调整面部表情。

朝华君自然而然地扣住她的手腕。

手的温度传来，田真没有激动，面对自己这副模样，任何人都不会想太多的，看领导都不用顾忌影响。

长眉微蹙，迅速舒展，朝华君放开她：“法术修得怎样了？”

提到这个，田真的视线飘忽，咳嗽两声。

朝华君也明白缘故，教训道：“皮相是外，修为是内，要好皮相何其容易，变化就是，要修为有成却难上加难。你平白得了内丹，如此好机缘，怎能因为区区皮相就妄自菲薄？”

田真“哦”了一声。

见她似有不服，朝华君道：“怎么，你还有话说？”

田真不自在道：“王说得容易，可这世上谁不爱美呢！”

朝华君忍不住一笑：“但美无止境，有美，就会有更美，谁能占得最美？

美重要，亦非唯一，既不能美，可以求其他，正如强者、能者、贤者、智者，虽有不同，却各有好处，非美者所能取代。”

不愧是领导，思想有深度啊！田真暗服，点头称是。

朝华君满意：“明白就好，你作何打算？”

田真寻思片刻，指着翅膀试探：“有没有办法……把它变白？”

朝华君彻底无言，半晌道：“罢了，你闲着也无趣，我且派你件事做，出羽漠天宫往北，有地名壶中天，壶中天外长着许多朱果，你去采些回来，与他们炼药。”

有机会出去散心也好，田真答应了就走。

“凰儿，”朝华君叫住她，特意叮嘱道，“壶中天地势险，煞气重，万万不可进去，采不得……也无妨。”

田真应下，匆匆出了园门，哪知刚转过游廊，迎面就撞见几名侍女引着一位神女走来。

那神女紫色衣裙，装扮脱俗，边走边笑道：“多时不曾来羽漠天宫，仍是半点没变。”

看清她的面容，田真吃了一惊，躲避不及，转念想自己变了人形，她应该认不出来的，于是低头退到廊柱边，将翅膀缩起，尽量使自己路人化。

偏那侍女眼尖，拉过她就问：“小凰儿，可曾见到王？”

果不其然，两道不善的目光迅速射到她身上。

你认不出我，你认不出我……田真沉住气，镇定地答道：“王在后花园。”

侍女笑道：“怪不得后殿没有，原来在花园。神女请。”

恒月姬美眸闪烁，打量田真：“你叫小凰儿？”

这个问题很敏感，田真暗道不妙，打哈哈想要混过去，谁知旁边的侍女抢先答道：“她是王的贴身侍婢，才得人形不久，出了点意外，羽翼未褪。”

恒月姬恍然：“初得人形吗？”

轻笑声意味深长，田真听得头皮发麻，简直想要将那多嘴的侍女暴揍一顿。

“神女？”侍女察觉不对，疑惑。

“没什么，走吧。”恒月姬不再看她，举步前行。

还不死心，追领导追到这儿来了？田真如获大赦，抬眸望了一眼，忽见恒月姬边走边用手掩口，不知与旁边的贴身侍婢轻声说了句什么，那侍婢就扭头朝她这边瞟过来。

毫无疑问，恒月姬已经认出她了，田真快步往宫门溜。

出天宫过天河数万里，一路遇到许多关卡，所幸一对翅膀清楚地昭告了此女的来历，见她身份并无可疑，又奉朝华君之命采药，镇守的天兵挥手放行，田真顺便问清路线，很快到达目的地。

滑翔降落，田真摸摸翅膀自我安慰。

好吧，它是难看了点，可功能强大啊，要不是神界交通业发达，咱还能考虑开办航空业务呢，电风扇风力发电什么的也绝对不在话下。

所谓的壶中天，原来是个巨型山丘，方圆数里，上头遍生杂树，黑松居多，俯瞰下去，就像个倒在地上的黑漆酒葫芦。

葫芦口隐约吐出一条气带，五颜六色，光彩缤纷，飘飘荡荡上升，至半空方才消散，景象十分奇丽。

头一次见识，田真惊讶，飞过去远远地站着朝里面望，但见其中似有火光闪烁，半明半暗，景色无边，林木幽幽，溪流花草，远处山峦起伏……俨然别有洞天。

壶中天之名，取的就是这意思吧？

田真暗忖，同时觉得有点眩晕。

她哪里知道，这壶中天乃是极杀之地，地力翻涌催生煞气，累积到极点就会爆发，每年一次，长达十日，其间源源向外送出凶煞之气，形成那条五彩气带，偏巧这回让她遇上，纵然站得远，也难免受到轻微的影响。

本能地感受到危险，田真也猜想那气带有毒，想起朝华君的警告，立即后退数十丈。

得地气滋养，这一带地面生长着无数奇花异草。朱果是神界常见的副食品，可食用可入药，性平，味甘，有益气活络的功效，田真不到半个时辰就采了许多，看时间还早，索性坐在地上一颗颗吃起来。

正吃得有趣，忽闻细细风声起，地面寒光闪现。

得神之躯，不仅反应变得灵敏，动作也矫捷许多，田真下意识地丢了果子翻滚，待巨响声过，回头看时，原先所坐之处的地面已多了道两丈长的裂痕，若非躲得快，这一刀必定砍在她身上了。

田真骇然："你……是谁？"

来人侍卫模样，一招偷袭失手，也不回答，执刀欲再砍，可惜这次他还没来得及发招，背后就传来一个人声。

"嗯——"

低沉浑厚的声音，从鼻子里哼出来，语调上扬，有意外，有不悦。

听到这个声音，田真心一跳，接着双腿发起抖来，知道此刻断然不能逃跑，除非想快点变炮灰。

侍卫也被那气场镇住，呆呆地回头看去。

罡风袭面，壶口光芒闪烁，顿现高大威严的身影。

长发披散，金色额饰下，一双狭长的凤目射出危险的光，柔美的脸便多了十分阴暗，赫然是虚天魔帝。

原来这壶中天所释放的煞气虽可怕，却对妖、魔修行大有好处，无奈它实在太强盛，六界无人敢靠近，更谈不上取为己用，唯有上古杀神转世的虚天魔帝不惧这毁灭性的力量，每年地力爆发期间，都会来此地牵引煞气至魔界助部下修行。

那侍卫估计是新上任没见过世面，不知死活地开口："你是谁？"

大哥你真有福气，田真像看外星人一样看着他，死神当前，糊涂也是个优点，至少可以省去"害怕"这一步骤。

"无知的月族，"魔神抬手道，"给你机会，为吾效命。"

月族？月族的人要杀咱？田真疑惑，悬起的心逐渐往下落，难得魔神大人心情好，不急着制造炮灰。

偏那侍卫还没猜到他的身份，将手中的刀一挥，傲然道："混账！月族武者受命神界，岂惧你区区妖魔，休要多言！”

哇，田真几乎是崇敬地望着他了，大哥有骨气！

魔神大怒，凤眸一眯，浓烈的杀气席卷而来。

闷响声里，有个东西自侍卫身上飞出。

有骨气……被爆头了！田真睁一只眼，战战兢兢地瞧那无头尸体，还有那不停地喷涌的红色液体。

视线移到她身上，杀意不减。

魔神大人不喜欢有骨气的！田真双膝一软，立即跪倒。

“你，也要激怒吾吗，”魔神的声音缓缓响起，“鸟女？”

田真泪流满面——

鸟女……

第四章 神的儿子

其实只要不被“炮灰”掉，田真也勉强能接受“鸟女”这个称呼，魔神大人尚武，文学造诣差点，修辞表达有问题是很正常的，要求不能太高。

“嗯？”不见回应，魔神表示耐心有限。

此神面前尊严什么的都是浮云，田真发现那凤眸有眯起的趋势，想他说过“对神羽族将不再留情”，再看看月族侍卫的尸体……视觉心理双重刺激下，田真反应奇快，迅速由跪拜变扑倒，作青蛙状大叫：“魔……魔神大人万岁！”

沉寂。

察觉不妥，田真忙改口：“魔神陛下万岁！万岁！”

“鸟女，敢轻藐吾？”魔神俯视她，沉沉的声音暗藏怒意，杀气澎湃，“吾转世虽仅有万年，但吾之神元乃先天之神，迄今已七千万岁，嘲笑吾，你是哪里来的胆量？”

忘了面前是位祖宗，不，祖先级别的大神！田真一脸宽面条泪，紧张之下竟跟着冒起文言词：“陛下，吾……吾不敢！吾不敢！吾说万岁，是因为吾才二十五哪……”

魔神低眉：“千年修为，谎称二十五万吗？”

这个世界不拿数字当回事，都以万为单位计算，田真直起身解释：“吾不是千岁，也不是二十五万岁，吾是二十五岁。”

魔神终于意外了。

二十五年修得人形，还身负千年修为？

“吾不敢欺瞒陛下，”知道此刻不能忤逆他，田真克服恐惧，抱腿道，“陛下神威，吾仰慕已久，陛下想什么要什么，吾马上取来！”

金边广袖下，一只修长干净充满力量的美手伸出，眼看就要抚上她的脸。

田真全身僵直，差点魂飞天外。

这这……魔神大人这是……

没有时间多想，那手一偏，自她颈边绕过，魔神毫不客气地抓住她背后的翅膀，将她拎起来细细打量。

田真控制住不去想杀鸡的场面，抓紧机会表忠心，语气严肃庄重：“陛下不知，其实吾一直仰慕陛下神威，对魔界向往已久，早有投效之心，苍天有眼，总算让吾遇见陛下，从今以后愿跟随陛下左右效犬马之劳，望陛下成全！”

乍一听，是神羽族天才，仔细看，是根废柴，魔神说话很直接：“最下等的体质，要你何用？”

主动投靠，人家还不要，最关键是怕他觉得她没用不如“炮灰”算了，田真着急之际，不慎抬头对上那张脸。

此神就是个危险人物，而且已经有两个儿子了，其中一个比咱还大，可这张脸，这薄唇，这秀眉……真是引人犯罪啊！

美得阴暗，带着杀气。

一时之间，田真差点忘记了害怕，天天对着朝华君，鼻子本已免疫，谁知此刻竟再次不争气地喷血了。

被血刺激，田真找到灵感，高叫：“吾的血是疗伤圣药，吾愿意献给陛下！”

话出口被自己吓到，想万一此神要咱去当军医不是惨了嘛，于是她连忙补充道：“陛下要多少，吾尽量、尽量。”

半晌沉默，田真在心惊胆战中度过。

终于，魔神抬抬优美的下巴，重新开口：“凤凰血，吾要它何用？”

儿子喜欢血，老子却没这爱好，田真庆幸不用献血，马上仰脸望天止血：

“陛下说的是，陛下六界无敌，何须凤凰血？消灭神界仙界是迟早的事！”

魔神丢下她：“区区仙界，尚不值得吾动手。”

田真重新跪倒：“是吾失言，陛下英明！”

敢情弱也有好处，人家还懒得打你。

杀气消散不少，见他暂时没有眯眼的打算，田真这才松了口气，发现后背已被冷汗浸透。

咱还是有希望不当炮灰的，爱听奉承话的都是昏君啊，只可惜此昏君过于强大，稳坐江山推不翻，这就充分证实了武力的重要性。举例说吧，腹黑神帝和腹黑领导算计来算计去，外加战神用激将法，到头来此昏君眼一眯，照样毫发无损，几万天兵全当炮灰。

当然，对于田真这种人来说，遇上一个昏君，绝对比遇上一个明君安全得多。

为求保命，田真努力挖掘自身价值，脸皮也不要了：“魔界有陛下，还有两位天王，再添勇将根本就是多余，吾虽法力微弱，但吾可以留在陛下身边，与千万臣民一起，共同见证陛下功业！”

“你有勇气叛离神界？”

“有！”田真作悲愤状，“神界尔虞我诈，争权夺利，混乱不堪，吾早就难以忍受！”

这话很投脾胃，魔神满意，显然忘记了它的出处原本是自己，想虚天之大，多养个鸟女在身边拍马屁也很顺耳，于是抬手道：“吾，接受你的效忠。”

“陛下仙福永享，寿与天齐！”鬼门关走了一圈，田真激动得发抖。

“回魔界。”魔神转身。

必须去旅游一圈了，田真依依不舍地朝羽漠天宫的方向望了一眼，忍痛答应：“是。”

黑风卷过，眨眼的工夫，面前的身影已消失不见。

想不到他就这么走了，田真大惊，爬起来唤他：“陛下！陛下！”

四下张望，哪里还有半个人影！

怪只怪她平日修行不用心，未精通任何一门追踪之法，估计魔神大人也没料到新收的部下会没用到如此程度。

田真发现自己实在不知道去魔界的路，在原地乖乖等了半日仍不见魔神回来接，于是捧着朱果，拍拍翅膀回羽漠天宫了。

没飞多远，迎面竟遇上了朝华君，他并没有骑火凤，匆匆驾云而来，远远看见田真便停住。

饱受惊吓，田真此刻才真正感到安全，忍不住扑上去："王！"

风吹衣袍，挺秀如松，朝华君微笑着抱住她："担心你出事，来看看。"

羽漠天宫那么多侍女，领导唯独对自己格外留心，田真岂会看不出来，暗暗喜悦，连忙镇定下来，将这一路的经历告诉他，省略不光彩内容，说魔神念在神羽族分上手下留情，朝华君也没有表示，只是听到月族侍卫时微微皱了一下眉。

"没事就好，回去吧。"

广袖下，那手握得并不算紧，可是让人放心，很温暖，很稳当，带来久违的亲切感。

田真难得闭了嘴，一声不吭地任他拉着走。

耳畔突然清静，朝华君反而奇怪："小凰儿？"

田真"啊"了一声。

"在想什么？"

"想起我……父亲，当年他也常这么拉着……"田真下意识地说了两句，反应过来觉得不妥，忙补充道，"当然，我只是想起那种感觉，并不是说王老。"

朝华君爱怜地摸摸她的脑袋，含笑道："自然，我不过十万岁而已。"

田真语塞了片刻，道："王真是年轻有为、年轻有为……"

朝华君似是无意地问："你父亲是谁？"

一时感慨说漏嘴，田真后悔，装作苦苦寻思的样子："不记得了，只隐约想得起一星半点小时候的事情。"

朝华君点点头道："想不起来就不必强求。"

法力烂不说，形象也是个鸟女，却能让领导另眼相看，田真难免怀疑，回头瞅那对灰翅膀。

见她这样，朝华君无奈道："长相并不重要，为何总要执着于它？待你法术有成，就没人笑话你了。"

田真道："但很多时候，美貌是有优势的。"

"哦？"

"王敢保证，对美女的印象不会好一点？第一眼见到德音龙女，你喜欢的不是她的美吗？"

朝华君愣了下，不语。

发现失言，田真连忙道歉："对不起，我就是随口胡说，王别见怪。"

这么一闹，二人路上再没说过话，回到羽漠天宫，夜幕已降临，朝华君先去了殿上，田真将采来的朱果送到炼药处，准备回房休息。

转过竹林，一名女子站在园门口与外面的侍卫说话，田真对她倒有印象，正是恒月姬的贴身侍女。

"午侍卫还没回来？"

"没有，属下已派人去找寻。"

"难道出了意外……"侍女的脸色不好，压低声音吩咐，"我先报与神女，此事不得声张。"

侍卫答应着退下。

田真听得心中一动，迅速闪到廊柱后，等她离开，才快步走到前殿，找到最和气的执事羽萧，拉着他问了两句话，羽萧的回答直听得她心头一片冰凉，连忙寻了个借口告退，慢慢地朝自己住的小院走去。

"这么巧？"一道身影出现在拐角处，不像无意遇见，倒像是有心等候。

来人正是恒月姬，她身后站着刚才那个侍女。

田真先是惊，随即镇定下来，毕竟这是羽漠天宫，要了结一只小小鸟也没那么容易，她索性大方作礼："恒月神女。"

恒月姬缓步走到她面前，看着她亲切道："小凰儿？你和我认识的一只凤凰很像呢，可见你我很有缘。"

田真也会装，谦卑道："小小凤凰，怎敢高攀神女！"

恒月姬秀眉微动，话中别有深意："先前听朝华君说你独自去采药，我还担心你出事，如今安然回来就好了。"

猜测已被证实，田真假笑道："是啊，想不到。"

派出去的侍卫变成无头死尸，加上朝华君的态度不冷不热，恒月姬本就恨得紧，闻言目光越发凌厉起来。

田真倒并非故意讽刺她，而是眼下的确无须遮掩了，反正她已恨上自己，撕不撕破脸皮都是一个结果，因此田真再作揖道："夜已深，神女早点歇息，我先告退了。"

恒月姬忽又笑了："正要回房歇息呢，只是我身边日常服侍的两个丫头不在，月林一个人忙不过来，不如今夜你到我那边去当差吧？"

若别的侍女听到这话，必定受宠若惊，可田真早知道她没安好心，跟去服侍，虽无性命之虞，但受不受折磨就很难说了。她是客，只要不出大事，朝华君也不好过于计较，田真既明白这个道理，哪里肯上当，立即借口推托道："神女是客，本该侍奉，只不过我是王的贴身侍女，要赶着过去服侍王安寝，神女若少人使唤，我这就去跟练执事说一声，叫她另派两人过来。"

被她拒绝，恒月姬冷笑，旁边的侍女斥道："神女看你机灵才叫你伺候，你却推三阻四，羽漠天宫竟有这等无礼的宫婢吗？"

田真道："我是王带回来的，原就不在宫婢之列，只管侍奉王，若擅离职守，王怪罪下来，我担当不起，望神女原谅。"

"罢了，"恒月姬阻止侍女再说话，道，"我随你过去，与朝华君说一声，叫他不要怪你。"

她停了停，莞尔："听说朝华君的寝殿向来不用人服侍的，借你一夜，想也无妨。"

你狠！田真暗骂，无奈转身带路："神女请。"

寝殿内外静悄悄一片，果然不见伺候的侍女，重帘深处，明珠攒成新月，冷清的光芒里，朝华君立于案前，身上换了件白色单衣，手执画卷看得入神。

“怎的不敢进去？”侍女将田真推进帘内。

朝华君察觉，搁了画卷问：“谁在那里？”

田真一个踉跄后站稳，立正：“王。”

朝华君皱眉：“恒月神女？”

未等恒月姬说话，田真抢先道：“神女身边少人使唤，想让我过去伺候，但我一走，就没人服侍王安寝了，待要拒绝，又怕神女以为我推三阻四，所以来向王请示下，是不是另派两人？”

朝华君一愣。

恒月姬朱唇轻启，媚眼如丝：“方才遇上这名小婢，喜她办事伶俐，就顺口问了一声，想不到是在寝殿服侍的，我便特意来与朝华君抢人了。”

朝华君“嗯”了一声。

见他没否认，恒月姬暗暗吃惊，笑道：“我很爱她的乖巧，想借过去使唤一夜，不知朝华君可舍得？”

旁边的田真挤眉弄眼，朝华君假装不见，嘴角动了动，继而下沉，语气严厉：“练执事竟如此疏忽，神女奉旨而来，自然没带多少人，凰儿，你去传我的话，让她亲自送两人过去，与神女赔礼。”

田真如获大赦，无限崇敬地望着领导：“是。”

待她跑出去，朝华君这才含笑与恒月姬解释：“她年少不懂规矩，平日没少淘气，不如用更稳妥的。”

先做决定再解释，神女也只能认了，腹黑领导的手段非同一般，简直就是雷厉风行！

田真从练执事处离开，心情无比畅快，匆匆往自己的院子走，可巧那边恒月姬也带着侍女从寝殿告辞出来，脸色差极。

恒月姬在她面前停下，皮笑肉不笑：“凰儿，很好。”

田真装傻：“练执事已送了几位会服侍的姐姐过去，神女放心。”

“寝殿在那边，”恒月姬淡淡道，“你不是要服侍他就寝嘛，这是去哪里？”

田真哈腰道：“这条路好走、好走。”

恒月姬双手本交叠于胸前，闻言陡然握紧。

看那指甲寒光闪闪，田真吓得后退两步，嘴巴微张，随时准备开吼。

“夜深了，回去吧。”恒月姬扶着侍女，缓步走了。

受了这场惊吓，田真立即打消回房睡的念头，掉头直奔朝华君的寝殿。珠光未熄，重重帘幕里，朝华君果然没睡，端端正正地坐在案前。

“王。”

“还敢回来？”

“多谢王袒护。”田真赔笑，往角落里溜。

朝华君重重拍案，冷声道：“可知所犯何罪，还不跪下！”

田真垂首跪倒。

朝华君扬眉道：“寝殿伺候，你几时领了这差事？”

外人面前维护，内部的账还是要算的，田真早已料到这结果，解释道：“她想害我，我也没办法。”

朝华君板着脸：“她是神女，什么害你！”

“她是神女，我是小人，”田真也恼了，“那月族侍卫是谁派的？王还要瞒着我，早知道当初她偷看你沐浴时我就不该拦……”

“放肆！”朝华君被她气得想笑。

“她本来就想与王共浴。”见他神色不对，田真适时打住，服软道，“侍卫的事就算了，她有身份有地位，我也不敢要什么公道，但她现在摆明了想要报复我，我多少是神羽族子民，王难道不该庇护？还要怪罪我？”

朝华君道：“你这是责怪本王不能还你公道？”

“我不敢有这个意思，”田真摊手，爬起来走到角落，“时候不早了，王该睡了。”

地面铺着松软的毯子，她蹲下身用手摸摸，发现比想象中的厚实多了，于是放了心，这一夜应该不难过。

朝华君踱到她面前："起来。"

"我就想借一块地方而已，王连这都不肯？"

"夜里天风紧，会受凉。"

原以为他还要责怪，哪知会听到这个，田真"啊"了一声，尴尬地扇翅膀："不会不会，我现在很热。"

殿内狂风卷起，瓶子椅子砰砰作响，案上书页呼啦啦翻动，先前那幅画也随之飘落。

无意闯祸，田真奔过去抢救："对不起对不起，我不是有意的……"

未等她碰到，那画自行飞起，落入朝华君手中。

恍惚看到上面的美女，田真明白，立即若无其事道："画的谁呢？我什么也没看到。"

手上金光闪过，那画便凭空消失了，朝华君缓步至案前，声音温和："有些事，自己知道就好。"

典型的领导式警告，田真领会，想了想又小心翼翼道："王，这恐怕不行。"

见她有异议，朝华君意外。

"其实这事大家都知道。"

殿内许久无动静，田真悄悄溜到另一个角落躺下，闭着眼睛，心里正忐忑不安，忽然身体悬空，竟被人抱了起来。

不知道该说什么，田真装作睡沉，任那双手将她抱到大床上。

"总是小孩子脾气，说你两句就任性。"头顶传来含笑的声音，"恒月姬派人害你，我岂有不生气的道理？但她是月神王之女，我多少要给些面子，不告诉你，是怕你知道后意气用事，闯出祸来。"

田真不作声，继续装睡。

小小鸟的性命，当然比不上你们大神之间的关系。

见她这样，朝华君道："让你受委屈，是我无奈，你如今也明白了，纵然身为神王，我亦有许多不得已之事，虽有心护你，但你也应谨言慎行，今日说谎有我替你遮掩，明日若是别人，怎容你胡闹？"

智商被看低，田真忍不住睁眼道："知道王会庇护，我才说谎嘛，难道将来见了陛下，我还敢这么说不成？"

朝华君拍她的脑袋："好，小凰儿聪明。"

听出语气里的敷衍与戏谑，田真挫败。好吧，比起领导你的"腹黑"，咱还是很嫩的。

"那个……她不会一直住在这儿吧？"

"不会，此番是陛下与神后察觉羽族王气减弱，让她前来探问。"

"王气怎么会减弱？"

"因为本王不慎失去了一滴心头血。"

田真惊讶道："心头血？"

长发自脸上扫过，朝华君在她身侧躺了下来。

田真立刻翻身坐起："我还是睡地上……"

朝华君也不说话，斜眸笑看着她。

脸上的温度越来越高，田真硬着头皮重新躺下，结巴："我……我就睡这儿。"

不知道朝华君用了什么办法，恒月姬没过两日就失望地回天庭去了，田真接连几夜在寝殿伺候的事也传开，众人都归为她是凤族的缘故，血统高贵纯正，也难怪王格外重视，可见王对凤族还是偏心的。

就在这时，一件轰动六界的大事传开。

仙界众臣迎回旧太子关河月微，发动政变，仙帝关河月武逃出宫，集结母族势力与之抗衡，欲再夺权。

变动来得比预料中的要快，成了众人谈论得最多的话题，据说关河月微是混在神界太子出使的队伍里才得以通过重重关卡顺利回到仙界的。关河月武指责神界，神帝弑中天却命人将使者骂一顿，大概意思是，两界素来交好，谁知关河月武竟派玉陈少宫潜入神界谋害朝华君，妄图插手神界中事，居心不良，有玉陈少宫的仙印为证，之后便大张旗鼓地出兵助关河月微，关河月武听使者回报，大怒，终也无可奈何。

消息传到羽漠天宫，靠着当鸟时得到的情报，田真心里明明白白。

关河月武命玉陈少宫暗算朝华君，令人费解，然而此事正好成了神界出兵的借口，神帝早就与关河月微达成协议了吧，助关河月微上位，两界联手对抗魔界才是最终目的。

朝华君听说后只一笑，让报信的人退下。

看样子他早就知道了，只怕他还是主要策划者之一。田真假意凑过去替他擦书案，若无其事道："陛下助关河月微即位，对神界固然有利，但王说，关河月武要是被逼急了，狗急跳墙投靠魔界，引得魔神出面怎么办？"

对于她能问出这么有道理的问题，朝华君表示意外，点头道："问得好，小凰儿很聪明。"

田真默。

原来在领导眼里，咱智商很低。

朝华君道："关河月武自然会向魔界求救，但必定遭拒。"

田真脱口而出："那可不一定。"

那位大神有个很麻烦的毛病，就是爱听奉承话，说不定对方来句"魔神威武"就顺手帮了。

朝华君挑眉道："你可知晓他当年叛离神界的缘故？"

田真略作思索，小心翼翼地答道："听说他生性倨傲，不甘居于人下，所以……"

朝华君叹了口气，示意她到面前："那也罢了，其实是当初先帝迟迟不立太子，几位皇子争夺帝位，陛下对兄弟做得过了些。"

田真闻言，并没有觉得意外。

这种事不新鲜，几乎成了帝王家的传统，神帝陛下抢皇位时肯定使了不少阴招，诬陷啊什么的，若非魔神弟弟武力值太高动不得，肯定也遭毒手了。

"他对这些事极为恼怒，只因先帝还在，不好作对。"朝华君莞尔，"虽说他是先天之神，但如今转世，先帝毕竟是他名义上的父亲，当时先帝十分信任陛下，且忌惮他的神力，纵然他有心阻止，几位皇子仍是早亡。先帝驾崩，陛下即位，他没了拘束，便叛去魔界了。"

田真恍然大悟。

怪不得他说神界争权夺利、尔虞我诈，原来是个正义的法官，可惜神界不正义的神太多，于是代表正义的就成了魔。

是非观这么强烈的魔神大人，知道关河月武篡夺帝位迫害兄长的历史，哪里还会帮忙，只怕关河月武的使者一到，就被他随便眯眼“炮灰”了也说不定。

田真试探：“王是忠诚于……陛下的？”

朝华君当然明白她的意思，摇头道：“我所求者，是神羽族的安宁，必须站在神界这边，他是先天杀神，杀性太重，无人能制，留在世上总归不是好事。”

田真表示理解。

一个过于强大的存在，本身就令人忌惮。

关河月微身上被封印的仙帝力量得解，群臣拥护，逐渐占了上风，神界出兵，更是如虎添翼。不出所料，关河月武向魔界求救遭拒，鬼界素来低调怕事，只肯袖手旁观，倒是妖皇爽快地派兵相助，二对二，打得不亦乐乎。

这边田真跟随朝华君去北海视察下级工作。

北海很安宁，极寒之地，浮冰无数，天海之间一片明净，别有番意境。

海底王宫内，朝华君与大鹏王垂天在商议事情，被魔神所伤，垂天足足养了几个月才好，其间神帝也曾派天官送来灵药表示慰问。他们说话，田真不方便在旁边，便独自带着避水珠出来乱走。

海底有许多奇形怪状的石头，还有一大片一大片的珊瑚树，十分美丽，各处都有侍卫把守，偶尔还会遇上带刀巡逻的。

田真参观着海底世界，浑然忘归，直到傍晚侍女寻来，传朝华君的话，让她自己先用饭，她才跟着去殿内随便吃了些，饭后见朝华君还没回来，更加无聊，且无睡意，索性又走出殿四处游荡。

天已经黑了，装饰的明珠派上用场，整座王宫被映照得恍若白昼，珊瑚丛中也稀疏地点缀着珠光，远远地站在暗处，只觉星星点点，格外美丽。

正看得有趣，忽然远处一阵喧哗声起，有人在骂。

“出了事连人都没看清，饭桶！”

“不好，引风幡被盗了！”

“什么？快去报告王！”那人大惊，喝道，“传令下去，封锁各处要道，你们，统统带人给我搜！”

田真吃惊，引风幡乃是鲲鹏部的宝贝，垂天上午还特地请朝华君参观过，此地守卫森严，谁那么大的胆子，敢独自闯进来盗宝？

一道红光无声掠来，隐入身后的珊瑚丛内。

“在那边，快！”

“追！”

田真呆了会儿，很快想起了什么，嘿嘿冷笑。

脚步声近，追兵眨眼工夫就出现在眼前，却是垂天亲自带人过来，见了她，垂天立即停住。

田真先作礼：“大鹏王。”

知道她是朝华君的随身侍女，且受过她的救命之恩，垂天也很客气，问道：“凰儿姑娘，有没有见过什么可疑之人？”

本来打算借机报仇，但事到临头，田真又改了主意，摇头笑道：“我一直在这里玩，倒没见有谁来，怎么，宫里出了什么事？”

垂天没有解释，只说了句“无事，倘若见到，速速禀报”，就带着众侍卫匆匆离去。

目送众人走远，田真忽觉站立不稳，连忙转头看去。

身后不知何时站了个小孩儿，红发披垂，圆脸清秀，大眼睛忽闪，一只手拿着一面二尺高的青幡，正笑眯眯地用另一只手拽她的翅膀尖呢！

这小魔头！田真头痛了，将他推进珊瑚丛，怒目：“还不快滚？”

路小残放开她，转眼珠子：“你为什么救我？”

魔神大人骄傲自负，养的儿子也没礼貌，小小年纪就有这么重的疑心病，田真有点为方才的决定后悔。

“哎呀，你是凤族的！”路小残认出来，兴奋地问，“我也认识一只丑凤凰，它跟着朝华伯伯，你见过它没有？”

小屁孩儿，老娘抽死你！田真眼底喷火，后悔不已。

事实上，她更想抽自己。

叫你多管闲事！叫你偏要当圣母！

“你怎么变了人形还留着翅膀啊，去不掉吗？”路小残同情地拉她的翅膀，不解，“你怎么也是灰的，你的彩羽呢？”

牙齿咬得咯咯响，田真好不容易才忍住揍人的冲动，不能打小孩儿，事实上打也打不过……

偏偏路小残不看眼色，缠着问：“喂，你是谁呀？”

“是你娘！”田真终于爆发了。

路小残瞅她：“我只有父皇，没有娘。”

田真本是发火顺口骂，闻言反而乐了：“没娘你是从哪儿来的？难道是你父皇生的你不成？”

这可真把路小残问住了，小天王生平头一次正视自己的来历，颇为纠结，最终仍是不信：“我娘怎会是只灰凤凰？”

“灰凤凰怎么了？”被说中痛处，田真暗暗咬牙，接着转为笑脸，“娘本来很漂亮的，只不过浴火重生出了点意外，就变灰了。”

路小残拆穿她：“我都有千岁了，你身上只有千年修为，连我都打不过，哪能当我娘？”

田真哄他：“因为凤凰会浴火重生，其实娘有两千岁了。”

“是吗？”路小残拿引风幡拍脑袋，“我哥哥可有七千岁呢。”

田真马上道：“他不是亲生的。”

“父皇从未提过你。”

“因为他喜欢别的女人，把娘赶出来了。”

“我父皇才没有喜欢别人。”

“那是你没看见嘛，反正他不要娘了。”

平日对父皇只有敬畏，哪里敢问他的事，路小天王听得似信非信，像个大人一样踱着步子，不时悄悄地瞟她两眼，显然在鉴定真伪。

田真占了便宜，俯身捏住那漂亮的小脸就亲：“我不是你娘的话，怎么会救你？”

“你真恶心呀！”路小残跳开，郁闷地擦脸。

“乖儿子，娘喜欢你呢。”田真凑过去拍他的脑袋，顺手就夺他的引风幡，“随便偷东西是不对的，听娘的话，带着它你肯定逃不出去，让人发现抓住你，娘会心疼的，啊？”

推搡之间，小身体摇晃，嘴角竟流下血来。

“你受伤了？”田真被吓到了，“是谁打的，大鹏王？”

路小残满不在乎地用手一抹：“不是大鹏，是父皇。”

魔神大人不光虐待天兵，居然还虐待自己的儿子，太暴力了！田真无意中发现这等秘密，义愤填膺：“他为什么打你？”

“带兵去妖界，败了，父皇说我无用，打了我一掌。”

见识过魔神的掌力，田真难以置信：“为这点事就打你，你还是个孩子啊，太过分了！太过分了！简直不是人！”

路小残骄傲道：“那当然，我父皇是上古之神。”

没娘的孩子可怜哪，受伤都没人管，田真倒真有些不忍心了，想他毕竟只是个小孩子，语气软了下来：“伤得重不重，疼不疼？”

路小残鄙夷道：“谁怕疼，我又不是女人。”

小家伙还挺硬气，田真摇头，这样教育孩子不对，大大的不对。

大约是感受到那一点关心，路小残眨眨眼睛，忽然笑嘻嘻地抱住田真：“娘给我治伤，好不好？”

田真警惕：“你……”

路小残拉过她的手：“别怕别怕，我就咬一口。”

小牙咬破手腕，有点痛，有点痒，有点麻。

看吧，娘也不是说当就当的，还得献血。田真想哭了，咬牙切齿道：“一点，就一点，治好伤快走！还有，把引风幡给我留下……喂喂！够了！你当喝水呢！”

好不容易抽回手，田真看着那鼓鼓的小嘴，默默流泪。

路小残吞了半口，将剩下的半口血往引风幡上一喷，然后得意地抹抹嘴：“怪不得听说神羽族的王气减弱了，原来流失的王气在你身上，这下你的血正好镇住引风幡，那大鹏念咒也没用啦，我能混出去了。”

流失的王气？田真愣了一下，七窍生烟：“路小残！”

“你才不是我娘，想骗我，差得远了！”

路小残忽略她的脸色，将引风幡缩小放入腰间，笑眯眯地拉她的翅膀尖：“他们人多，我带不动你，先走啦。”

红光远去，田真摸着手，有点想吐血。

膜拜田圣母，田圣母威武！

领导来检查工作，住处自然高档，寝殿外生着青青的耐寒的植物，类似于海藻，软软的，有点像水绵，只不过体积大了许多，长长地浮在水中，有笔直竖着的，也有横着的，如同垂落飘飞的翠练，优美动人。

殿内灯火通明，桌旁的人白袍如雪。

“凰儿。”

“王。”

朝华君示意她至跟前，问：“怎么了？”

爱听奉承话的魔神，养个儿子却比兔子还精！田真哪里肯说，敷衍道：“没什么，就是随便出去走了一圈，听说刚才王宫里出事了？”

朝华君微微挑眉，忽然伸手，强行拉过她的手查看。

凤凰血本身有疗伤生肌的作用，腕上的伤口早已愈合，只留了两排小小的牙印。

朝华君好笑道：“随便走一圈，就被小怪物咬了？”

便宜没占到反而出血，田真支吾。

手指抚过牙印，朝华君放开她道：“是那盗幡之人？”

被他识破，田真老实地解释道：“魔神曾对神羽族留情，路小残算来也是王的表侄儿，王定是不好将他送去天庭的，但轻易放了他，让陛下知道恐怕要怪罪，因此我擅自做主放他走了，请王宽恕。”

朝华君看了她半晌，微笑道：“小凰儿才修成人形，就如此聪慧，留你在身边，竟是我的福气。”

被他夸奖，田真脸热。

朝华君话锋一转：“表弟固然对我族留情，但我身为神王，行事也当以神界为重。”

田真愣了：“王……”

“你没做错，”朝华君道，“只是我此番决定放过路小残，是为大局着想，处置他并无好处，放回去反倒是卖个人情，表弟行事向来有准则，将来再战时，才有余地。”

田真不信：“魔神再厉害，难道不顾儿子死活？”

朝华君笑了笑道：“倘若真能要挟他，我会放路小残走？”

于是魔神大人的形象彻底崩塌，由正义的化身变成了一个冷酷无情外加暴力的父亲。

田真内疚道：“路小残盗走了引风幡……”

朝华君表示无妨，站起身问道：“时候不早了，去外头和她们睡吗？”

“不去，她们都在背地里议论我。”提到这事，田真坚持不懈地请求，“王就想个法子，替我把这对翅膀变白吧。”

“你……”

“我不执着皮相，我只想变得稍微顺眼一点。”田真闷闷地坐到凳子上，“现在走到哪里都被当成怪物，还怎么指望有人喜欢？”

朝华君“哦”了一声：“你要谁喜欢？”

田真瞟他，嘀咕：“反正我不想这么难看。”

珠光闪闪，映照得俊脸如玉，朝华君抿了抿嘴，将她拉入怀里，优美长睫掩不住目中浅浅的笑意：“凰儿这样很好，一点也不难看。”

真的不难看，会抱得这么自然？田真移开视线：“只有王一个人这么说。”

“我一个人不够吗？”

田真不语。

朝华君放开她道：“呆凰儿，还不伺候本王更衣？”

更衣？田真跳开。

“怎么？”美眸微斜。

原来不只狐狸精会勾引人，凤凰也很荡漾，那滴心头血……田真晃晃脑袋让自己清醒，语气与心情一样复杂：“我一无美貌，二无才能，凤族子民不多也不少，王怎么单单对我这么好？”

朝华君笑道：“我奇怪。”

田真不解：“奇怪？”

“寻常羽族纵然修得人形，最初也是本性难改，总要过一两年才渐渐学会掩饰，通人情知人意。”朝华君停了停道，“小凰儿才得人形几个月，知道的却很多，会审时度势，会起疑，还会害羞，想得……不少，不该奇怪吗？”

领导太“腹黑”了，居然使美人计来试探咱！田真愤愤道：“我聪明，我学得快，王哪只眼睛见我害羞了？”

“是吗？”朝华君又要拉她。

“我错了，我害羞，王！”田真彻底投降，飞快跳上床，面朝里面躺下。

珠光灭，身旁多了个人。

那笑意就像醉人的花香，混合在空气里，纵然看不见，也能清楚地感受到，扰得田真精神兴奋，僵直地躺了一夜。

心潮澎湃了一夜，延迟的睡意终于在第二日清晨发作，朝华君出去后，侍女进来整理房间，无意中看到床上还躺着个人。

整个鲲鹏王宫为此震惊，私下传得沸沸扬扬，哪位神王身边没几个妃子，朝华君再深情，也耐不住寂寞，只是……当年德音龙女的美貌无人不知，神羽族最高贵的王者，这审美观的变化实在太大了吧？

当夜，大鹏王垂天就命王妃送了两名美人过来为领导排解寂寞。

顾及领导的面子，两名美人是悄悄送来的，而且垂天相当尽职尽责，命人将她们剥光，直接送到了领导的床上。

于是——

田真进门便道：“这灯没昨晚那么亮。”

朝华君也发现了，走过去看明珠，确认不能让它们更亮之后，皱起了眉：“这些侍婢如此粗心。”

“王今晚喝了酒，就别看折子了，明天起早点，一样的。”田真凑过去，就着灯影瞧他，“王的酒量不太好吧，我听说才喝四五杯而已，还是小杯，王的眼神都飘忽了。”

朝华君闻言笑道：“你懂什么，那酒叫醉太平，酒神亲手酿制，已藏万年，赠了垂天一壶，也是见了我，垂天才肯拿出来，他的酒量在神界是有名的，此番只喝两杯就不敢陪了。”

田真“哈”了一声道：“原来王也会自夸海量，我看大鹏王不是怕，是舍不得喝而已。”

酒意渐渐上涌，朝华君的言行也不再像平时那么严谨，随手在她脑门上一拍，然后捏住她鼻子：“还不伺候本王更衣。”

田真呆了呆，只觉脸上抑制不住地发烫，她连忙转身朝床走去：“王自己更衣吧。”

觉得她反应有趣，朝华君忍了笑调侃道：“你来不好吗？”

田真假笑道：“我会害羞！”

“怎么害羞法？”脚步声近。

见他言语里带着醉意，田真心头紧张得扑通直跳，掀起帐子：“反正我不会伺候，王叫别人来吧……咦？”

帐内，被窝里，两双眼睛盯着她。

田真吃了一惊。

的确是两双眼睛，因为被子拉得很上，蒙住了大半张脸，不过……还真是好看的眼睛啊！

一双，如小鹿般纯洁；

一双，比领导还荡漾！

田真也没反应过来，直愣愣地和那双小鹿眼睛对视许久，喃喃道："你们是谁？"

二女眨眼不答。

"怎么？"朝华君出现在旁边，见状也一愣。

见到他，两双眼睛同时亮了，不知是哪一个开口，声音细若蚊吟，不尽羞涩："婢妾们是奉大鹏将军之命，前来伺候王的。"

大鹏王真神速，这边领导要人伺候更衣，马上就送来了，田真有些没好气，呼啦一声掀起被子道："没听见王说要更衣吗，还不起来伺候？"

酒醉，反应未免比平日迟缓，等朝华君发现不对时，已经来不及阻止。

娇呼声里，二女同时捂住关键部位——脸。

殿内一片寂静。

"哎哟喂！手这么疼，我得出去找医神治治，你们伺候王吧。"田真反应很快，丢下被子将二女连头蒙住，快步出门去了。

殿外空空，值夜的侍女们一个不见。

原来请领导喝酒是打的这主意，大鹏这礼送得好！田真心里极不舒服，默默地站了半晌，终是忍不住挪到门口探头朝里瞧，可巧与出来的朝华君撞了个对面。

"王，"田真尴尬不已，"怎么出来了？"

朝华君看她："你的意思，我该如何？"

田真更加尴尬。

意识到失言，朝华君轻咳，沉声命令："去请大鹏王过来。"

喝得醉醺醺的大鹏王被侍女从小妾处叫出来，立即知道事情不对，酒也惊醒了，赶紧吩咐人先过去将两名可怜的美女搬走，然后才跟着去见朝华君。

听了一堂思想政治课，大鹏王退出门时，见了田真都低着头绕道，估计被训得不轻。

殿里再次恢复安宁。

“王，该睡了。”

“嗯。”

可能是这酒的后劲太厉害，朝华君走到大床前，已是凤目半闭，俊脸微红。

对于这样的结果，田真竟莫名生出一丝欣喜，知道他真的醉了，连忙去帮忙解他的衣带。

毫无预兆地，一只手揽住她的腰。

田真全身僵硬，立即抬头看。

站立不稳，他顺势将部分重量转移到她身上。

完美的脸越来越低，离她越来越近，凤目迷离，薄唇吐着淡淡的酒香，若即若离地游走在她脸上，下意识地寻找她的唇。

刚训过大鹏的作风问题，就亲自犯错了，田真的心跳随之加速，手足无措地推他：“王？”

没找到唇，他低声笑，带着点无奈。

“衣衣。”轻轻的、略带疼惜的声音。

温热的唇在她耳畔摩擦，有力的手臂将她抱得更紧。

“回来了吗，衣衣……”

德音龙女，衣上云。

仿佛自半空狠狠摔落，心瞬间跌入谷底，田真在那怀中沉默片刻，开口道：“王认错人了。”

大约是那语气太过冷静，朝华君被唤回神，身体一僵。

田真推开他：“王喝醉了。”

荡漾没错，只是弄错了对象，真是天底下最悲哀的事情。

深呼吸，田真毫不客气地扯开他的衣带，三下五除二剥了外袍，然后镇定地将仅穿着雪白中衣的他按坐到床上，扯掉靴子，再一把推倒，粗鲁地扯过被子随便一丢，蒙得严实，几个动作一气呵成，干净利落。

酒意醒了大半，朝华君略觉尴尬，难得任她摆布。

“王早点歇息吧。”田真拍拍手，转身朝殿外走。

“小凰儿。”身后传来低唤。

“我也喝醉过，看谁都差不多的。”田真头也不回道，“既然王醉了，我还是先去别处睡吧。”

第五章 神中魔帝

小小的插曲似乎就这么过去了，从鲲鹏部出来，朝华君又顺便去凤族视察了趟，作为他的本家，凤族名不虚传，个个俊男美女，田真大开眼界。总体来讲，北海之行很顺利，除去在凤族出了点小意外，其余时间都很平静。

事情经过是，凤族某个性小王不以貌取人，对田真这只灰凤凰很感兴趣，二人共同讨论凤凰如何变灰的话题，相谈甚欢，临走时凤小王约定将来去羽漠天宫看望她，并助她研究灰翅膀漂白的课题。朝华君知道后，严厉地将凤小王叫去训斥了一顿，大意是说他不务正业，没有好好学习天天向上将来为神界建设作贡献的觉悟。田真听得颇为反感，帮凤小王说了两句话，结果被连带一起教训。

为神界去当炮灰，需要慎重。

带着这样的不良思想，田真头一次跟朝华君起冲突，回到羽漠天宫就变成了一只暴躁的凤凰，像吃了火药似的，随时随地都可能奓毛，尤其是被强行抓去修行法术的时候，对于她的不恭，朝华君也没怪罪，唯有在督促上半点不放松。

体质所限，修行和不修行效果都差不多，进境奇慢，照这趋势下去，未来几百年闲不了，田真自己都心灰意冷，朝华君却显然没有放弃的打算。

终于有一天，田真忍不住了。

“王，我有修行的必要吗？”

“怎讲？”

“我又不用打仗……”

“这是什么话！”朝华君斥责道，“修行不在一时，来日方长，不可意气用事。”

田真本就窝火，闻言反感：“凤族也未必个个都长于术法，有擅音律的，有通药理的，所谓行行出状元，王也看到了，我已经很努力，可惜没效果，说明我在这方面根本没有天赋，就算修个几百年，也不可能多厉害，不如学点别的技能……”

朝华君的嘴角抽了抽：“满口胡言！”

“凤十七王不也是个闲王吗？”

“他可以，你不行。”

田真暴躁了：“王对我期望太高！我是个小人物，没打算做什么大事。”

“放肆！”朝华君严厉道，“贵为神羽王族，怎能说这等有失身份的话？”

田真起身就走：“我从不认为自己有多高贵的身份，要是王觉得我丢脸，我离开羽漠天宫就是了。”

“站住！”

“这是命令？”

朝华君无奈了，将她拉入怀里：“凰儿，我那天喝醉，你……”

“王还放在心上呢！”田真尴尬，慌忙解释，“我不是说这个……”

“我知道、我知道。”朝华君含笑点头，却不放手，“既然你不喜欢，就别修行了，去书房替我磨墨吧。”

他肯让步，田真也没脾气了，贵为神王，他对身边的侍女向来很少留意，如今却非要自己伺候，这种温柔太容易让人沦陷。

想到这里，田真扇了扇翅膀，想要从他怀里挣开。

朝华君制住她的翅膀，开始以退为进：“动不动就与本王赌气，这是谁的错？”

“是我。”田真承认，索性把话说开，“其实王不用耿耿于怀，那天只是酒醉认错人，又没做什么，我并没有多想……”

朝华君扬眉："没多想？"

气氛陡然转变，田真结巴："王再不放，就……多想了。"

朝华君"哦"了一声，笑看她："那，就多想吧。"

田真愣了许久，才真正理解话中的意思，却无半点惊喜，她迅速扳开那双手臂，自他怀里钻出来："王知道我现在这样子，不可能想什么。"

朝华君看着她半晌，伸手拉起她，缓步就走。

田真迟疑了一下，终究没有拒绝。

朝华君带着她走到桥上，示意她看水中的倒影："仔细看，看到了什么？"

清波照影，二人并排立于桥上，翅膀被他挡住半边，脸和身材占了主体，竟也不那么难看了。

"除去羽翼，你还有脸，还有手，它们都很美，你果真看不见？"

"我也不是最漂亮的。"尽管这么说，喜悦却仍是一点一点从心底沁出来。

"你是最特别的小凤凰。"

"王若看久了，也没什么特别的。"

朝华君不再逗她，含笑道："仙界新帝将来神界，陛下命我去天庭，过些日子动身，你随我去。"

新帝？田真想了想才明白过来，原来关河月微成功上位了。

接下来的一段时日，田真过得很风光。朝华君身边常陪着个特别的侍女，羽漠天宫多少眼线，各部暗地里都纷纷派人送来礼物，大意是请她关照，朝华君得知后只命她收下，说这些人并非想通过她办成什么事，不过求个安心而已。

人对待工作和学习就是这样，被逼着去做只会厌烦，等到某日不用做了，反而想要认真做，田真照常修行至黄昏才想起这时间他已经在书房，该去替他磨墨了，于是匆匆往书房跑。

朝华君提笔立于案前，微皱双眉，俊脸上更多了几分迟疑与矛盾，分外迷人。

田真扶着门看。

朝华君已发现她，板起脸道："书房当差，如何来迟？"

田真进门笑着作礼："王要责备我，还是表扬我？"

朝华君搁了笔，走到她面前："勤奋修行，理当奖励，怠慢本王，是要惩罚。"

"我可不是有意来迟的，"田真摆手道，"听说午后鹤王从天庭来，肯定是带了陛下的旨意，王自然要叫他到书房详谈，我过来不是碍事嘛，他刚走不久吧？"

朝华君笑道："聪明。"

田真道："王在想什么？难道出了什么事？"

朝华君不答，微微俯下脸道："对本王的事这般清楚，本王若不据为己有，岂不危险？"

田真的脸顿时烫起来："王说什么？"

朝华君笑看她："我说……"

"王！"田真慌得打断他，留意到案上，忙掩饰性地走过去看，"王在作画，画的什么呢？"

不待她走近，那张画转瞬间便化为了灰烬。

"随手画几笔，不看也罢。"

田真愕然地望着他片刻，没有多问，像平常一样走过去收拾书案。

"凰儿。"

"是用膳的时候了，王快去吧。"

"你不去？"

"我不太饿，先收拾下这里。"

朝华君不言语，负手踱到她身旁，看着她不紧不慢地整理书卷，细心地洗净画笔收起墨，没有表示。

田真的动作慢下来："王？"

"她已经不在了，你这般聪慧，怎的还不明白？"朝华君轻声叹息，"要我一时抛开，却是不能，如何计较太多？"

胸口闷得发慌，算是替补的烦恼吧，正牌是永远不会有这种感受的，田真也知道是自己小气了，毕竟才相处这点时间，人家相爱又是多久，哪会轻易就忘记？

田真停了手中的事，低声道：“我计较的，是王的隐瞒。”

朝华君道：“你喜欢听我提起？”

田真沉默片刻，道：“王说得对，隐瞒也好，我可以等，但请王没有放下之前不要接受我，我也不会强求。”

朝华君看着她半晌，颔首道：“说你是个孩子，却有这般清醒的想法；说你是大人，却又时刻任性赌气。”

田真别过脸道：“比起十万岁的人，我当然是个孩子。”

朝华君失笑：“敢嫌本王老吗？”

“王不老，王魅力无边，恒月姬不是照样乐意陪浴……”

“嗯？”

见那双眸变得危险，田真忙忍住笑求饶：“我没说，我什么都没说！”

朝华君拉起她的手：“时候不早了，随我去用膳。”

朝暮相伴的感受，和寻常恋人那样，有惊喜有甜蜜有烦恼，不过是为些生活琐事。关于自己身上那滴心头血，田真自始至终都没有问起，凤王心头血的重要性不难知道，他愿意给，救了她的命，这就够了。

话说关河月微与神界联军大败关河月武和妖界的联军，关河月武自尽，仙界内战到此结束，关河月微即位称帝，决定亲访神界答谢。此行代表了神、仙两界联盟正式形成，共同对抗魔界。

此等重要场合，羽族神王朝华君自然不能缺席，见日子近了，他便带着田真动身，依然是乘火凤前往，两人不急不缓地行路，偶尔在海上或者山头逗留，倒也有趣。

“孔雀王妃送的。”田真拿着支绿羽钗汇报。

“孔雀王族信钗，可以调用百名孔雀绿羽兵。”朝华君接过羽钗，皱眉道，“别的倒罢了，孔雀王竟将此等信物随意赠人，简直糊涂！”

最先收到礼物的喜悦，已经逐渐演变成烦恼，无数珍奇宝贝摆在面前，既不能吃又用不了，田真彻底沦为了保管员，正在头痛，闻言立即道：“我只当凭它可以出入孔雀王宫，哪知道有这个作用，既然这么重要，那还给她吧。”

“先戴几日，到时我教你如何回他们。”朝华君将羽钗插入她发间，“宫里也有孔雀绿羽，将来叫人替你做一支更好的，墨绿的颜色与你很配，再亮就不成了。”

“怎么不成？”

“只看到钗，看不到你了。”

见她怏怏地摸翅膀，朝华君含笑拉她入怀，薄唇轻轻往那额间印下：“呆小凰儿，你还执着这个，到底想怎样？”

“我要看王的翅膀。”

“无礼。”

“王在害羞？”

朝华君沉默不语。

“王怕什么？”

朝华君移开视线，镇定地看着前方云海，不紧不慢道：“我怕你看过，更自惭形秽了。”

赤色神光闪现，身后展开一对庞大凤翼，金灿灿的凤羽晃得人眼花，衬着金边白袍与长长黑发，更显尊贵。田真原以为火凤的羽毛已是极美，到此刻才发现，根本不及眼前之人的万分之一。

待她伸手去抚摸时，那羽翼忽然消失。

朝华君捂住她的眼睛问：“有没有惭愧？”

田真咳嗽：“不如火凤好看。”

朝华君笑而不语，倒是火凤听到赞扬，受宠若惊，大为振奋，一下子冲出了几万里。

大荒迷雾茫茫，时有高高的山峰倒退而过。

田真回头望两眼，忽然道：“王，优婆山过了。”

朝华君“嗯”了一声，没有表示。

原来此人表面不在乎，其实还是留神的，田真本就是故意等走过了才说，见状道：“王要不要回去看看……”

“过了就过了吧，”朝华君打断她，“到天庭，你随我一同见陛下。”

那幅画像并没有烧掉，但他也没再拿出来看过，放手不容易，至少他已经开始尝试了，田真知道此刻不应多提，忙顺势移开话题：“新仙帝要来，不知道他长什么样。”

朝华君闻言笑了：“定会叫你意外。”

充满乐趣的旅程，总是结束得格外快，天河、长桥、宫殿楼台，和上次所见相比，天庭的景物没有多大改变，照旧有天官等在宫门外迎接，然后带路，将二人引至偏殿外，殿外伺候的侍者进去通报，很快出来传神帝的话，请朝华君入内。

“凰儿，你乖乖地等在这里，不得乱跑，”朝华君拍拍她的肩，低声嘱咐，“稍后会传你，规矩都记住了？”

伴君如伴虎，多跪、少说这两大规矩谁不记得？田真埋怨：“记住了，快进去吧，我又不是小孩子。”

“原来你已经长大了呀。”朝华君忍住笑，整理衣袂进殿去了。

在这群大神眼里咱就是小孩子，田真记起正事，过去打听文犀的近况，哪知众侍卫的回答几乎一模一样——没听说有侍卫叫文犀的。

天庭侍卫这么多，互相不认识很正常，还是稍后请领导帮忙找吧，田真谢过众人，回到原地规规矩矩地等着，不多时，一名侍者就出来请她了。

走进殿门，迎面就见神帝端坐案前，给人一种高高在上的威严感，朝华君陪坐在下面的椅子上，见她进来，微微颔首示意。

田真规规矩矩地行大礼参拜。

静悄悄的，两道锐利的目光落在她身上，仔细打量着，令她浑身不舒服，哪敢抬头。

“起来吧。”神帝终于开口。

田真爬起来，退至朝华君身旁。

神帝皱眉道："怎会如此，莫不是弄错了？"

朝华君垂眸道："臣亦不知。"

田真虽然听得莫名，但想自己这种小人物应该不至于成为话题，因此也没放在心上。

"罢了，看天意吧。"神帝将手中的茶杯一搁，别有深意地笑，"正事说完，表兄该回寝殿了，有个人盼着见你，已等了许久，此刻她还不知道你来了。"

朝华君意外："臣愚钝，望陛下明示。"

神帝挑眉道："仙帝送来的礼物，你见了定会感激不尽。"

朝华君便不再问，起身告退。

神帝叫进一名侍者，道："此人表兄还是单独见为妙，小凤凰先去别处玩耍吧。"

二人退出殿，朝华君嘱咐道："凰儿，你跟着天官走走，不可惹事，累了就回来。"

想他有重要客人，田真点头道："我去找文犀。"

朝华君已走出几步，闻言回身笑道："趁早打消这个念头，他被派出去办事了，不在。"

他自回寝殿去，这边侍者尽职尽责地带着田真四处游览，天庭景色虽美，可是太过穿凿，一花一草一木一石都修过，远不如羽漠天宫自然随意，加上仙界最高领导人即将来访，天官宫娥们比平日更加忙碌，处处人来人往，使得田真很快对这个大公园失去了兴趣。

转过小湖畔的山石，迎面两个人走来，田真避之不及，跟随侍者退到路旁作礼，尽量往侍者身后躲。

好在恒月姬看上去心情差极，只管低头朝前走，对周围的事不曾留意，旁边神后执着她的手好言安慰。

"这么多俊美神王，你为何偏就爱他？"

"娘娘……"

"二十多年了，谁知她又回来了呢。"神后叹气道，"表哥绝不肯委屈她做侧妃，我原想让你们先成事再说，就算她回来也不打紧，可惜……如今叫陛下赐你侧妃身份也容易，但他二人情深，难保你将来不受冷落，何况你父王也定然不依。”

恒月姬越想越气恨，咬牙：“都怪那只丑凤凰坏事！”

田真目送二人走远，忽然心头一冷，迅速转头问侍者：“大哥，到底是谁回来了？”

这事也没什么好隐瞒的，加上她态度颇为尊敬，侍者对她的印象分大增，笑道：“除了德音龙女，还会有谁！”

猜测被证实，田真脑中有瞬间的空白，愣了许久才喃喃道：“她不是……不在了吗？”

“别说你，连我们都不信呢。”侍者来了兴致，细细与她解释道，“原来她当年去优婆山，遇上了前仙帝关河月武，被掳去仙界，关河月武爱其美色，见她不从，便将她秘密囚禁了，好在仙界新帝即位，总算将她救出送回来，难为她受了这二十多年的相思之苦，如今有情人终成眷属，实在可喜可贺。”

怪不得玉陈少宫会对朝华君下手，原来是关河月武想让美人死心的把戏，田真笑了一声：“那我该去跟王道贺才对。”

侍者也走得累了，想要偷懒，闻言就答应送她去寝殿，见她推辞说记得路，更乐得走开了。

寝殿外伺候的侍女一个不见，空无人影，静得不同寻常，里面急促的呼吸声也分外清晰，隔着帘子，依稀可见两道人影忘情地拥吻着。

还是上次住的寝殿，路都熟悉，田真不知是怀着什么样的心情赶到的，撞见预料中的情形，脚仿佛被钉在了地上，竟再也移不动。

里面的两人太过激动，并没有留意周围的动静，照这趋势，会发展到什么程度很难说。

重拾旧情嘛，是不是应该先了断一件事？

田真闭上眼睛深吸了口气，然后重新睁开，迅速抬手打起帘子：“王。”

两人僵住，同时转头。

不得不承认，龙女是个天生的美人坯子，恒月姬根本不足其十之一，星星般的双眸，含泪带笑，目光流转之间，所有明珠翠玉黯然失色。

整个房间唯一配得上她的，就是搂着她的那位羽族最尊贵俊美的男人。

熟悉的脸，有喜悦，有疼惜，有宠溺。

二人身上的衣衫已有许多皱褶，久别重聚的激情被人突然打断，殿内顿时一片沉寂。

被打断的不悦，看清来人的惊讶，逐渐呈现的尴尬……

久别重逢，龙女并没有留意到他的神色变化，只控制不住喜悦，连害羞也不顾了，仍抱着他的腰笑道："多年不见，你身边这些人我都不认得了。"

朝华君抬手似要推开她，却终究没有动作。

田真看看那手，视线迅速扫过二人，嘴角微微扬起，露出恭敬的笑："听说龙女回来了，特来与王贺喜。"

见朝华君不介绍，龙女也惊讶，对于田真目前的模样，她压根没有当作情敌的想法，只羞涩地点头算是答谢。

殿内的气氛有点冷，头脑也慢慢地冷静下来，田真忽然间感觉自己这种行为很幼稚，他们两人真正情投意合，没有背叛，只是被迫分开而已，现在人回来了，在一起也理所当然，自己算什么，最多跟恒月姬一样是个失败的追求者，这样"捉奸"，未免自取其辱。

于是她匆匆转身道："龙女回来就好，久别重逢，想必有许多话要说，我先走了。"

"凰儿！"熟悉的声音终于响起。

田真站住。

朝华君神色复杂，有点无奈，看了她半晌才轻声叹道："下去吧，我稍后找你。"

一句话，一败涂地。

"想来王也没什么重要的事，吩咐她们就行了。"田真大步就走，"不打扰王叙旧，再见。"

想到这个结局，胸中实在气闷难解，她索性又恶意地改口："永别了！"

被这声“永别”吓到，朝华君上前两步：“凰儿！”

“你……去哪里？”龙女不安地拉住他。

朝华君沉默半晌，看着她微微一笑：“放心，我去去就回。”

忽略众多惊讶的目光，田真冲出天庭，过天河，全无目的地乱飞，觉得自己很有言情小说女主角的风范，遇上这种事就是想跑，跑远点。

潜意识里，田真希望自己是书上的女主角，那他一定会追来解释说“那不是真的，是误会”，而事实证明这是不可能的，一句“稍后找你”，已经说明了他心中感情天平的倾斜，这炮灰女配角当得太惨烈了，伤自尊。

稀罕你找？龙生龙，凤生凤，你们就龙凤杂交开发新品种去吧！

田真赌气地想着，到底还是放慢了速度，降落在山头。

其实她也明白，朝华君就算有心追，现在也未必追得上，因为连她自己都不记得是从哪个方向跑出来的，中途又转过了多少次弯。

理智上讲，三个人谁也没错，怪就怪自己运气不好，找了个有情史的男人。

感情上讲，这场爱情才刚萌芽，应该没到死去活来的地步，伤心有，愤怒更多。

之所以会这么伤心，多半在于，众人都因为外貌嘲笑她的时候，她却得到了这个优秀男人的青睐，他的温柔与纵容给了她安慰，也给了信心，导致她不能接受突然失去的结局。

愤怒也是有理由的，本来对这场恋情从没抱奢望，可是对方步步暧昧，给了她希望，甚至直接表达了他的意思，事实上他的确在接受她，然而等她张开双臂准备投入他怀抱的时候，他深爱的前女友回来了。这场闹剧若看成是老天捉弄人，那么它从头到尾捉弄的就只有她一个，未免太不公平，也显得她更无辜与可怜。

他与她在一起的时候，明显没这么亲密过，顶多就是拥抱，捏捏鼻子，轻轻地吻额头，像对待孩子般宠溺着……

曾经甜蜜的回忆不受控制地往上涌，令人蓦然醒悟，也带来更多失落，田真只觉得心头空空的，静静地抱膝坐在草地上等待日落，努力抑制上涌的眼泪。

等来日落的同时，也等来了一个人。

此人出场的方式相当惊险，自半空俯冲而下，抡起弯刀就砍。

田真生性胆小怕死，平日着重学会了躲闪逃命的招式，虽然感情上遭受严重的打击，可是身体本能的反应仍不慢，居然成功地避开了这一刀。

看着那身似曾相识的侍卫装扮，田真脱口而出："月族的？"

那人眼神一冷，杀意更增。

老子奉命杀你，你却认出了老子的来历，还能让你活吗！

女人遇到感情真会变笨！田真很快明白说了蠢话，后悔不已，满肚子委屈全变成了气愤——该死的恒月姬，专盯着咱呢！你没泡到领导固然悲剧，可咱也是受害的女配啊，这不，炮灰得比你还惨。

戾气蔓延，挥出两丈光波。

田真见状骇然，终于抛弃眼泪和委屈，重拾危机意识，手忙脚乱地扑棱着翅膀逃跑。

死亡面前，人也更容易看开。

什么受伤、什么爱情，都不如活着来得实在！活着，可以再追求多少美男！活着，失去一个领导算什么，咱要愿意，随时都能找千千万万的领导！

千年修为，远不是月族武士的对手，关键时刻救她性命的，竟是平日里怨念最深的一对翅膀！望望落后的月族武士，田真苦笑，原来这才是咱人生中最重要的东西啊！

无奈实力差距摆在面前，匆匆逃出数十万里，月族武士越追越近，田真心里着急，忽见前方有大片森林，想也不想就一头扎了下去。

寂静的林外，草地上点缀着许多落叶，踏着沙沙作响。

这么大的森林，找人很需要技术，等到天黑咱就好逃了！田真暗喜，撒腿朝林里跑。

忽然间，一阵黑色旋风刮来。

风力甚猛，脚下的落叶纷纷被卷至半空，尘土漫天，一片萧瑟肃杀之气迅速朝四周蔓延，就连夕照也染上了三分血色。

熟悉的预兆，不祥的预感，田真断然立定，后转，打算退走。

不料这片刻工夫，月族武士已经追到。

田真急忙叫道："别打了……快离开！快走！"

月族武士哪里肯听，连发杀招。

"低等的凡神，其行终究恶劣。"半空中响起威严的声音。

罡风里，前方缓缓降下一道高大身影。

咱到底是凤凰还是乌鸦？说永别，现在就真要永别了！田真欲哭无泪，简直想找棵歪脖子树上吊。

衣摆广袖无声垂落，魔神站定。

长发下，金色额饰泛着奇异的光彩，衬得脸更加阴暗柔美，微扬的唇似笑非笑，高挺的鼻梁却霸气十足，上面清清楚楚写着四个大字：唯我独尊。

"自相残杀，神界越发混乱。"魔神凤眸微眯。

田真一直在留意他的眼睛，见状几乎是不经大脑思考地，迅速以一个标准姿势卧倒，滚进旁边的大坑。

闷响声里，杀气自头顶席卷而过。

再探出半个脑袋瞧，月族武士果然不在原地了。

田真哀悼。

大哥，要懂得察言观色啊，不知道魔神大人的习惯是件很危险的事，你看，被爆头了吧！

一招过，居然还有活着的，魔神意外，紧接着愤怒了："无耻的鸟女！"

见他认出自己，田真哭丧着脸，双腿发软。

我说那什么恒月姬，你就不能派个高手来？好歹经打一点，让咱有时间跑路吧。

好吧，其实魔神大人面前没有高手。

没时间耽搁了！田真倏地从坑内跳出来，扑倒在魔神脚边，不敢相信地仰望大神："魔神陛下！真的是您？真的是您？真的……"

紧张恐惧之下，演技被迫提高，她揉揉眼睛，居然酝酿出几滴眼泪，嘴里文言词跟着往外冒：“吾……吾总算再见到您老人家了！陛下威武！”

被她感动，魔神低眸：“给你机会解释。”

成功赢得机会，田真的心放了一半，将那日没能跟去魔界的缘故讲了一遍，大意是责怪魔神跑得太快，丢下自己不管，末了表衷心道：“吾在壶中天外等了好几天哪！”

魔神不语，开始掂量这话的可信度，凡神很无耻，只不过无耻到这种地步的，他连想都没想到过。

田真抹泪，指着月族武士的尸体：“因为吾叛离神界，遭到他们追杀，幸亏遇见陛下，陛下的救命之恩，吾铭记于心，万死不能报也！”

魔神“嗯”了一声，评价道：“低等神族，如此无用！”

田真再叩首道：“陛下神威，神帝、战神、朝华君都不是对手，吾等小神本来就不值一提，陛下万……万万岁！”

魔神满意地抬高下巴，负手，半晌又看着她道：“花言巧语的鸟女！”

田真默。

好吧，咱承认，其实你不算很糊涂，还知道什么是花言巧语，可你不是照样听得很欢乐嘛。

所有电视剧和小说里，魔界都是个可怕的、血腥的、地狱般的所在，但是如果你把电视剧和小说当作事实，那就错了。虚天魔界不仅没有想象中的那么阴森，相反，这里有山有水有花草树木等。

虚天是永夜的。

然而，这并不代表魔界只有黑暗。

如果非要用一个词形容，那就是：五光十色。

巨大的岩石后永远闪烁着红彤彤、黄澄澄、绿幽幽、蓝莹莹的光，朦朦胧胧，很有夜总会的气氛。时常可见聚在一起喝酒的魔王魔将，加上一帮长相极具特色的小喽啰，再配合魔神一身黑袍的黑社会老大形象，俨然一“涉黑集团”总部。

魔宫坐落在虚天中心，万里石山之中，大大小小的岩石林立，高的近百丈，矮的仅一两丈，形状千奇百怪，好似迷宫一般，不熟悉的人进来很容易迷路，田真感觉这是个游击队出没的好地方。

每当报时花开，群臣都要去魔神殿议事，类似神界的早朝。

魔神殿名为殿，其实是露天的，没有屋顶。

走进虚设的殿门，抬头，最引人注目的要数对面那座高高的、洁白的石阶，共有七层，建筑风格独特。这里的光线倒很正常，周围七根金色巨柱参天耸立，每根高十多丈，上面缠着七条威武的黑龙，鳞爪栩栩如生，柱顶镶嵌着拳头大的珠子，金光闪闪，使得整座神殿亮如白昼。

东方皇宫，西方圣殿，两种风格糅合在一处，居然很和谐。

眨眼间，魔神现身阶上，根本看不清是从何处来的。

他背对殿门，负手而立。

宽大的金边黑袍拖垂，与洁白的石阶相互映衬，尊贵耀眼。

太阳神再世啊！田真暗暗赞叹其品位，随众魔参拜之后，自觉地溜到角落站好。

神界降将所获待遇不错，有吃有住，还有议事资格，众魔对她很友好，田真却尽可能地保持低调——咱法术低微，就算发言也没什么分量，这些同事的底细都不清楚，各自打什么主意很难说，咱谁也得罪不起。

打着哈欠，田真等待着下班时间。

“鸟女！”

确认低沉的声音来自那个背影，田真精神一振，扑上前跪倒：“陛下！”

“昨日魔龙告状，说你拔了它的龙鳞。”

惨了，告状去了！田真望望蟠龙柱，结结巴巴道：“是……是我。”

“解释。”

“回陛下，我以为它是假的。”

众魔掩嘴笑。

魔神难得转身看她：“无知的鸟女！”

田真默。

咱也刚知道，这年头柱子上的龙居然都货真价实，昨天随手剥鳞，抬头就被那垂下来的龙脑袋吓得差点晕死过去。

“陛下，九死沧回来了。”有人进来报。

魔神抬手，示意田真退下。

门口出现一位三十来岁的兄台，身披铠甲，肤色极黑，相貌属于有点对不起大众的那类，他匆匆走进殿，跪倒在阶前，一副痛苦惭愧的模样。

“木魅姬掳走人界九十九命用于修行，臣被她打伤，陛下……”

“失败者不死于战场，反倒逃回来？”

略带怒意的声音里，九死沧被无形的神力击飞，重新滚落回门口，吐血。

太暴力了！太暴力了！田真吓得不敢出声。

“陛下息怒！”

“木魅姬是妖界五王之一，九死沧战不过她，不足为奇。”

眼见群臣伏地为九死沧求情，田真感动不已，难怪魔神大人总贬低神界，瞧瞧人家魔界，多团结多友爱啊！

“吾魔界大将，敌不过妖界小王吗？”

群臣摇头。

对你老人家来说，世上没有“大王”。

一个长着稀稀拉拉的胡子的老头直起身，却是古石护法：“妖界小王岂能与我魔界大将相比，定是九死沧顾及身份让她，所以才会被她所伤。”

九死沧忍住伤痛，挣扎着爬回来，道：“那木魅姬甚是无礼！属下本不欲伤她，她却说她隶属妖界，与魔界无关，还说普天之下唯知妖皇，从不曾听说什么魔帝，属下见她辱及吾皇，分明没将魔界放在眼里，一怒之下与之争执，竟遭暗算。想我九死沧若死在她手上，妖界岂不更猖狂，我宁愿死于吾皇掌下……”

众魔听得愤愤然，田真却听得好气又好笑。

木魅姬你要倒大霉了，什么“不曾听说魔帝”，在这位响当当的大神面前，一个头脑正常的人是绝对不会也不敢说这种话的，连神帝和朝华君都忍气吞声生怕激怒他。木魅姬的胆子当然不会比神帝大，那么事实就是，这位九死沧大哥是编排高手，试图把魔神的怒气转移给她呢！

九死沧虽受伤，却没死，可见魔神大人脾气再差，也不会随便炮灰部下，咱又安全点了。

田真放宽心，看众魔的反应。

“木魅姬大胆！”

“九死沧忠心耿耿，求陛下宽恕他。”

“小小妖王，敢轻藐吾？”眼一眯，杀意又起。

魔神发怒，后果很严重，众魔齐声恳求：“陛下息怒！”

九死沧忙道：“她不过是个糊涂小妖，不值得陛下动怒，更不值得陛下亲自动手，照属下看，只需派天王前去，就足以教训她了。”

魔神“嗯”了一声，负手道：“吾儿小残未归，冰河尚在闭关，且容她多活几日。”

众魔齐呼：“陛下仁慈！”

见田真独立殿内，魔神不悦：“鸟女，同伴失败，你是幸灾乐祸？”

田真惊出冷汗，慌忙跪倒辩解：“吾不敢！吾只是听那木魅姬辱及陛下，陛下却这么仁慈宽容，一时感慨万分，未曾多想。”

魔神勉强表示满意，转身消失。

动不动就制造炮灰的杀神，居然喜欢听人称赞自己仁慈，田真觉得这个魔界很难理解，同时也明白了众魔团结友好的原因——在大神眼里，不为同伴求情就是幸灾乐祸，咱还有别的选择吗？

被连点两次名，众魔留意到这个低调的伙伴，热情地围上前。

古石护法笑呵呵道：“鸟女，住得还习惯？”

“差点忘了你，晚上过来与我们喝酒吧。”魔业护法大方地发出邀请。

来了几日，田真已记住他们的大名，顿时热泪盈眶，想自己无貌无能，还是一眼就看得出的劣等体质，竟能获得这么多重视与关怀，真不容易！

没等她纠正姓名，一个虚弱的声音响起：“你们别只顾她，须管管我……”

原来九死沧伤重，趴在地上爬不起来了。

因为新伙伴而忽略他，众魔内疚，纷纷拥上前将他搀起来，你一言我一语地安慰，有的甚至掏出几瓶药：“早在你接任务时，兄弟就替你备好了，疗伤圣品！”

九死沧捂着胸口连连道谢，接过吞了两粒，精神果然好了点。

田真无言。

搞了半天，大家都受罚受出经验来了。瞧瞧，多亲切的场面啊，魔界人民一家亲！

田真为先前的猜忌惭愧，立即上前表示关切：“九死沧大哥还好吧？我初来乍到，两手空空，什么药都没准备，你可别见怪。”

九死沧感动道：“妹子有心，缺什么，尽管去哥哥那儿拿！”

瞧瞧魔界人民这觉悟！田真暗喜，正考虑怎么找他讨点疗伤药备用，忽然一只柔软无骨的手从旁边伸出，将她自九死沧面前拉开。

“别让臭沧占便宜，姐姐教你几招！”

细眉粉面，媚眼丹唇，俗艳的妆容，偏有种极端的诱惑，深色衣衫衬得肌肤呈现野性的蜜色，前襟很低，抬手间一缕幽香飘散，熏得人昏昏欲醉，软而妖的声音，酥到人骨头里。

御姐好销魂！田真赔着干笑。

御姐对女人失去兴趣，放开她，妖娆地在九死沧胸前一拍：“死沧，今晚陪我……”

“姑奶奶，”不等她说完，九死沧就捂着胸口面露痛苦之色，“我重伤呢，再陪你一夜，明日还有命吗！”

御姐柳腰轻摆，双臂缠上他：“你的命，比我还重要？”

九死沧连连摇头：“饶了我吧，实在……有心无力、有心无力。”

御姐也不失望，转向魔业护法，媚眼横飞。

魔业护法黑着脸后退：“我家那位……姑奶奶知道的，饶了我吧。”

“都不是男人！”御姐幽幽叹息，摇摆着走了。

九死沧望着她的背影吞吞口水，与田真解释道：“这是‘乱分春色’玉杨娇，修行的功夫……喀咯，她发誓要阅尽吾皇之外的所有男人。”

对于将魔神大人除名的决定，田真表示理解，这太考验胆量。

“魔界大半男人都被她折腾过，要是神仙遇上她，可就丢命了。”

在魔界，魔神大人是至高无上、绝对强权的存在，天王路冰河是目前唯一能与战神神无功匹敌的人物，小天王路小残则以诡计多端著称。在他们父子面前，能力再好的人也会受到打击，从而丧失表现的信心，逐渐退化，因为失去奋斗目标，所以造就了一个和谐无比的魔界。

幸亏对于田真这类人来说，退化不退化都没有区别。

每天按时上班议事，下班聚众喝酒赌博，偶尔结伴出去捣乱，田真对自己的腐化堕落很满意，偶尔会负气地想，咱现在有更强大的新领导，还有这么多友爱的同伴，照样过得舒畅！

转眼已是半个月后。

这日，田真照旧到聚会的地点，发现古石护法他们都先到了，与往日不同的是，所有人全都哈腰围在一处，极为恭敬的样子。

魔神大人极少出来走动，是谁呢？田真挤进去瞧了一眼，吓得往后缩。

众魔对两位天王的敬畏程度仅次于魔神，尤其是这位有名的小魔头，谁敢得罪？此刻大家一边奉承，一边给他讲解近日的新闻。

路小残背着小手，一本正经地听着，末了奇道：“父皇要派我去对付木魅姬，为什么？”

生怕编排的谎被拆穿，九死沧抢先道：“那木魅姬掳走人修行，还说了许多对陛下不敬的话。”

路小残眼珠一转：“是你被她打了吧？”

被他拆穿，九死沧吓得作揖：“属下绝对不敢欺瞒小天王，确实是她出言不逊，属下气愤才……”

“谁敢骂我父皇，定是你编的！”路小残毫不客气地捏住他的脸皮，“好呀！你自己败了怕父皇责怪，编这些谎话，却给我添了麻烦事！”

“哎哟！小天王饶命！饶命！”

“哼！”

邪恶的小家伙，比他老子聪明不止一倍！田真打了个寒战，摸摸手腕想溜，无奈运气不佳，被旁边的古石护法发现：“鸟女，快来见过小天王！”

所有视线全朝田真射来。

“哈，你怎么来了！”路小残认出她，乐了，“灰凤凰，我正想找你呢！”

灰凤凰，你念绕口令呢？田真尴尬地笑了笑，脚往门外挪：“你回来了啊……”

红光闪过，路小残已拉住她的翅膀尖：“喂，再给我点你的血。”

田真想哭：“又有谁受伤了？”

“我养的虫丝草快死了，你救救它吧。”

真是爱护花花草草的好儿童啊！田真二话不说拍开那小手，脚与翅膀并用，冲出门去。

魔神的寝殿像个空中花园，有七层阶，周围不设任何守卫，可依旧无人敢靠近，大家都怕被陛下在梦中炮灰了。

魔神单手抚额，双眸微闭，在榻上沉思。

“呼——”凉风自殿门外灌入，紧接着扑进一名鸟女，在地上打了个滚又爬起来，口里不住地叫：“陛下！陛下！”

被打扰，魔神意外且不悦：“鸟女。”

田真扑上去抓住黑袍的下摆，喘息道：“陛……陛下！”

魔神直起身问：“敢擅闯寝殿冲撞吾，何事令你慌张？”

“吾……吾……”田真涕泪横流，“小天王来了！陛下救命！”

“无妨，吾儿不会害你。”

“他要我的血！”

“给他便是。”

花花草草到处都是，老娘有多少血可以当长期肥料？田真沉默片刻，望着他道：“可是，是这样的……陛下，吾喜欢你！”

面对突如其来的表白，俊脸无丝毫意外之色。

不愧是见过大场面的祖先级大神，光靠语言达不到效果，田真不得已壮着胆子，抖着爪子，战战兢兢地捧起那只修长漂亮的手，流泪道：“吾对陛下倾心已久。”

“父皇安好？”殿外响起恭敬的声音。

儿子果然怕老子，不敢随便闯进来，田真巴巴地望着那双狭长的凤眸。

魔神抬眸：“吾儿，进来。”

进门就见到威严的父皇大人坐在榻上，脚边跪着某鸟女，正亲昵地捧着父皇的手，小天王被彻底震住了，疑惑地打量二人。

魔神先开口：“吾儿。”

小天王回神，跑上前单膝跪下行礼：“参见父皇。”

年轻俊美的父亲，乖巧可爱的儿子，多和谐有爱的场面啊！田真羡慕不已。

魔神“嗯”了一声，示意他起来：“多日不归，理由？”

路小残不答，指着田真反问：“父皇，她是谁呀？”

田真赶紧拉起黑色广袖挡住自己。

魔神没有转移话题：“吾在等你解释。”

路小残只得据实答道：“我挑战大鹏去了。”

魔神满意道：“你曾败于他之手，还敢前去挑战，勇气可嘉。”

田真在袖子后面听得连连摇头，瞧瞧，儿子打架，老子还相当支持，不良儿童就是这么养成的！

魔神问：“你又败了？”

路小残骄傲地扬起小脸：“没有，我打败他啦！”

劲风过，小小的身体飞出几丈，滚落门口，鲜血沿嘴角流下。

太危险了！变脸都没点预兆的！田真吓得迅速丢开黑袖，悄悄往旁边挪，心中默念：低调安全，低调安全……

“你的能力，不足以胜他，”魔神严厉道，“吾赞同你败他，非是允许你用这些卑鄙手段！”

路小残爬起来重新跪好，不敢开口。

田真不可思议地望着魔神。

能猜出儿子用计，说你聪明吧，可你还是傻！死对头打架，最后赢的就是老大，你还让他们讲啥人品呢？想当初大鹏王对你儿子可是半点不留情，如今你儿子偷偷跑去挑战，难得活着回来，你不阿弥陀佛庆幸，还对他下这么重的手？

田真不忿。

神啊，你就是傻，空有长相没有脑子，你就是那男人中的花瓶！

魔神余怒未消，抬手："败木魅姬，是吾给你的最后机会。"

路小残低声答应："我明日就去。"

"陛下，他还小。"田真实在忍不住再次圣母了。你儿子还有伤呢，你叫他去和妖王打？根本没把你儿子的性命安危放在心上吧！

"败于大鹏，是他修行不勤之故，与你一般，"魔神低眉，顺便也表达了对她的不满，"无能的鸟女！"

田真沉默了。

魔神大人还是超有文学素养的，一口一个形容词，无耻的鸟女，无知的鸟女，无能的鸟女……

你就慢慢做填空题吧……

路小残退下，殿内只剩二人，静悄悄的，气氛有点诡异。

魔神站起身，负手看她。

要阻拦，唯有消除他对木魅姬的不满，田真跟着爬起来，试探道："陛下，其实你有没有想过，或许木魅姬并不敢说那些冒犯你的话？"

"妖界小王，尚无藐视吾的胆量，"魔神道，"是九死沧失败，恐吾责罚，编造谎言。"

你居然知道！知道还要这样，你到底是笨还是聪明呢？田真终于发现自己对这个昏君的认识过于浅薄了："陛下既然清楚，为什么还要派小天王去……"

“木魅姬虽不敢冒犯吾，但伤了魔界大将，便是不给吾面子，小小妖王敢与魔界作对，必须付出代价。”

原来魔神大人的面子是不可撼动的，田真泪，炮灰的同志们如果听到这话，会不会后悔得再自杀一次？办事时给魔神留点面子，例如说句“魔神大人威武”，或许就不是那下场了。

好吧，咱收回花瓶的评论，你其实不傻，可是这么爱面子，因为小小的挑拨就将错就错收拾人，仍然不能说你聪明吧？

她暗暗感慨不作声，魔神却开口问道：“鸟女，你喜欢吾什么？”

记起刚才那番表白，田真流汗，但她深深地明白，此刻若说出利用他躲避献血的事实，肯定会让他觉得没面子，让魔神大人丢面子，后果很严重。

田真结巴：“吾……吾……”

魔神略倾上身，以绝对的身高优势俯视她：“你，在欺吾？”

“吾不敢！”田真惊恐之下仰脸望，陡然找到灵感，“吾喜欢陛下的脸，陛下很美！”

额前长发垂落，半掩金光闪闪的额饰，尊贵无比，再看那漂亮的眼睛，薄薄的唇……无一不生得恰到好处，同时带着近似撒旦的阴暗气质，真是美型的魔神大人！

一个又美又强大的坏男人，向来是讨女人喜欢的，可惜此神有个大缺点，那就是不光饰演的角色坏，脾气更坏，动不动就武力解决所有问题，于是仰慕者全被吓跑了。据观察，连魔界最有名的坏女人“乱分春色”玉杨娇，在他面前也规规矩矩的。

如果你脾气好点，六界第一美男肯定不是朝华君，田真目不转睛地望着他，鼻子一热，灵感源源不断。

其实吧，你老人家的优点还是不少的，除了狂妄自负、死要面子、对人无礼，以及动不动就爱制造炮灰之外，思想品德够得上优秀。

比如，教育儿子打架要有武德……

比如，教育魔界人民相亲相爱……

她兀自想入非非，魔神已直了身道：“貌美，你便喜欢吗？”

“是……”

“浅薄的鸟女。”魔神挥袖，“退下。”

又多了个形容词，田真默默地往外走，不时回头望。

好吧，咱确实浅薄，就凭这张脸，你若追求咱，咱还是会考虑的，真是美得让人流口水啊……

第六章 神仙同败

刚走出殿门不远，脑袋就被不明硬物砸中，疼得田真“哎哟”一声，仰头看，却是路小残坐在高高的山石上，笑嘻嘻地拿果子扔她玩呢。

看着小袖子上的血迹，田真也没脾气了，反升起几分怜悯，浑身又开始散发圣母光辉——上次鲲鹏王宫见面时他就带伤，说是被父亲打了，如今看来竟是真的，他经常挨打。

“小鬼，你就不能规矩点？”

从没人敢用这种语气对他说话，路小残果真停了手，打量她，大眼睛里满是怀疑之色：“你怎么认识我父皇的？”

田真懒得多说：“大人的事，小孩子别管。”

很明显，这是多数小孩子最讨厌的一句话，路小残纵身从岩石上跳下来，背着小手斥责她：“喂，知道我是谁？你这是什么态度呢！”

田真笑喷：“哦哦，小天王好，参见小天王。”

路小残转动红眼珠，透着几分狡猾。

真像只兔子！田真忍不住伸手替他擦嘴角残留的血：“你父皇下手真重，疼不疼？我那儿有药。”

一丝诧异之色闪过，路小残嫌恶地侧脸躲避：“你真肉麻呀。”

“看，挨打了吧，”田真不在意，竖起大拇指夸奖，“你是对的，武力打不过别人的时候，就得想办法赢他。”

听到与父亲不同的观点，路小残喜道：“是呀，大鹏太厉害了，不骗他，他会杀我的，我怎么修行也赶不上哥哥，父皇喜欢哥哥，总骂我。”

重武力轻智力很不对，魔神大人自身就是个反面教材，田真严肃道：“光修行没用，会动脑子才是最厉害的！下次别让你父皇知道就行了。”

路小残嘀咕：“我没骗过父皇。”

田真愣了一下，摸着小孩儿的小脑袋叹气：“真是好孩子，既然这样就别打了，遇上厉害的，你可以跑快点。”

路小残脸一扬：“父皇说临阵脱逃是废物。”

魔神大人死要面子，不许用计，还不许跑，想叫你儿子送死吗？田真暗骂，口里教训道：“笨蛋，那句话是对大人说的，你还小，保住性命最重要，万一被大鹏害了，你父皇会伤心的。”

路小残立即露出个“哼”的表情：“大鹏才杀不了我，我都把他打得只剩一口气了。”

邪恶的小魔头啊，满脑子诡计！田真苦笑，大鹏王垂天真是可怜，被老子重伤了刚好，接着又被儿子重伤。

她严肃地教育小朋友：“这就是你的不对了，别人没主动惹你，你就不该欺负他们。”

路小残瞅她：“你真是我娘？”

田真忍住内伤的感觉，板起脸道：“那当然，不是你娘，怎么会救你担心你，还替你说话？”

路小残眨眨眼睛，满脸委屈：“娘，父皇打得我好疼。”

田真警惕地后退：“自己找药！”

“那些药都是下品，”路小残不屑，笑眯眯地抓住她的手，“娘的血才最有用。”说完就是“哇呜”一口。

来了来了！田真气得抬起另一只手就打。

“你才不是我娘！”路小残飞快闪开，化作红光掠走，留下一串响亮的笑声，“你在这儿等，我去找个瓶子来。”

拿瓶子来抽血？田真立即往回跑。

“陛下！陛下！”

魔神还未坐定，就见某鸟女又冲了进来，耐性本就不好的他开口批评道：“无礼的鸟女！”

田真不介意多个形容词，跪下请求：“吾有个小小的愿望，求陛下成全。”

“讲。”

“吾想跟陛下一起住。”

这是从未有人敢提出的要求，魔神意外了，拒绝：“吾不喜欢。”

“没关系，”田真殷切道，“吾喜欢！”

魔神很直接地打击她：“吾，不喜欢你。”

贵为魔神，当然看不上鸟女，其实咱也不敢真喜欢你，田真看看自己的灰翼，这副模样……

情势所逼，她没有多余的时间伤感，硬着头皮背电视剧台词：“陛下，您是那么的威严，那么的高高在上，吾小小凤凰，怎么敢奢求您的爱？吾只希望能陪在您身边，天天看着您，照顾您，吾就心满意足了。”

生平头一次遭遇这等“雷人”告白，魔神毫不客气地命令：“冒失的鸟女，不得纠缠吾，退下！”

出去当长期血库，还不如死了！田真大急，扑上去抱腿：“求陛下，满足吾这卑微的愿望吧！”

不习惯被人抱，魔神微怒，下意识地要动用护体神印，但想到此女脸皮奇厚，体质却奇差，挨一下可能就没命了，爱慕本非大错，传出去未免有滥杀部下的嫌疑，于是亲自动手拎起她：“放肆的鸟女！”

田真顺势抱住他的腰：“吾不走！”

“退下！”魔神警告，“吾，不想说第二遍。”

“离开陛下，吾生不如死，如果陛下非要吾走，就……就杀了吾吧！”田真索性两眼一闭，扑进他怀里，“吾心甘情愿，绝对不会怪陛下的！”

魔神是男人，拥有男人的风度，当然做不出“炮灰”仰慕者这种事。

时间在沉寂中过去，田真的心怦怦跳，两腿发抖。

一缕长发拂在她脸上，凉凉的，滑滑的，隔着宽大的黑袍，可以感受到面前这胸膛的硬度……

终于——

“允你。”

赌赢了！田真大喜睁眼，放开他高呼：“陛下万万岁！”

“花言巧语！”

与最危险的大神同居，日子可就过得没那么轻松了，至少心理上就承受了不小的压力。田真为自身安全着想，将活动范围限制在寝殿的角落里，并且时刻注意观察魔神的动静，以免被此神不小心拍死，哪里还睡得着。

夜半，万里石山寒气重重，寝殿地势高，天风自门外灌入，奇寒无比。

魔神独自坐在榻上，倾斜着上身，左手撑额，额前如墨的长发垂落，被风吹得飘动，长睫低垂，美眸微闭，俨然一沉思者的雕塑造型。

蓝色魔光自他身上发出，映照着大殿，朦胧美丽，有种西方神话的味道。

睡觉也这么有型的，你是第一个！田真羡慕，同时恍然大悟——怪不得寝殿没有任何照明设备，原来魔神大人本身就具有照明作用。

又一阵天风吹进来，田真连连打喷嚏，抱着肩膀发抖。

新领导更美更强大，却明显是个不懂享受的，就拿住的地方来说，空荡荡的，居然连一样可以御寒的东西都没有，明天得去弄床被子……

“鸟女，你在打扰吾。”凤目不知何时已睁开。

“对不起，阿……阿嚏！”刚道完歉就又打了个喷嚏，田真生怕此神不爽炮灰自己，慌忙站起身要走，“吾只是怕冷，吾会注意的，保证不再打扰陛下了，吾……还是先出去吧。”

“低等的凡神，孱弱的体质。”魔神直了身，“外面更加寒冷，过来。”

大神的命令，田真岂敢不遵，飞快地奔到他面前问：“陛下有何吩咐？”

魔神抬手。

“陛……陛下……”田真结巴，心里是满满的震惊，咱承认你有风度，可是咱还没大胆到敢睡在你老人家怀里啊！

魔神不耐烦，指尖白光一闪。

面前的东西迅速放大，田真莫名，低头就看到一双熟悉的爪子。

又变回鸟了！

魔神将她凌空拎到手里，放入袖内，然后继续沉思者的造型。

第二日清晨田真醒来，发现自己恢复了人形，以一个可笑的姿势蹲在地上。

灿烂的金光自殿门外射进，周围的一切再次变得清晰。那当然不是阳光，因为虚天是永夜的，只不过是对面露天魔神殿高高的柱子上的明珠罩被打开，光芒正好照到这里而已。

重要的是，这代表上班时间到了。

田真冷汗直冒，连忙扑棱着翅膀往外冲，刚到门口就撞在一个硬实的胸膛上，撞得她头昏眼花，跌坐在地上。

宽大的黑袍被风掀起，显得那身影越发高大，衬着背后的金色光芒，神武威严。

"陛下！"

"懒惰的鸟女。"

已经下班了？田真低头作惭愧状。

魔神倒没责怪她，似乎想起什么事，转身消失，不知去了哪里。

田真揉揉额头，走出殿门，刚下到第三层台阶，就有个小小的人影自岩石后跳出来："呀，你真躲在父皇这里！"

田真大惊："你还没走？"

"你在等我走吗？"路小残觉得很有趣，"我也在等你呀。"

等着抽咱的血？田真立即后退，警告他："你父皇叫你去教训木魅姬，你还敢躲在这儿，回头我告诉他，叫他打你！"

"怪不得我找了一夜都找不到。"路小残围着她转了圈，上下打量，大眼睛里满是怀疑，"父皇会让你留宿？"

田真暗暗得意，假意关心道："昨晚风大，小天王还到处找我，辛苦了。"

"你说他们吗？"路小残笑眯眯地转身，大声道，"都过来，说你们辛苦呢！”

一群人凭空出现，有九死沧，有古石护法，有魔业护法……所有人都苦着脸，带着明显的困顿之色，分明是被逼着找她找了一夜。

小魔头！田真无语了。

“属下早说过，就剩陛下的寝殿没找。”九死沧不忘上前邀功。

“废话！我早知道啦，”路小残毫不客气地踢开他，“只是想不到她胆子这么大，敢勾引我父皇。”

田真吐血：“小孩子别乱说话！”

喷嚏声此起彼伏，众魔忙了整夜，都伤风了。

路小残瞅他们：“父皇叫我去教训木魅姬，你们，别趁我不在就打坏主意啊！”

众魔全低头。

路小残满意，拉住田真的手腕道：“嘿，我告诉你个秘密。”

田真无奈地俯身问：“又有什么事？”

路小残凑到她耳边，压低声音道：“你的血我不要啦，不过你要是敢在我父皇面前多一句嘴，我就放光你的血用来养花，哼！”

嘿，小屁孩威胁人！田真差点气死，同时暗暗庆幸，跟魔神大人住是明智的，否则就算躲过抽血，谁知道以后会被怎么整呢。

“灰凤凰，我父皇才不会喜欢你！”路小残得意地挑眉，道，“等他赶你出来，看你怎么躲！”

目送他消失，田真咬牙揉手腕。

臭小子，老娘若有一日翻身，想把你揉成圆的就圆的，想捏成扁的就扁的！

小魔头一走，众魔立即围住田真，睡意生生被八卦精神逼退。

“鸟女，你昨晚……”九死沧神色古怪。

“姐姐输给你了！”幽幽的叹息声，却是“乱分春色”玉杨娇。

“玉杨娇，你真是白修了万年，”魔业护法嘲笑她，“我看你连陛下的衣角都没摸过，哎呀，不对，是没走近过一丈之内吧？”

玉杨娇气得脸通红。

田真尴尬。

事情不是你们想的那样，咱哪有胆子迷惑你们老大？

好吧，其实也无妨，咱现在没男朋友恢复自由了，为什么不能追求美男？这位大神的身份摆在这里啊，虚天魔帝，威风；血统摆在这里啊，上古之神，高贵；实力摆在这里啊，六界无敌，安全；外形更不用说，绝对不输旧领导。这样美貌又强大的神，能找出第二个吗？而且基因超优秀，对下一代好处不尽！

用新男友证明自己的价值，这种幼稚的赌气方式，女人始终难以抗拒，田真既然动了念头，干脆抬手制止众魔，拉过九死沧问：“陛下有没有皇后？”

“这……”九死沧看其他人。

“没听过。”

“应该……有吧。”

“休得胡说！”古石护法急忙上前维护领导的名声，“陛下英明，不好女色，老臣是最早追随陛下的，想他来魔界至今，都不曾有女人近身侍奉过。”

田真道：“他有两个儿子。”

众魔点头。

“没有女人，儿子是哪儿来的？”

众魔摇头。

“不会是他自己生的吧，他可能……本来是个女人？”

众魔全倒。

九死沧低声警告：“让陛下听见，你想死？”

田真忙道：“我就是奇怪嘛，陛下没有女人，怎么会有儿子？他一个男人怎么生呢？”

魔业护法道：“或许是外面的女人生的。”

古石护法道：“两位天王定是陛下收养的义子。”

九死沧道：“管他呢，如今只有鸟女就对了！”

众魔连连点头："言之有理！"

你们懂什么，这个问题非常重要！田真摸摸下巴，大小天王的娘是谁，此乃魔界一大秘密啊。

资格最老的古石护法吹胡子，正色道："鸟女，你迷惑陛下无妨，但要是敢进谗言，觊觎魔界大业，老夫绝不放过你！"

田真的嘴角一抖。

您老人家是忠臣，可惜咱还不够条件当奸妃——虽然有那个企图。

众魔劝道："老护法太多心，我们还信不过鸟女？"

古石护法教训道："你们年轻人成日懒惰，我却不敢怠慢，时刻留意六界的动静，听说新仙帝关河月微前日亲访神界，神、仙两界联手，不就是冲着我们魔界来的？"

众魔惊道："神界已败，仙界还敢与他们结盟，岂非公然与吾皇作对？"

"关河月微回归仙界，多得神界之力，"古石护法道，"他还送回了德音龙女，朝华君与龙王对他感激不尽，两界联盟已成定局。"

"龙女不是失踪多年吗，怎会在仙界？"众人惊讶。

"是被关河月武掳去的。"

"朝华君身边至今无一位妃子，难得他这份痴情，终于得以成全了。"

"前日神帝亲自为他二人赐婚。"

"咦，鸟女呢？"

众魔讨论半晌才发现某女早已不见了。

寝殿内，魔神斜坐榻上，抚额沉思，金色光芒依旧自殿门外映照进来，他身上那层美丽神圣的蓝色光晕因此显得淡了许多。

原来魔神大人是个思想者？

回想昨夜的情形，他对部下其实是相当宽容相当好的，虽然只是小事，但一比较就能看出来，对一个并不喜欢的丑女，能容忍她的无礼纠缠，会将受冻的她藏入袖内，至少神帝陛下绝对不会这么做。在天庭要是少跪了都会倒霉，只不过这位神的实力太恐怖，脾气不太好，动不动就要用武力，魔宫上下对他还是敬畏居多，没几个敢接近，也就没机会感受这种关心吧。

田真走到他面前蹲下，放了糕点，讨好地唤他：“陛下，吾回来……”

还没碰到那手，人就被无形的力量弹出去了。

她哪里知道，魔神乃是先天之神，虽处于冥想状态，却自有神印护体，也幸亏她没动杀意，反弹之力甚小，只滚了几下就停住。

浑身骨头疼，田真赶紧摸出伤药胡乱吞了粒，这才重新爬回去。

神啊，碰都碰不得，谁敢追他！

额头，脸颊，下巴……线条优美柔和，唯有那高直的鼻梁，使得整张脸立体起来，双眸安然地闭着，长睫低垂，形成两道完美的弧线。

刹那间，田真的妄想打消了一半。

还是别自不量力了，此神长得更不安全，历史也更不清白，两个儿子就是证据，说不定什么时候他家正宫娘娘就跳出来了，咱岂不是又要当炮灰！

“鸟女。”低沉的声音。

醒了？田真马上紧张地跪好：“陛下！”

“解释。”

魔神大人吝惜词句，田真猜了半晌才明白他的意思，支吾道：“吾……吾想好好看陛下，将陛下的容貌记在心里。”

魔神放下手，直了身道：“灰翼的鸟女。”

田真瞧瞧自己的翅膀，坦然道：“陛下貌美，吾貌丑。”

“吾，能去掉你的灰翼。”

田真愣住。

从前对这对翅膀嫌弃不已的时候，许多医神都束手无策，如今天上突然掉下来个好消息，一时竟叫她难以接受。

去掉翅膀就有人喜欢？去掉翅膀，就能挽回什么？真正喜欢的话，绝不会在意一对翅膀。

田真垂首道：“不用了，陛下。”

魔神看她。

田真解释道：“它虽然难看，却能在危急时刻救吾的命，吾不想轻易舍弃它。”

“嗯——”魔神表示赞赏，站起身道，“吾神识离体时，勿要靠近。”

田真默。

神啊，为啥不早点说……

魔神转向旁边的糕点，道：“低等的凡神。”

田真原本也以为神仙都不用吃饭，后来才知道大错特错，像他这种先天之神的确能自动摄取天地能量，可以省略此步骤，但此类大神早已在一场火拼中全部同归于尽了，唯独剩下被困在太上镜里的他。如今的神界全是后天之神，虽自称正宗神族，但严格地说只有半神之力，需要适时补充能量。

当然，低等的凡神仍旧比凡人要高级，饿个十天半月也不是问题。

接下来的日子，魔宫出了一场不大不小的闹剧，“乱分春色”玉杨娇不服田真，为证明自己的魅力，壮着胆子主动走进魔神的寝殿，谁知几句话工夫就面红耳赤地退出来了，大受打击之下，她整整三日都称病躲在住处，引得众魔在背地里偷笑。

也难怪，好不容易克服心理压力施展媚功，却被魔神大人一句“此道非强者所修，令吾生厌”的评价吓出一身冷汗，差点当场昏倒，最终告罪而出。

七日之后，小天王路小残回来，成功教训了木魅姬，魔神对此事很满意，田真生怕被抓去放血，成天躲在魔神的寝殿里不肯出门。

“鸟女，还不走吗？”

“吾要陪伴陛下。”

“吾在修行。”

“吾也修行！”

魔神抬起漂亮的手指：“恒心与毅力，改变不了你的劣等体质。”

魔神大人说话总是这么直接，一针见血，田真默默地抓过一块饼放入嘴里，刚吃了两口，忽觉腹内疼痛，不由得“啊”了一声，丢开饼。

魔神目光微动。

察觉不对，田真立即扑过去抱住他的腿求救：“饼有毒，陛下救命！”

魔神伸手托起她的脸："虫丝草液。"

这么快就认出毒性，看来魔神大人不光做填空题有文采，还很博学，田真佩服之余，心里已猜到大半，忍不住苦笑："陛下有解药吗？"

"投毒者！"魔神显然更关心自己的威信，放开她道，"炎武，命他见吾！"

炎武是谁？田真疑惑，只是腹中的疼痛越来越厉害，也就没精神去理会了。

魔神道："要吾助你吗？"

有过掌力逼毒的恐怖经历，田真吓得摇头："陛下神威，吾承受不起。"

须臾，一个小小身影出现在殿门口。

路小残显然很畏惧父亲，磨蹭着进来跪下："父皇。"

魔神道："你养了虫丝草？"

原来你真不笨，田真放了心。

路小残低头不语。

"对同道下手，辜负吾之教诲！"魔神心情不好，袖底风起。

事情根本不严重，见他问都不问就要打，田真惊叫道："陛下住手！"

魔神皱眉。

这一掌只是略施教训，并不重，路小残顶多受点伤，但此女的体质，扑上去至少也是个重伤。

强劲的掌力袭来，田真被压得透不过气，终于发现承受力上的差距，吓得大叫："陛下饶命！"

掌风骤然消失，金边的黑袍下摆映入眼帘，却是他瞬间移动身形，先一步挡下了自己发出的掌力，人比掌快，这速度委实令人惊骇。

"你，不怕死吗？"

"他不是害我，只是捉弄我，想让我去求他呢。"田真半是疼痛半是后怕，抱着路小残有气无力道，"陛下要是不信，可以搜，他身上肯定带了解药。"

虫丝草的毒并不致命，魔神"嗯"了一声，显然也很了解自己的儿子。

田真从路小残身上摸出个药瓶，问："几粒？"

往常没少捉弄人，却是头一次受父亲责备，险些挨打，路小残推开她，愤愤地别过小脸："一粒。"

田真倒了粒药丸吞下，这才放心，顺便将药瓶揣入怀里："小孩子不能玩这些危险的东西，没收。"

路小残郁闷。

田真报复性地捏捏那小圆脸："真乖。"

躲闪不及，啪的一声，左边小脸又被亲了口，路小天王想哭了，拿袖子擦脸。

"鸟女。"警告的语气，表示魔神此刻心情很不悦。

父亲教训儿子，仰慕者公然作对，伤害到了魔神大人的面子，田真很快就明白过来，连忙解释道："吾爱陛下的一切，陛下的儿子就是吾的儿子，吾很喜欢，不想伤他。"

魔神负手，神色好转。

"乖，要听话，我会好好疼你的。"田真重新抱住路小残，不停地揉那小脸，小鬼，看老娘不欺负回来！

路小天王苦着脸，当着父亲的面想抗拒又不敢，只好任她揉来揉去。

幸亏此时门外响起了古石护法的声音："陛下，月嵬山看守魔泉的孤道子传回消息，魔泉周围发现天兵的行踪。"

魔宫所谓的议事，正确的程序是：首先，众护法大魔齐聚魔神殿，排排站在阶下，听上面的魔神大人议论并决定大事；然后，魔神大人做出决定，宣布散会，自己带儿子按计划行动；最后，众魔各自回去，该喝酒的喝酒，该睡觉的睡觉。

现在，魔神殿里正进行着第一个步骤。

"月嵬山魔泉将现，凡神有觊觎之心。"

"如何是好？"众魔表示紧张。

魔神抬手："吾去一趟。"

众魔齐赞："陛下英明。"

就差没说"吾正闲得无聊"了，田真抚额。

魔神陛下真敬业，亲力亲为啊，一切都有你们父子出面搞定，其余人就没事干了，怪不得培养出了一群饭桶。

什么是领导？领导就是那个经常笑眯眯地拍你的肩膀说“我看好你哦”，然后丢一堆事让一群傻子忙得团团转还受宠若惊，他自己却优哉游哉地喝酒玩乐的人，办好事领导有功大家沾光，办坏了你们顶罪领导欣慰，魔神大人这种带头实干型的领导早就不流行了啊。

田真很快摸清规律，身为魔界大臣必须学会两句真言，那就是——

如何是好？

陛下英明。

这件事情刚定下，众魔待要散会，忽又有小魔匆匆送来急报：“北涯有信，仙界神界联手设了一道结界，挡住我族出路！”

众魔闻言皆惊：“两界联盟，如何是好？”

“来得很快，试探吾，是他们对自己尚无信心，”魔神大笑，“事情将变得有趣。”

“陛下英明！轻易就窥破了他们的诡计，”古石护法最尽职尽责，上前道，“老臣斗胆，两界联盟，分明是冲陛下与魔界而来，神界如此可恶，陛下却屡次饶恕他们……”

“你之忠心，吾已知晓。”魔神抬手制止他，道，“天界凡神，虽力薄性恶，却始终是吾族之后啊，灭之，吾族便无延续了。”

古石护法叹息道：“老臣失言，陛下出身神族，但魔族亦是陛下子民，如今道路被截，陛下打算如何处置？”

魔神问：“领兵者谁？”

报信的小兵回道：“是羽族神王朝华君、战神神无功，以及仙界九弗太宫等。”

路小残忙上前单膝跪下，道：“此事须父皇亲自去，方能得胜，至于守护月嵬山魔泉之事，儿愿代父皇前往。”

魔神点头道：“事关魔界一年的水源，吾儿，莫让吾失望。”

路小残道：“父皇放心。”

父子二人刚刚拟定大事，远处就传来惊呼声，但见一道红光如箭，急速飞上神殿，众魔惊呼，未及阻止，那红光已直奔高高的玉阶而去。

魔神探手接住，却是一封信。

众魔惶恐："陛下！"

"妖皇，邀吾一会。"魔神看毕扬手，红光闪过，信纸化无，"吾儿冰河明日出关，古石，命他代吾镇守魔界。"

古石护法答应，问道："两界联盟，阵容不小，恐怕是有心针对陛下，陛下仍是只身前去？"

"吾一人足矣。"魔神转身，瞬间失去踪影。

两界联军，阵仗大得可以，众魔忧心忡忡，又不敢抗命插手，无奈地散去。

等他们全部离开，田真才缓缓地走下神殿。

此战非同小可，朝华君、战神、九弗太宫……两界高手几乎到了大半，共同设置结界，其实是想趁此机会摸清己方的实力和取胜概率吧。魔神，就是一个最真实也最危险的试验对象。

相处这段时间，田真对他多少有些了解。

魔神的狂妄，绝不代表他鲁莽无知，而是证明他的自信，看样子他并没将两界高手放在眼里。

如此一来，这场试验将变得更危险，虽说他对神族还是有感情的，但杀几个凡神，神族又不会灭绝，他的顾虑绝不会太多……

田真扇扇翅膀，急速飞出魔宫。

北涯天风扫，天色暗，两军列阵，阵容整齐，数名神将仙将披甲而待，守在各自的位置上，白色结界接天连地，形成一道巨大的屏障，挡在魔界北面的必经之路上，光华圣洁，阵形完美，几乎无懈可击。

阵前，当中两人并肩而立，装束与众不同。

一位仙者，手执拂尘、须发皆白，外袍上嵌九宫八卦图，乃是当初优婆山所见的九弗太宫；另一人则白袍高冠，优雅温润，六界闻名的俊美面容，正是羽族神王朝华君。

神、仙两界首度联手，共设结界，欲探魔神之威力。

骤然，狂风至，黑云卷，一道黑影自云中降下。

强烈的蓝色魔光映照天地，袍袖落，足点地，群山动摇，气流震荡，四野景象立时呈现一片肃杀之色。

脸微侧，额前长发轻扬，金饰璀璨。

凤眸一眯，刹那间尘沙起，神力如滚滚洪流，掀动的巨浪如山高，强势地向对面直压过去。

结界受此冲击，开始晃动，守阵众将面色转白，勉力支撑之下，只觉内息紊乱，气血上涌至喉头，眼前阵阵发黑。

情况与预料中相差太远，朝华君与九弗太宫同时心一沉。

魔神站定："你们，还敢受吾一招吗？"

朝华君略定了定神，微笑答道："试过才知，表弟，请。"

金光与紫光亮起，却是他与九弗太宫亲自扶阵，得两位顶尖人物相助，白色结界中顿现五彩圣气，更牢固了几分。

"凡神小仙，敢挑战吾，勇气可嘉。"魔神侧脸，"吾，以五成功力成全你们。"

狂妄的言语，众神仙听得心惊，俱凝神戒备，丝毫不敢大意。

远处，魔神仍是稳立于山头，双手并无动作，身上的蓝色魔光却逐渐隐没了，周围的光线顿时暗淡下去，给人一种错觉，好像黄昏突然降临。

"混沌之杀。"厚重的声音悠悠回荡，慢，却清晰无比，如同响在每个人耳畔。

骤然，数道赤光迸出！

赤光化赤练，纷纷蹿上半空，转世以来头一次动用神招，但见漫天赤光盘旋，形成巨大的光圈，圈中隐约现出一条赤色长龙，俯冲而下。

神之招，蕴藏着凛凛杀机，霎时，天动摇、地颤抖，风云变色。

众神仙见状，内心皆升起不祥的预感，可惜此时此刻，根本来不及做什么，更不知道该如何做，唯有满心恐惧地等待——

毁灭性的攻击下，结界告破。

剩余的神力铺天盖地而至，将所有神将仙将震得跌出数十丈，几名法力弱些的当场毙命，朝华君与九弗太宫也忍不住口吐鲜血。

神啊！田真见此情景，知道靠近不得，吓得缩起翅膀往后退。

狂风中，魔神朝众人抬起左手，长发挡住半边脸，暗黑的气息笼罩大地，低沉的声音宣告着死亡：“吾之神威，你们，无命承受！”

九天杀神，好战好杀，当初上古众神合力设阵才终于将他困入太上镜里，此番转世以来，所遇对手都不堪一击，头一次见到两界强阵，虽仍是远不足以与他抗衡，却无意中激起了他的杀性。

袖底的手若隐若现，魔光闪烁，眼看就要发招。

朝华君与九弗太宫对视一眼，皆黯然。

本以为两界联手多少会有几分胜算，想不到他的实力强悍至此，可见先前那些战役他根本就没认真过。

没时间考虑太多，两人如有默契，同时提起全身功力，欲舍命一搏，抢得先机，为身后众将的逃走赢得时间。

魔神“嗯”了一声，似是赞叹，掌内的魔光大盛。

昼夜赶路，匆匆追来，连气都顾不上喘一口，亲眼见识两界法阵在他面前是如何不堪一击，田真明白，此招一旦出手，对面两人不死也是重伤，急中生智，她顾不得什么，扑上去自后面抱住他的腰。

“陛下！陛下且慢！”

场面紧张，情势危急，谁知突然冒出个搅局的，在场众人皆愣住。

魔神杀意略敛：“鸟女！”

不悦的语气，显示着魔神大人此刻心情极其不爽，田真忙道：“陛下，吾有大事要禀告！”

被当众抱着，形象严重受损，魔神收招，改为拎开她：“讲。”

这种紧要关头让他察觉自己的意图，会是什么后果？田真更加紧张，背上冷汗直冒，支吾道：“是这样，吾……吾想……”

对面，朝华君已认出了她，目光微动，然而就这片刻工夫，旁边的九弗太宫极招已出，诸神仙也发现这是个绝好机会，纷纷扶阵助力。

箭在弦上，朝华君无奈放弃顾虑，配合出招，同时喝令众神：“撤！”

沙尘滚滚，携强大力量而至。

田真发现不对，吓得呆住，脑中空白。

被她搅和，魔神神思分散，哪里留意到对面的举动，见状竟有些措手不及。待回过神来，他一声冷哼，黑袖挥，将田真重新扫到身后。

巨响声震耳欲聋，足畔的气流如涟漪般层层向外扩散，方圆数十丈内，土石飞走。

时间似乎静止了。

对面众神仙已失去踪影，唯剩风沙中的高大黑影，与旁边呆立的田真。

来不及提真气，他竟以神之躯，硬受了这一击。

魔神转身，负手：“鸟女。”

原本只想拖住他好救人，却没料到引他分神，更没料到对面的神仙们会趁机出手，险些铸成大错，田真又悔又怕，悔的是做了蠢事，怕的是此神一怒之下“炮灰”自己。

不过既然救了，再“炮灰”的可能性应该很小。

带来这么严重的后果，他还肯保护没用的部下，至少是个好领导。

一直以来，所有的奉承和表白都是为了利用他的保护，可眼下发生的事，令田真头一次打从心底内疚难忍，羞惭不已，她立即跪下请罪：“是我的错，令陛下身陷险境，求陛下责罚。”

魔神道：“讲。”

田真愣了一下才明白他的意思，低声道：“那边月嵬山魔泉将开，却发现天兵的行踪，眼下他们又设大阵引陛下过来，我想，这会不会是他们的调虎离山之计，魔泉关系魔界水源，小天王独自一人前去，我担心……”

魔神“嗯”了一声，道：“虽是借口，却并非全无道理，吾儿冰河已出关，他会安排。”

田真愣住。

魔神看着她道："聪明的鸟女，你想救凤王。"

头一次受到称赞，田真反而有点想哭，完美的借口被毫不留情地拆穿，充分证明了一个事实——咱不仅不聪明，而且笨到家，因为直到现在，咱也弄不清你是笨还是聪明……

把魔神大人当傻子，其实自己才是傻子吧。

田真道："我……凤王对我有恩。"

"忠诚的鸟女，"魔神缓缓移动视线，"你因畏惧而效忠于吾，吾放你回去，如何？"

连获两个褒义词，田真受宠若惊。

回去？回去也改变不了什么，面对朝华君的尴尬就算了，更重要的是，两边的实力悬殊太远，站到他的对立面，被"炮灰"的概率明显增大。

田真叩首道："我不走，我愿意留在魔界。"

魔神不语。

田真道："我救王，是因为王曾经救过我，但我绝对不会因此背叛陛下，我决定效忠，也不全是因为害怕……"话说到一半她忽然停住，睁大眼睛盯着那俊脸，惊骇不已。

薄唇边竟有一道鲜血溢出，流下。

"陛下！"田真吓得从地上爬起来，伸手去扶他，"您……受伤了？"

魔神挥开她："无妨。"

什么都知道，却还能原谅并保护，这更令人羞愧。

田真缓缓地缩回手，低声道："全怪我冒失，害陛下受伤，以后不会再发生这种事了。"

血痕自动消失，魔神道："下次不救他吗？"

心中五味杂陈，田真望了望对面山头，迟疑半晌，摇头道："可能……还是会求陛下饶过他。"

魔神蹙眉。

田真垂首道："我不想骗陛下。"

魔神不再追究："吾要会一会妖皇，你，随吾去。"

“陛下受了伤，是不是先……”

“区区小伤，吾神之躯，岂惧凡神之力。”魔神示意她不必再说，御风而起。

田真无奈，担忧地跟上。

六界皆因十方虚野连通，十方虚野远非大荒能比，地最广，有青山绿水美林幽壑鸟语花香，亦有穷山恶水险谷瘴气毒虫猛兽，神仙妖魔都不知其边际，正如其名。这里不属六界范围，算是公共场所，行走其间，可能遇上朋友，也可能遇上死对头，打架的事经常发生，田真平日也跟魔众出来玩过，就不一一细说。

不耐烦田真的速度，魔神为了便于携带，一路上将她变回原形丢在袖内。

妖皇约定的会谈地点，在望云滩白骨丘。

自袖底滚出，田真恢复人形，瞧见四周地上散落的白骨，顿时头皮发麻。

其实倒不是妖怪天生喜欢这种邪恶的地方，而是修行限制，神、人、仙三族通常是借天地日之精华修行，故喜阳气，而妖、魔、鬼三族多借阴煞之气修行，是以族民多数都爱黑夜，不喜阳光，这也能解释魔界虚天为什么会是永夜的。

想他负伤，即将面对妖皇，田真隐隐担忧，迟疑着上前两步，伸出手臂道：“陛下，我的血疗伤最好……”

魔神抬了抬下巴，道：“吾虽有伤，对付凡妖也不费力气。”

田真清楚他骄傲的性子，改口道：“我知道，只是害陛下受伤，我很过意不去，想将功补过，求陛下接受我的心意。”

魔神推开她的手：“无妨。”

知道劝不了，田真闭嘴。

众神仙合力一击，若非有他护着，自己肯定已经没命了，幸亏他没大碍，否则魔界危险，她这辈子都要内疚。

被救的人会后悔吗？谁也想不到是在这种场合下重逢，没看到对方内疚，对方就做出了更令人心寒的选择。自己冒险救人，凤王出招何曾有半点顾虑？原来，那声“凰儿”什么都不代表，同样是个可以为大局舍弃的部下而已。

当初那滴心头血，是被她刻意忽略了，那时自己都没变成人，还是只凤凰，他又怎么可能因为喜欢而救，怜悯不忍居多吧。

田真兀自出神，对面忽然刮起一阵妖风。

风中夹带着烟雾，蒙蒙的，看不清有什么，透着阵阵邪气。

“来迟，让魔帝久等了。”数道身影现身白骨丘，当先是名三十多岁模样的中年男子，眉清目秀，银发银袍，头戴银冠，清素的装扮，优雅的气质，却与朝华君截然不同，给人一种妖魅邪气的感觉。

这就是妖皇甫千秋？田真暗忖，自觉地往后退了一步，以便更好地突出领导。

“你未来迟，是吾来早，”魔神抬手，“讲。”

“魔帝果然爽直，”妖皇击了一下掌，笑道，“如此更好，我也不必再讲那些客套话。”

他示意部下退开，直言道：“神界仙界联手，是为了对付谁，魔帝想必心中有数。”

魔神负手道：“两界联盟，吾亦不惧。”

妖皇闻言点头，眼底的笑意收了两分：“魔帝之威，六界无人不知，此话我虽也表示赞同，但六界的变数也不少，多一个盟友，便多一分助力，人界、鬼界素来望风，唯有妖界与魔界同出一脉，魔帝不妨考虑一下。”

此话表达的意思再清楚不过，田真恍然大悟，那边神与仙结盟，这边魔和妖也想搞联盟呢，六界真够混乱。

魔神道：“你，想入吾之阵营？”

妖皇很好地维持风度：“真正的强者，知道什么是正确的选择，从不拒绝他人的诚意。”

“嗯——”魔神对这个道理表示肯定，可接着又话锋一转，“但你，有资格与吾谈判吗？”

妖皇脸色微变：“魔帝这话什么意思？”

“强者也会选择盟友，你，尚不够资格做吾的伙伴。”

此话一出，旁边的田真就抚额。

早料到了，早料到了，照此神的性子不谈崩才是怪事！你那么要面子，咋不知道对别人客气点，给别人留点面子呢？堂堂妖皇主动表示友好，就算你不屑要盟友，也别处处树敌吧，话说得这么绝，你嫌敌人太少了？

“都说魔帝狂妄，今日一见名不虚传，”主动示好却反受其辱，妖皇的脸红一阵白一阵，冷笑道，“但我奉劝阁下，话不要说得太早，魔界是强，不过只强在你与两个儿子罢了。”

田真佩服。

大哥你真是一针见血，说出了咱的心里话！

“银狐，口出狂言！”魔神大怒，左掌一翻，罡风起。

早在他眯眼时，田真就有了不祥的预感，见状更无力。

真是千古奇冤哪，咱还从没见过这么尊重事实的妖！瞧瞧，到底谁在口出狂言，此神根本是动不动就武力解决一切的典型例子，无论对儿子还是对别人，到底谁强，我懒得跟你争，直接打得你承认。

简单的一掌，未含任何招式，其中携带的力量已是恐怖，妖皇不敢轻敌，忙凝聚全身功力抵挡。刹那间，两股力量碰撞，巨响声里，又有无数花花草草受到伤害。妖皇后退三丈，脸色简直与衣服的颜色差不多，已受内伤，几名部下慌忙赶上去扶住他。

“今日饶你性命，”魔神重新负手，道，“吾灭妖界，不需十日。”

妖皇怒极，挥开部下：“拒绝朋友，你会为今日的行为付出代价！”

魔神侧脸：“嗯？”

占得嘴皮上的便宜，妖皇也不敢再激他，生怕他一时兴起真的来灭妖界，愤然转身，匆匆带部下离去。

妖皇败走，望云滩恢复沉寂，白骨森森，阴风呜咽。

魔神皱了一下眉，却是提用真气，牵动了先前的伤势。

田真擦汗，悄悄后退。

好吧，你有自负的资本，你的确不需要盟友，受伤还能不忘记揍人，谁敢惹你？你就是个危险物品，小心轻放的那种。

魔神留意到她的反应，唤道：“鸟女！”

“陛下。”

“你在害怕？”

田真颤抖着声音说实话，文言词又开始往外冒：“吾怕陛下杀吾。”

“吾不会无故杀你。”魔神纠正她的认识，“魔界子民岂会自相残杀，岂会如神界一般混乱！”

“陛下英明。”田真连连点头。什么自相残杀，什么钩心斗角，那帮废物才干不了这种高级别的事呢，当魔界的子民真幸福，有你这个超级保镖，大家和和睦睦相亲相爱地过小日子。

魔神命令：“回魔界。”

“陛下，”田真的胆子大多了，语言恢复正常，忍不住试探着建议，“我觉得吧，妖皇的话未尝没有道理。”

魔神再看她。

此神不笨，就是强大得没有用脑子的习惯！田真小心翼翼地劝道：“现在神界仙界联手，陛下虽然无敌，但他们习惯尔虞我诈，难免会在背后算计你。所谓明枪易躲，暗箭难防，多一个朋友总比多一个敌人要强，陛下不如接受妖皇的好意，谋划谋划，反正对我们没有坏处。”

魔神没有表示，目光微动。

田真暗喜：“陛下以为？”

“愚蠢的鸟女。”

还以为此神被说动了，弄了半天原来他是在思考，好挑个恰当的词做填空题！田真简直怀疑耳朵出了问题，跟着此神这段日子以来，她对自己的智商信心大增，乍听到这样的评价，表示难以接受，第一反应就是原封不动地送还，幸亏理智尚存，话到嘴边勉强忍住了。

此神鄙视你，不表示你可以照样鄙视他，实力面前，平等就是那片浮云。

田真委婉地反抗：“陛下以为强者就不怕算计？”

“低等的凡神，已经弱得可怜，”魔神道，“若连算计也无，又如何做吾之对手？”

田真默。

没事拿别人练级，还嫌他们等级太低不够打，这话若是让神帝陛下听见，肯定要被气死。

魔神回到原话题：“银狐，有无诚意？”

田真摇头，人家跟你合作，当然是为了妖界的利益，她谨慎地答道：“合作，是双方各取所需共同追求利益的手段，建立在利益之上的关系，能要求多少诚意？”

“中肯，”魔神抬手表示赞赏，“聪明的银狐，与他结盟，强者必遭背叛，弱者必被利用，平等的人才会得到他的诚意，并肩作战。”

田真不说话了。

历史告诉我们，弱者与强者结盟不是好事，因为几乎所有强者到最后都会吞并可怜的盟友，眼下魔界独大，一个聪明的弱者，要么联合其他弱者平衡局势，要么坐山观虎斗，那才正常。妖皇竟不担心妖界的未来，主动提出与魔界合作，这样的盟友，很可能先取得你的信任，适当在关键时刻给你一下子。

“就算这样，陛下也不该出言侮辱他，要是他一怒之下跟神界结盟怎么办？”

“三界联盟，吾很期待。”

营造强大魔界的新领导，真实面目就是个好战分子，不满自己目前的无敌状态，努力培养对手，等着你慢慢变强，然后……再打你，敢情他留着神界，除了不忍让神族失去延续，还有个原因就是没事可以打一打，当作锻炼呢。

让神帝陛下知道自己费尽心思搞联盟，是在为此神提供娱乐消遣，肯定要被气死了又气活。

至于三界联盟，田真不过说说而已，并不担心。

妖皇对神界同样不会贡献多少诚意，不想让魔界独大，也绝不敢让魔界消失，否则由谁来牵制神、仙两界？此人的个性，是不甘居于人下的。

田真还是不死心，道：“陛下真要让他们成气候？就算不动神界，我们也可以先收服其余四界……”

“愚蠢！”魔神直接没收她的发言权，“昔日吾一人之力，无敌六界，如今对孱弱的四界出手，毫无意义，你，不必再讲。”

田真变回原形钻进他袖内，蹲在里面默默地反省。

你强我才打你，让神帝陛下知道，肯定要被气死了又气活然后再气死。

其实早该看出来了，此神好杀好战，却无野心，否则他转世已经万年，六界又怎会至今还好好的。

好吧，我承认我愚蠢，我只是弄错了新领导的人生目标……

第七章 神子来历

结界破除，胜利的消息早已传到虚天，两位天王率众魔在虚天门外迎接。此番果真是一场调虎离山之计，两界联军战魔神的同时，神界暗中派了三路大军袭击月嵬山，正如魔神所料，路冰河出关后便亲自赶去支援弟弟，成功取回了魔泉，神界的计划至此破产。

重回万里石山，再见五颜六色的珠光，田真倍感亲切，随魔神回到寝殿。

“参见父皇。”路冰河进殿，单膝跪下行礼。

魔神回身安抚他：“吾儿，辛苦。”

听这两人的对话，田真忍得很辛苦，差点喷笑。

父慈子孝，多温馨多美好，可这……是不是太混乱了？父子如兄弟很正常，糟糕的是，老子像弟弟，儿子像哥哥，充分证实了“人不可貌相”这句话。

路冰河与父亲全无半点相似，脸部轮廓硬朗，加上深邃的紫眸，长长的银发，紫色额饰闪耀着金属光泽，冷静又英气。

相比之下，魔神大人你的容貌实在很……很美很水嫩。

然而父子俩站在一起，谁是魔帝，外人也绝不会弄错，大概是儿子的长相过于英武，少了那种先天杀神的黑暗气质。

田真兀自胡思乱想，对面的路冰河神色不变，依旧半跪在地上请罪道：“儿闭关多日，功体始终再难提升，请父皇责罚。”

亲眼见过他教训小儿子，田真立即看向魔神。

"无妨，是吾之失误，"魔神竟没有责备，似早在预料中，"取回魔泉，你做得很好。"

路冰河这才轻拂披风，起身道："听说妖皇有信相邀，我料他必是想与魔界合作，不知父皇如何回应？"

"拒绝。"

不光拒绝，还动手打了人家一顿呢，田真叹气。

路冰河皱眉道："父皇何以拒绝？"

魔神道："毫无诚意。"

路冰河道："虽无诚意，名义上的结盟也未尝不可，此人记仇，拒绝他必成隐患，恐会对父皇不利。"

田真看着魔神连连点头。

瞧瞧，你两个儿子要么智勇双全，要么诡计多端，个个文武全才啊，幸亏都没遗传到你的基因！

"吾无需盟友，亦无惧报复，"魔神不在意地挥袖，"记恨吾，不影响他对魔界的态度，吾儿，他将是你最好的伙伴，吾拒绝，成就你们将来的合作。"

路冰河终于露出震惊之色："父皇何出此言？"

"神之劫，吾或将回归太上镜。"

那语气无半点改变，就和平常说话时一样，田真听得整个人都不由得呆了。

骄傲自负的杀神，拥有无敌的力量，睥睨六界，能够这么平静地面对自己将来的命运，令人意外。看似任性无理的行为，掩饰着真正的英明，他早已洞悉局势，看清了魔界的未来。

"何人能封印父皇？"路冰河断然道，"那不过是弑中天为稳住军心散布的谣言，只要父皇一统六界，将神羽族尽数消灭，谣言自破。"

消灭神羽族？田真的敬佩全部转为害怕，吓得将翅膀一缩。

"强大的力量留在世上，必有天谴，来了，便该应劫。"魔神转身坐到榻上，浑身散发出与平日不同的柔和白光，"如今的六界，难以引起强者太多兴趣，吾更期待，他们有何能耐封印吾。"

田真立时变得无语。

闹得人人头痛，还嫌无趣，弄了半天你就是来潇洒走一回的。

路冰河留意到异常，目光一闪，问道："天元神光，父皇负伤了？"

"无妨。"魔神示意他退下。

路冰河作礼告退，不动声色地吩咐田真："父皇要回复神元，鸟女，你随我出去，不得打扰。"

见魔神单手抚额开始沉思者造型，田真答应，跟着出殿。

银色长发在珠光的映照下，犹如披了满身月华，紫色披风随步伐起伏，弧度都差不多，可见前面的人每行一步都极为稳当，有种圣斗士的味道。

田真谨慎地跟在后面。

他叫自己出来真的只是怕打扰魔神陛下？傻子才会这么以为。

走下寝殿第五层台阶，路冰河终于站住，田真马上跟着停下。

路冰河背对她，问："神羽族的？"

审讯终于开始了，田真知道这个问题很敏感，多说多错，于是老实地承认："是。"

"你很清楚那个预言。"

"听说过。"

"父皇从未受过伤。"

来了来了！事实上此事也确实怪自己，田真低声下气道："我的体质是神族里最差的，只有千年修为而已，怎么可能伤到陛下？"

"神羽凤族，浴火时伤了彩羽，数月前修得人形，做了朝华君的贴身侍女。"路冰河转身面对她，语气毫无波动，"朝华君待你不薄，留在神界，或许有望做他的侧妃，你却忽然改投魔界，这令我不解。"

嘿，这么快就摸清了咱的底细！田真措手不及，反驳道："打听得来的消息，未必值得全信……"

路冰河伸手。

田真惊骇，正要后退，那手已缩了回去。

“孔雀王族的信钗可调用孔雀绿羽兵，拥有者若是一名寻常侍女，我会很感兴趣，”漂亮的手指拈着支墨绿的羽钗，路冰河淡淡道，“不要告诉我，你真的对魔界向往已久。”

“此事，呃，说起来相当复杂，”田真嘴里敷衍着，拖延时间，脑子里迅速衡量最合适的答案，“当时是……当时……”

路冰河看着手中的羽钗道：“你最好快些想到借口，我的耐心有限。”

应付一个冷静理智的人，绝对比应付一个自负强大的人要困难和危险，这种区别，是由实力上的差距决定的。在后者面前，没有任何事能威胁到他，所以自负，而不屑计较太多，前者却没有这样的自信，所以当感受到威胁时，他首先的反应是消除它。

杀气逼人，田真暗叫糟糕，忙道：“当时落到陛下手里，其实是想求生。”

路冰河没有意外，将羽钗送回她发间，往旁边移了一步，让出路：“性命已保住，你可以离开了。”

田真不动。

此美男分明想解决自己，却用这种阴险的方式，此时真走，就坐实了奸细的身份。背叛魔界，只怕下一步还没出虚天就被他“咔嚓”了，处置奸细叛徒与无故残杀部下，这中间的区别可大了，奸细逃跑未遂被斩，魔神也无理由问罪。

那样的大神，怎会生出这么阴的儿子！

他不肯直接动手，说明还是有所顾虑，田真清楚这点，悄悄松了口气。

担心父皇，你的孝心咱理解，可是要用性命来让你放心，咱感到压力很大。

“天王请听我把话说完，”田真索性直视他，慢吞吞道，“当时入魔界确实是为了求生，但现在我是真心想留下来，为陛下效犬马之劳。”

“你有这个能力？”

“我自知无能，唯有尽心服侍陛下。”

现在不是证明能力的时候，真打肿脸充胖子，难保不被此人顺势派出去执行任务，那不是死定了吗。丢脸，总比丢命好，田真绝不是那种把面子看得比命还重要的人。

路冰河的神色果然冷了："留下，你的性命将难以保全。"

想吓跑咱？田真反而更加镇定，弯腰，毕恭毕敬道："怀疑我是奸细，这也不奇怪，任何人都有怀疑的权利，我理解天王的顾虑，但魔界子民不能自相残杀，陛下的教诲，我铭记于心，没有证据，相信陛下不会轻易处置部属，更不会容忍这种行为。"

紫眸一冷，路冰河逼近她："你认为，你能与我相提并论？"

赤裸裸的威胁！田真后退道："属下怎么敢与天王比，天王是陛下的儿子，杀个小小的降兵，不是什么大罪，但属下确实冤枉。"

话未说完，那手心已亮起蓝光。

田真冷汗直冒。

"哥哥你别吓她，"一道红影忽然从旁边的岩石后跳出来，抓住她的翅膀尖，声音响亮，"我知道，她是想勾引父皇！"

童言无忌、童言无忌！田真沉默。

"我亲眼看见的，"路小残丢开她，踱到哥哥身边道，"虽然长得丑了点，可她一直缠着父皇，父皇有些听她的话。"

路冰河早已知道她住在寝殿的事，顺势收了手。

田真继续保持沉默，委屈无比。

这简直是天大的冤枉，美人计的标准太高，咱很有自知之明的，顶多花痴下，拍拍马屁，也是想活得久一些而已，魔神大人不骂咱愚蠢就已经很客气了，什么时候听过咱的话？

路冰河问弟弟："你如何来了？"

路小残道："方才炎武来找，说父皇要见我。"

炎武？田真再次听到这名字，讶异。

"父皇在疗伤，怎会叫你……"路冰河皱眉，不再继续往下说了。

路小残瞅田真一眼，轻哼："我说得没错吧？"

兄弟两个聪明，田真也不算太笨，很快就想明白了，喜出望外，一颗心终于落定："我法力低微，又是怕死之人，天王根本不必这么敏感的。"

路冰河淡淡道："你很得意？"

田真道："没有得意，庆幸而已，陛下对我有恩，你信也好，不信也罢，我发誓，绝不会背叛魔界。"

"容你留下，但神羽凤族的身份，"路冰河停了停道，"你知道该怎么做，我期待你的表现。"

不待田真再说，他便转身，缓步走下阶去了。

"鸟女，你别想得逞。"一颗小红脑袋从翅膀下钻出来。

小破孩儿不知好歹，亏咱圣母地替你说情，还喂血给你！田真咬牙，笑眯眯地侧过身："小天王真聪明，你刚才说看到什么了？"

感受到敌意，路小残跳开："你勾引父皇，我提醒哥哥，救了你呢。"

田真点头问："我怎么勾引他？"

"怪不得还没得手，"路小残"啧啧"两声，摇头道，"长得这么丑，还只会拉手，父皇怎么会上当？你去跟玉杨娇学学呀……"

田真怒目："我勾引他，就是想当你娘呢，到时天天喝你的血。"

"你敢！"路小残指着她，龇牙咧嘴，"我要把你……"

"你把我怎么？不想让你父皇生气就别动我。"田真张臂去抱他，"乖，要是你肯让娘亲一口，娘以后好好疼你。"

"你真恶心呀！"路小残化作红光跑了。

外面露天神柱上的珠光灭尽，虚天入夜。榻上，魔神仍处于冥想状态中，尚未苏醒，身上的天元神光倒渐渐弱了下去，开始转为正常的蓝色光晕，映得大殿神秘又美丽，犹如希腊神话中的宫殿。

对于一个在关键时刻救过自己，并且因此受伤的男人，女人多少会增加好感度的，何况此神美得惨绝人寰。

田真走过去在他对面跪下。

叫小儿子过来，分明是替自己解围，他早就料到大儿子会为难自己呢，此神虽然智商不详，且自负了点、暴力了点、好战了点、爱面子了点，可是"神品"好啊，有担当，创造了一个强大魔界。其实……勾引下也未尝不可，就是不知道，个性强大的魔神，审美观有没有强大的可能……

漆黑的长发衬着精致的发饰，浓密的长睫低垂，似扬非扬的嘴角，整张脸萦绕着一片暗黑气息，不愧是虚天魔帝。

鬼使神差地，田真伸出手，眼看就要抚上那脸……

此神是碰不得的！

被弹飞的经历在记忆中重现，田真惊醒，连忙要缩回手，谁知就在此时——

“鸟女。”狭长的双眸缓缓睁开。

“陛下。”田真那只手伸也不是，缩也不是，无奈地举在半空。

魔神看着她。

暧昧的距离，早就超出了领导和下属的范围，田真尴尬不已：“刚才小天王来过，谢谢陛下。”

魔神收下感激，改为看那只手，显然是想要一个合理的解释。

田真干笑道：“陛下的脸很美……”

魔神仍无任何表示。

脸阵阵发烫，头脑也阵阵发昏，田真看看半空中的手，心一横，临时做了个重大的决定。

“我看陛下好像很累，有点担心，”她索性将那爪子继续往前伸，作势去替他擦汗，“陛下的伤好些了吗？”

神威被触犯，神颜被亵渎，魔神大概也没想到有这么不怕死的，下意识地就要教训，突然间想起此女不经打，动用神力的后果很可能是重伤，到时很难对外解释，更重要的是，“炮灰”了此女，今后的日子将重新变得无趣。

就这迟疑的工夫，悲剧发生了。

魔神大人的脸！

田真摸到了魔神大人的脸！

田真魂飞天外，全身汗毛直竖，小心肝颤抖，差点就直接停摆。

殿门外冷风灌进，额前那垂落的长发随之飘摇，拂在手上，指尖真实的触感，传达着可以感受到的温度……

“鸟女！”魔神冷静地开口。

“陛……陛下……”田真结巴，说不清是激动还是紧张，一时间那只手竟变得僵硬了，迟迟缩不回来。

“嗯——”低沉的声音，语调上扬，表示警告。

保持着这样的姿势，田真终于回想起此举的目的，连忙望着他的眼睛，说出早已准备好的话：“陛下，我喜欢你！”

“吾，不喜欢你。”魔神将她拎开，直起身。

最郑重的告白，却遭遇最直接又无情的拒绝，田真再厚的脸皮也挂不住了，回头看看灰翅膀，觉得此情此景，颇有点儿戏的味道。

看，又自不量力了吧，这么大的差距摆在面前，对方的儿子那么危险，咱还是听话，乖乖地离远点。

“既然陛下不喜欢，就算了，”田真低着头，飞快地爬起来往殿外走，“我去外面住，不打扰陛下。”

魔神微觉意外，看着她出门。

突然搬回原住处，未免有失宠的嫌疑，好在不论田真住在哪里，众魔对她的态度都没有变化，主要是大家的追求有限，无所求，自然无须奉承，如今反而同情起她来。九死沧与魔业护法几个夜夜拉她去喝酒消愁，其间田真推广了无数娱乐项目诸如打牌等，生活重新腐化堕落。意外的是，玉杨娇听说她搬出来的消息，心理一平衡，病全没了，又开始出来玩乐，田真做梦也没想到自己居然做了件好事。

对于路冰河，田真相信他仍不会放心，但也相信，只要自己规规矩矩不随便动作，他应该会遵守承诺留下自己，事实上这几天过得真的很平静。

众魔在九死沧家打牌至深夜，想到第二日还要上班，都依依不舍地散去。

别了众魔，田真匆匆往住处走。

夜里寒意重重，蓝色珠光朦胧幽美，映得头顶露飞如雨，丝丝晶莹。高高的石山上，天风狂扫，一道黑影立于山顶，袍袖翻飞，金边闪烁，远远就能感受到那片无形的压力。

田真难以置信，仰脸望了半晌才小心翼翼地试探：“陛下？”

“嗯。”

几天来的郁闷一扫而空，田真精神大振，大 BOSS 居然亲自跑出来查岗了！这事要让九死沧他们知道，不全被吓出病才怪！

“自何处来？”声音却是响在耳畔，眨眼工夫，人已被他凌空摄到石山顶。

田真如实答道：“与九死沧和魔业护法他们……商议事情。”

魔神对答案表示满意。

田真心中一动，问道：“陛下从哪里来？”

“吾儿小残处。”

“这么晚，陛下去看小天王了？”

魔神抬下巴，默认。

哎哟喂，什么时候父爱爆发了？田真假意不解地问：“陛下是要回寝殿吧，寝殿在那边，陛下怎么到这儿来了？”

“吾来看你。”

田真侧过脸，以袖掩面，偷笑。这么快就承认了，真是不说假话的魔神大人，咱不在的几天，是不是寂寞了，开始有点想念咱了？

“鸟女。”

田真马上转回脸，恭敬地弯腰：“陛下。”

“魔界如何？”

“魔宫的夜色真好！”寻常风景此刻变得异常美丽，田真很乐意陪他欣赏，扬手指着前方，“陛下看，在下雨，有大大小小的石山。”

魔神缓缓移开视线。

没兴趣？田真忙指向另一边：“那边，有很多颜色的灯。”

魔神无表示。

田真再换方向：“那边，还有……很多石山。”

“毫无新意。”魔神不客气地评价。

为啥魔宫四周不多长几样东西呢？田真挫败，无意中瞟见那长发拂上俊脸，从侧面看，长睫带着小小的雨珠，在珠光的映衬下颤动，蓝莹莹的，极为美丽。

所有风景，都不如你有新意啊！

于是田真郑重地点头："中肯，陛下。"

魔神抬眸："吾，回了。"

田真满怀期待地问："陛下……这样就回去？"

魔神转身消失。

此神向来要走就走，特地打招呼是什么意思？因为他极好面子，绝对不会主动说"跟我回去"之类的话的！

田真终于反应过来，连忙要追上去，哪知刚刚飞起，就有东西落到了手上。

一片金羽。

欣喜刹那间转为震惊，田真迅速将金羽藏于袖中，降落在石山角落。

四周寂静无声，连巡逻的魔兵也无，根本不清楚是从哪里飞来的。

金羽上果然有时间和地点，田真不假思索，使了个最低等的神咒将其销毁，然后默默走回房间，躺到床上，心中五味杂陈。

首先是金羽的来历，那是神羽族凤王独有的信物，带羽族王气，不会有假，可是魔界社会安定，不代表防守疏忽，这些均由天王兄弟打理，田真也略有了解，尤其是路大天王，做事滴水不漏，魔兵的巡逻安排上就能看出一二。

金羽能悄无声息地送进来，避过所有人的耳目，只有两个原因。

第一是魔宫有神界的奸细。

至于第二，就危险多了，此信能送到她手上，是路大天王默许的，想要试探她，或者……

黑暗中，田真睁着眼睛发愣。

此时私下动作，很可能会中计，路大天王就有机会"咔嚓"奸细了，纵然不是阴谋，赴不赴约也是个问题。

久别重聚，神帝赐婚，却迟迟没传出有关具体婚期的消息，出乎所有人意料，但这与自己应该没多大关系，就算有，估计也是因为内疚，心头血之恩，北涯那一战都报过了，再见面有何必要？

一夜失眠，第二日田真竟起晚了，误了议事时间，好在魔神并未追究，众魔照常无事启奏，唯有路冰河提出两条提高魔兵福利待遇鼓励服役的可行建议，得以批准，然后就散会了。

谢绝打牌的邀请，田真没有和九死沧他们一起离开，她下定决心，独自去了魔神的寝殿。

寝殿里，路冰河正在榻前说话，见她进来便停住，路小残却默默地站在旁边，低着头，不似平日的机灵古怪。

两位天王都在，田真规规矩矩地行礼，道："我有件事要求陛下，刚才议事时不方便说。"

魔神道："讲。"

田真道："昨晚接到朝华君的信羽，约我见面，我特地来求陛下恩准。"

路冰河淡淡道："神羽族的信羽如何传入魔宫？"

见他这样的反应，田真更加确定了，坦然道："也许魔宫有神族的奸细，天王详查就知道了。"

"你大可以去见，不必禀报。"

"我现在效忠陛下，要见神界之王，自然应该禀报。"

"效忠父皇，又如何去见旧主？"

魔神示意二人停下，道："奸细已除，吾儿执意试探，她却并无隐瞒，忠诚新主，不忘旧主，其行可嘉。"

说完，他朝田真抬手："允你。"

果然奸细被"咔嚓"了，路大天王故意拿金羽试探咱呢，魔神大人看似动不动就制造炮灰，其实内心是尚德的，真赌对了！田真暗自庆幸，瞟了路冰河两眼，道："我不会去太久，一天就回来，但有人想将我除之后快，路上若出什么意外丢了性命，还望陛下和天王保重。"

路冰河神色不变，似与自己无关。

魔神道："无妨，吾让小残与你同行。"

田真大喜称谢。

路小残的坐骑是只小白老虎，跑起来极快，有他引路，倒省了看地图，二人很快赶到约定的地点，乃是十方虚野的千草原。

天高云淡，偶有雁过，面前的平原一望无际，茂密的长草没腰。

见惯魔界灯火，蓝天白云也很令人向往，田真多日不出魔界，陡然见到这样的景色，心中刹那间变得豁然，真正轻松了。

倒是路小残一反常态，默默地坐在小白虎上，一副心事重重的样子。

田真早已在留意他，问道："小鬼，怎么了？"

路小残跳起来，怒视她："喂，叫我什么呢！"

"是是，属下失言，小天王别见怪。"田真毕竟不敢真得罪他，忙忍笑道，"是不是又做错事，被你父皇骂了？"

"没有。"见她服软，路小残也没心情再计较，重新坐下，怏怏地摸小白虎的脑袋。

田真道："为了谢谢你护送我，这样吧，出了什么事，你说来我听听？"

路小残烦躁："跟你说也没用！"

田真耐心道："虽然我不一定能帮得到你，但你告诉我，我可以替你想法子，你若不说，就一点办法也没有了。"

"父皇都不要你了，你能有什么办法？"路小残瞅瞅她，觉得有点希望，"你去求父皇，叫他不要让我消失，怎么样？"

"让你消失？"田真吓一跳。

魔神大人是有些暴力没错，可他对自己的部下很公正，从来不会无缘无故伤部下性命，哪怕是个小兵，这样的好领导，不至于残忍到炮灰亲儿子吧！

路小残解释："我体质不好，父皇不满意，想要更好的儿子。"

田真表示理解，继而失笑："他就算想要别的儿子，也不会让你消失啊，快别胡思乱想了。"

路小残固执道："父皇昨晚亲口说的，他从不说假话。"

昨晚找儿子是说这个？他还想要别的儿子？田真愣了一下，对此事仍是不信，安慰道："别怕，你父皇绝对不是这种人……"

"鸟王来啦。"路小残打断她。

空阔的原野上，一只威风凛凛的火凤飞来，凤背上一人，白衣高冠，手执长箫。

田真收回视线道："那是你朝华伯伯。"

"叫他伯伯是客气，大鹏杀我他都不管，"路小残低哼了一声，打着小白虎就跑，"我去那边等你！"

这边路小残刚离开，火凤就降到了面前。

"凰儿。"轻柔的呼唤。

"王。"田真作礼。

朝华君自凤背走下，白衣映着枯黄长草，分外飘逸醒目，他挥手命火凤去不远处等候，然后才缓步走过来扶起她，微笑："凰儿，还好吗？"

田真点头："很好，多谢王记挂。"

"纵是赌气，也不该乱跑，叫我担忧至今。"

"对不起，是我太莽撞了。"

"想不到你是在魔界，受苦了。"朝华君将她拥入怀里，"总归是个孩子，可知我费了多少精力寻找，若非前日遇见……下次万万不可这样。"

熟悉的温柔，依稀勾起当初心动的感觉，几乎要再次沦陷。

田真沉默片刻，道："不知王约我出来，有什么事？"

朝华君低头看她，轻声道："凰儿，这世上总有许多意外之事，连我也没料到会这样，今日能找到你，见你安然无恙，我很高兴，你就不要再赌气了，好吗？"

"王放心，我早就想明白了，"田真解释道，"只是我这次出来，是得到陛下允许的，如果迟迟不归，恐怕陛下会怪罪。"

朝华君不动声色，微笑颔首："好好，我知道了，陛下正是在天庭等着见你，我们先回去再说。"

见他故意曲解，田真纠正道："王弄错了，我说的是魔神陛下。"

朝华君皱眉："身为神羽族子民，你可知这话有多严重？"

田真点头："我很清楚。"

朝华君看着她片刻，缓缓道："你真想叛离神界？"

“如果神界有一个让我不叛离的理由，那就是王对我的恩情——那滴心头血，”田真自他怀里离开，“所以北涯那一战我才会冒险赶去，可惜差点赔上我自己的命。如果没有陛下，我早已经死了，都说知恩图报，现在对我有恩的是陛下，我怎么能再背叛魔界？”

朝华君摇头道：“当时出手实属无奈，凰儿，你向来聪明，会在意？”

“在意。”田真坦然道，“我一心救人，我救的人却根本没把我的生死放在眼里，在那些神仙看来，我只是区区一个羽族子民，这些是应该做的，死了也没什么损失。我理解王对神界的忠诚，机会难得，或许当时能趁机伤到他，改变局势。可是选择出手，就表示放弃了我的性命，那些神仙没什么，王一出手，我不能不在意。”

朝华君道：“凰儿，我当时是……”

“是猜到陛下会救我，”田真打断他，“魔神生性骄傲，不会丢了部属不管，可是这已经代表了是在赌，王让我成为了赌注。如果你们那招偷袭得手，他自保不能，我的下场是什么？何况都看出来我是在救你们，一个向着敌人的部属，他当时会救我的可能性并不大，不是吗？”

朝华君默然。

田真垂首道：“对不起，我也不想看得这么清楚。”

朝华君轻声道：“凰儿，我并不想这样，但当时我必须出手，若是衣衣，我一样会这么做。”

“我知道，所以我没怪王，”田真道，“没别的事，我就先回去了。”

“你还是生气。”

“没有。”

没有怨怪，只是看清了彼此的差距，不愿再继续流连了。

“无论如何，我不能让你留在魔界。”

“我不会叛离魔界。”

朝华君扣住她的手腕，声音冷了：“连我的话也不听，羽族叛徒，你当真要我亲手处置你吗？”

好似有盆冷水当头淋下，田真听得浑身冰凉，僵在原地。

意识到说重了，朝华君微微闭目又重新睁开，语气仍旧严厉："你投在魔界不假，又是许多人亲眼所见，传言太多对你不利，今日我专程来带你回去，便是要护你，凰儿，你还不明白？"

那手握得更紧了点，感受到话中的殷切之意，田真慢慢地回过神，不语。

"我方才不该那么说你，"朝华君放柔语气，透出更多无奈，"但凰儿你又怎知道我有多心急，怕再迟就护不了你，听话，跟我回去。"

温柔与让步，带着真心的诱惑，让人几乎要立即改变决定。

田真垂眸道："王的苦心我明白。"

朝华君松了口气："走吧。"

田真道："我还有点事没办完，这样，王先回天庭等，我过两天会赶回去。"

"有何要事？"

"关于魔神的秘密。"

朝华君"哦"了一声，看着她一笑："不必了，我已知晓。"

知道？田真万万想不到这借口会失效，顿时措手不及，忙道："我还有东西落在魔界呢。"

朝华君挑眉："什么东西？"

"很多，一些很少见的丹药，还有……"

"无妨，我叫人照样替你备来。"

"不用了，我自己回去拿就好，不费事的。"

"再重要的东西，也比不上人，"朝华君重新抱她入怀，"难得找到人，再让你回去冒险，岂不令我担忧？"

早知此人是极品"腹黑"，果然瞒不过他，田真干脆直说："我不可能跟你回神界。"

"由不得你。"朝华君面色不变，招手叫过火凤。

田真挣扎大叫："小天王！路小残！"

没有动静。

火凤蹲在面前，东张西望，仿佛十分不安的样子。

朝华君停下动作。

头顶不知何时满布黑云，云层破开，伴随天光降下的人，不是路小残，却是六界人人敬畏的虚天魔帝。

想不到他会来，田真既意外又惊喜："陛下！"

朝华君道："表弟。"

魔神缓缓移动视线看向二人，没有回答。

黑白两道身影立于风中，金边袍袖起伏，气氛渐趋紧张。

终于，朝华君道："表弟，她原是我凤族子民，望你看在当年交情的分儿上，网开一面，放过她这次。"

魔神开口："她已投效吾。"

"表弟不肯放她？"

"吾放她走，她不愿，你不该强迫。"

朝华君沉默半晌，放开田真，自她头上取下那支孔雀绿羽钗。

果然，他做事永远都是这么现实，田真反而如释重负，道："这么重要的钗，我早就打算送还给王的。"

朝华君看着她的眼睛，缓缓道："被掳，我尚能护你这次，但执意留在魔界……凰儿你知道后果，将来如何，我便再也不能保证，你可明白？"

田真没有躲避："多谢王提醒，我主意已定。"

"仅仅因为受他之恩？"

"如果还有，陛下就是我留在魔界的第二个理由。"

朝华君愣了一下，俊脸微沉："此事不可任性而为，凰儿，你要想清楚！"

先前决定纠缠先天大神，不可否认有跟他赌气的意思，然而此刻如愿看到他的反应，田真反而不觉得有什么快意了，语气更加友好："王不用为难，将来遇上该怎样就怎样吧，我相信，留在魔界会很安全。"

朝华君忍怒道："安全？"

"质疑吾之能力，"魔神抬起左手，"你，要再挑起两界战火吗？"

好战分子的本性出来了，田真失笑，你不必证明能力，咱知道当魔界的子民是最安全的，她迅速飞到魔神身旁，作礼："从来没有质疑过，陛下。"

魔神"嗯"了一声，收手。

朝华君不再言语，转身乘火凤离去。

脚底长草动摇，如同层层翻涌的波浪，却无丝毫萧索之感，反而显出一种天明地旷的韵味。田真静静地立于风中，目送他消失，心头竟也没有预料中那么难过。

到现在，一切算是真正过去了吧。

她转向身旁的人，问道："陛下怎么来了？"

"吾料他不会放你回魔界，"魔神道，"天真的鸟女！"

田真承认自己很傻很天真，估计是最近太平日子过久了，智商降低的缘故，她忍不住纠正道："陛下，我是凤凰。"

魔神看了她两眼，道："斤斤计较的凤凰！"

怎么还是要被做填空题！田真终于发现，此神很擅长现学现用，都不带拐弯的，下次应该直接跟他说"我是田真"才行。

"我想回陛下的寝殿住。"

"允你。"

回魔界的路上，田真一直忍不住想笑，想此神高高在上的表情，毫不客气地挥袖说"允你"，真是爱面子的大神啊。

遗留的旧事至此终结，眼前面临很严峻的问题。

从今往后成为了正式的魔界子民，神仙看见就要杀无赦的那种，想活得更久，得多为将来考虑了。魔神大人是唯一的依靠，目前最不利的是，此神强大，某些时候"神品"好得过分，不耍阴谋，还很自负，最爱单挑，而且是单挑一群人的那种，顶多只带两个儿子出战，别人全躲在后面。

这样不好、不好。

田真默默地盘算，回到魔宫，远远就看见一个小小人影独自坐在石山顶上，虚天在下雨，雨里的灯光映照着小脸，难得带了一丝落寞。

看见她，路小残先是惊讶，紧接着面露喜色。

田真故意落在魔神后头。

路小残果然跳过来，主动拉她的翅膀："父皇叫我先回来，我以为你要跟鸟王走了。”

“答应你的事还没做到，怎么会走。”见他冒雨等候，田真升起几分怜爱，摸摸他脑袋上湿湿的红发，“看，你父皇舍不得我走，放心，我这就替你求情。”

小家伙又露出邪恶的目光，不屑道：“父皇都看着呢，你以为你真叛离魔界，还能活命吗？”

确实很险，田真长叹。

此神最是看重品德，真做墙头草，很难保证自己还能站在这儿，幸亏做了正确的选择，可见强权对品德也有促进作用，魔界有此神，大家的道德素质不提高也不行。

走进寝殿，迎面就见魔神站在殿中央，空荡荡的大殿，蓝莹莹的魔光，衬得高大的背影有点冷清孤寂。

田真摇头。

高处不胜寒，对于尚武的他来说，已经无敌，还能追求什么？怪不得会无聊，试想，谁敢跟一个抬抬手指就能杀你而且不用受制裁的人太过亲近？就连她，也是为躲避抽血才被迫接近，到现在都仍有顾虑，何况别人。

她走过去轻唤：“陛下。”

魔神未转身。

田真主动转到他面前，再唤：“陛下。”

魔神看她。

“我绝对不会背叛陛下。”

“你，敢吗。”

真诚地表忠心，却换来这声威胁，田真暗暗给自己顺毛，此神向来开口就能噎死人的，看他对妖皇也没客气到哪儿去，不能计较细节。

咱现在是神界的通缉犯，要保证自身的安全，首先得保证此神的安全，此神实力方面不用担心，重在心态，得让他积极向上，不能有顺应天意随时准备回归太上镜的思想。

“陛下，两界联盟不算什么，但我曾亲耳听神帝说过，那个预言真的是圣无名所留，陛下不可不留意神羽族。”

“你在为吾担忧？”

“我不想让陛下回太上镜，”田真说实话，“陛下走了，我怎么办？”

魔神道：“凤凰，你喜欢吾什么？”

田真捂着嘴咳嗽。

其实咱的意思是，你走了，路大天王是不会保护咱的，路小天王能力不够，那时咱的小命就相当危险……

不过你这么理解也可以，说明你情商还不算太低。

眼前放着个绝佳的表白机会，田真很想表白诸如你神品好气质好武功好爱你的全部之类，可是望着那张脸许久，最后她只结结巴巴地说了几个字：“我……我喜欢……陛下的脸。”

魔神移开视线。

田真有点想拍死自己。

咱从没发现你竟然有这么多优点，一时不知该从哪里开始说了。

无奈时机已过，田真无奈地回到正事，把想好的话经过反复处理之后才委婉地进行表达：“陛下难道没有想过，照魔界现在的情况，您要是真的离开了，九死沧他们有能力在神界的报复下生存吗？”

长睫扇动，魔神无表示。

田真继续开导他：“神、仙两界高手很多，就算有两位天王在，也是远远不能跟他们抗衡的，那时很难保证魔界的几十万子民不受欺负。”

“言之有理，”魔神颔首道，“魔界需要一个能取代吾的人。”

劝说彻底失败，田真无语。

看看，谁说此神没有远见，都在物色接班人了……

“陛下有合适的人选？”

“吾儿冰河与小残，智计有余，无奈终非神体，难以承载更多力量。”

你对两个儿子还是很了解的，田真假装随口问道：“陛下是先天之神，怎么他们反而不是神体？”

魔神道：“两件事，毫无关系。”

“没有关系？”田真开始试探，“难道他们不是陛下亲生的？”

“他们，由吾创造。”

田真终于问出在心中盘旋已久的、最关键的问题：“怎么不见他们的母亲？”

“嗯？”

“我的意思是说，陛下的……妻子。”

魔神看她：“无知的凤凰，先天之神造人，岂会用凡神的方式！”

“中肯！”田真郑重地点头。

没老婆就好，没老婆最好！先天大神就是那女娲，估计想要儿子就拿团泥巴捏捏，顶多高级点，抽根肋骨……

魔神感慨道：“吾能造万物，却不能造与吾相同的神体。”

想到路小残的话，田真再也不敢当玩笑了：“陛下打算怎么办？”

魔神果然道：“吾儿小残，可以重铸。”

重铸，你当儿子是兵器呢！田真吓得劝道：“陛下再造一个就行了，留下他吧。”

“生之泉已无第三滴，”魔神道，“吾之力量，应该给优秀者。”

“那大天王呢？”

“他是魔界最后的希望。”

“这对小残不公平。”

“失败的作品，已无意义存留。”魔神看出她的不舍，难得安慰道，“你会看到一个更优秀的神子。”

“那就不是小残了。”

“是更优秀的魔界小天王。”

“陛下这样太过分！”

“凤凰！”

难以劝阻，田真气得转身就走，走到殿门口又停住，回头瞧。

魔神见状，转过脸去了。

此神主意一定，比旧领导更难搞，不吃赌气这套？田真头痛，心道不对，真跟他赌气，小家伙就“炮灰”定了，于是走回他身旁细声赔礼：“我错了，陛下原谅我。”

“嗯——”魔神表示满意，“知错能改的凤凰。”

原谅得这么快，此神根本没计较，田真暗喜，已经有了主意：“其实我不赞同重铸小天王，是因为，我有更好的办法要献给陛下。”

魔神意外：“讲。”

“就怕陛下不肯……”见他蹙眉，田真支吾道，“传承胜过创造，陛下有没有……这个，有没有考虑过……用凡神的方式？”

魔神道：“凡神的方式？”

田真道：“就是男女结合产生后代，先天之神是怎么延续血统的？若我没猜错，陛下肯定也是那么出生的吧？”

魔神没有说话。

那样出生的儿子，很可能继承到他的体质，田真想了想又补充道：“只有一半机会。”

毕竟，六界没有先天神女配他了。

半晌，魔神侧过身道：“吾会考虑。”

“那小天王……”

“再议。”

自寝殿出来，田真暗暗为刚才的话汗颜，无论怎样此神的思路被引开了，注意力转移，路小残算是暂时安全了，还是先去告诉小家伙这个好消息吧，免得他害怕。

路小残果然还耷拉着脑袋等在石山上，他旁边多了两个人，紫衣银发的路冰河和摇头不止的九死沧。

见路冰河在，田真便不过去，躲在石山后看。

“布防的大事，你竟如此疏忽，父皇如何交代你的？”路冰河教训弟弟，“若非九死沧来报，我还不知。”

路小残别过小脑袋：“我才不管呢！”

路冰河冷冷道：“待我禀过父皇，叫他打你！”

“你去！就知道讨父皇喜欢，我才不怕！”

“不懂事！”

路小残哼一声。

路冰河不再说了，抬手在弟弟脑袋上重重地拍了一下，然后优雅地跃下石山，大步离去。

九死沧凑过去，作规劝状：“魔界防守何等重要，我说小天王，你也太不懂事了……”话没说完，就被一脚踢飞。

路小残心情本来就差，又被哥哥说了一顿，憋了满肚子气，总算找到个发泄的对象，跳过去抡起小拳头：“你敢骂我？我打死你！”

“小天王饶命！是天王说的，与属下无关哪！”九死沧吓得求饶。

路大天王教训弟弟，不代表你可以跟着教训吧，田真看得好笑，连忙过去拦住路小残，扶起九死沧，摸出瓶子倒了粒疗伤药给他，九死沧甚是感激，接了药飞快溜了。

见路小残气哼哼地站在旁边，不时拿眼睛瞟她，田真故意移开视线，作赏风景状。

“喂。”路小残不安地拽她的翅膀。

“我不叫‘喂’，”田真仰脸道，“叫娘。”

话音刚落，一阵疼痛传来。

“喂，喂喂！”田真连连甩手。

路小残哈哈大笑，跳开。

田真低头看，见手腕上果然多了排小牙印，不由得气道：“你做什么？”

路小残背着小手，道：“答应的事没办成，你会有心情开玩笑？肯定是父皇同意了，你才故意逗我。”

小正太精得很！田真无语，半晌道：“忘恩负义的小鬼，我叫你父皇打你！”

“真小气，我不是没喝你的血嘛。”路小残指着那排牙印，“这，是你逗我的代价。”

田真哭笑不得，瞪他。

路小残一脸邪恶的表情："别这么凶，像个后娘。"

小家伙估计就是魔神大人捏出来的泥人儿之类的，没有亲娘呢，田真俯身去抱他："那以后我当你娘，有事娘罩着你。来，先抱抱。"

"你真恶心！"路小残化作红光跑了，"我得去安排守卫。"

田真微笑。

小家伙其实很认真地在做父亲吩咐的每一件事，结果还是得不到认可，也怪惹人怜的。

第八章 神之故居

天庭无日光，宫墙玉阶，冷冷的色调带着种压抑的味道，朝华君缓步顺着游廊往里走，不时与路过的神王神将打招呼，至后殿，早有侍者等在门外，见了他立即迎上来作礼。

“陛下在里面，”侍者看看他身后，很快低头赔笑道，“朝华君请。”

殿内，神帝独自站在案前，手里拿着本奏折，见他一人进来，目光微动，转身坐到椅子上。

“参见陛下。”

“免了。”神帝放开奏折，示意他坐。

朝华君含笑道：“陛下都知道了，罪臣只身归来。怎敢就座。”

神帝抬眉：“她果真叛投魔界去了？”

“她怎敢叛离，是臣无能，未能顺利带她回来而已，此番被魔界察觉，我们放在魔界的人恐怕已经……”

“能阻止你，是他？”

“是。”

“小小羽族女，能劳烦他出手？”

“陛下在怀疑臣？”

“表兄对神界的忠心，朕从未怀疑，”神帝意外地没有生气，“朕的意思，让那只小凰留在魔宫未必是件坏事，或许，我们能借此探出他的秘密。”

朝华君道："她年轻，臣担心……还是找机会带她回来为好。"

"她既然吃了内丹，就是应了天意，必定不会出事。"神帝反而极有信心，笑着移开话题，"表兄是不是更该担心另一个？寻了二十几年，如今人回来了，你却又不着急了，将婚期推迟，就不怕她委屈多想？你弟妹现陪着她，去哄一哄吧。"

"臣遵命。"

走出殿，朝华君缓步而行，笑意渐敛，暗暗叹息。

阻止魔神而安然无恙，或许真应了天意也未可知，她毕竟知恩图报，纵然叛离，也断不会无故挑起战火，但愿能暂时稳住魔神，其他的，再徐徐图之。只是羽族从未出过叛逆，让神帝知道，必会下追杀令，能瞒一时是一时吧。

廊上，恒月姬带着侍婢款款而来，边走边说话。

"神女这么快就走？"

"是非之地，少留为妙。"

侍婢不解地问："神后娘娘陪着龙女，哪来的是非？"

恒月姬道："朝华君很疼那小凤凰，听说都要收了，如今又无故推迟与龙女的婚期，龙女岂会不吃醋？你没听她方才和神后娘娘说的，就算那小凤凰真叛离神界，朝华君也必会护她，倘若这话传到陛下耳朵里，惹出事来，朝华君知道我们在，倒叫他疑我。"

"神女说得是，我就没有想到。"

"宫廷之内，须明哲保身，"恒月姬眼波流动，笑道，"我们走吧。"

主仆远去，朝华君的神色不太好，在原地站了片刻，掉转方向，快步走回住处，随身亲信、羽漠天宫的执事羽萧早已等在园门口，见了他便迎上来。

朝华君自袖内取出绿羽钗交给他，吩咐："此物我已取回，叫人送还给孔雀王，命他思过。"

羽萧惊道："凰儿叛离难道是真？"

朝华君皱眉。

"属下这就让人送去，王放心。"羽萧领会，接过绿羽钗就走。

“且慢！”朝华君叫住他，想了想道，“我还有书信一封与仙帝，稍后再一并送出吧。”

羽萧应下，跟随进了园门。

这边田真哪里知道神界发生的事，只料定神界必会追杀自己，一心要壮大魔界，成日逼着路小残练兵。想魔界无强将，又特设比武，九死沧等一众部属懒散惯了，哪会卖力，胡乱应付而已，后来还是路小残一句话解决了问题：最后的落败者受罚。众魔都吃过这位小天王的苦，赶紧打起十二分精神，各显神通，从此潜心修行，生活重新有了追求。

惩罚比嘉奖更能让人奋发，田真感慨，勤修术法不是坏事，将来总能派上点用场的。

任他两个闹，路冰河偶尔会出现，皆是冷眼旁观。

“你还在怀疑我？”田真瞅个机会问他。

“神羽族既在预言中，就必须防备，”路冰河淡淡道，“有机会，我会将你从父皇身边送走。”

“天王真是坦率。”田真咬牙笑道，你顶多就是根肋骨做的，咱不必跟肋骨计较。

路冰河道：“多谢你留下小残。”

刚做好应付的准备，哪料到他会道谢，田真反应不及，表情开始混乱：“你到底是想谢我，还是想赶我走？”

“你能主动离开父皇，最好。”

“我若不答应呢？”

“那是你的事，”路冰河停了停道，“逼他们太紧，只会适得其反，你做的一切毫无意义。”

田真如梦初醒，暗暗后悔。

这阵子太急于求成，想来众魔是害怕受罚才不得不认真修行，怨言颇多，该换个方式了。

路大天王对弟弟还是很关心的，对她不客气也是为魔神大人着想，想到这儿，田真对他倒不那么反感了，可问题是，看他们父子俩站在一起实在太诡异，再加上自己……

微风入殿，魔神独立殿中央，额饰上的碎金片轻轻晃动，俊美的脸上是沉思的神情。

神啊，你要当思想家？田真站在殿门口，远远地观望了片刻才镇定地走进去，主动拉起那只漂亮的手："陛下。"

此女最近越来越放肆，魔神低眉，视线落在她的手上。

田真假装无视，想他将一切看在眼里，却从未有任何表示，不由得问道："我做事太过心急，以致引出很多怨言，陛下有没有生气？"

"你在为他们担忧。"

"我担心他们的能力不足以自保，更不足以守护魔界，这些不应该由陛下一人承担。"

"吾原谅你。"

令人畏惧的身份，高高在上的语气，换成别人必会感恩戴德暗叫庆幸，田真却听得笑了，其实咱从决定做的时候起，从来都没有担心过你不原谅。

"我来自神羽族，陛下不会防备？"

魔神看着那只手，再皱眉。

田真抓着不放，作柔顺状："陛下？"

魔神终究未被蒙骗，拎开她："无赖的凤凰。"

话音方落，就见路冰河快步走进来，单膝跪下行礼："父皇，优婆山有异变，不知是何缘故。"

"上古圣山，却为神所弃，吾之回归，亦难平它怨怒，嗯……"魔神略作思索便道，"吾去查看，吾儿，守好魔界。"

路冰河答应。

田真忙道："我也去！"

"你，留下。"魔神转身消失。

追赶不及，田真丧气，转身看着路冰河，眼皮直跳。

路冰河神色不改，优雅地转身，出殿离去。

魔界的娱乐活动重新开展，众魔得到放松，意见少了许多，田真却过得很无聊，连打牌也提不起兴致，夜里独自对着空荡荡的大殿，总觉得少了点什么，当然她并不担心，路大天王不会笨到公然送走自己的。

第三日夜里，路小残悄悄在殿门外唤她。

田真大喜："真乖，怎么想起来陪我了？"

路小残躲开她的怀抱，邪恶地笑："本天王是来跟你说正事的，你听了肯定高兴不起来。"

"怎么？"

"我哥哥要把你送走。"

田真敛了笑，将信将疑："真的？"

路小残侧身道："就在明晚，看在你救过我的分上，我才跟你说，信不信由你。"

"无缘无故送走我，他不怕陛下怪罪？"

"他当然不会亲自动手，明日一早他会带我出宫去看魔泉，这样事情就与我们无关啦，父皇最信任他，顶多责骂几句。"

田真听得心惊，暗骂，太阴了！路大天王太阴了！

"反正我都告诉你了，你自己想办法吧，我要走了，不能让哥哥知道。"路小残拽拽她的翅膀，溜走。

事情果真和路小残说的一样，第二日大清早，路冰河就带着路小残出宫查看魔泉去了，据说两日后才回来。两位天王刚走，田真后脚就约众魔出魔界游玩，由于魔宫经常有此类活动，也无人生疑，结果就是：众魔玩到最后，发现某女跑丢了，连忙回去挂失。

十方虚野与神界的交界处，是一带连绵的山脉，由于曾经几番被魔界攻陷，地形遭到严重破坏，有如废墟般的感觉。

田真远远地观望。

送走是吧，与其让路大天王送到某个陌生的地方永远囚禁，倒不如自己主动跑路。九死沧他们发现自己失踪，回去禀报，他必不会罢休，现在说不定已经暗中派人搜捕了，还是尽快找到魔神为妙。

望着把守的天兵，田真犯愁。

现今最大的问题是，优婆山位于大荒，地属神界。

强者要去任何地方，通常都是不需想办法的，就像魔神大人，想进就进，无人发现，发现的全炮灰。唯有弱者才会为这种事犯愁，最常见的办法，就是以小小良民或各界友好人士的身份进去。

田真摸摸灰翅膀，叹气。

由于体质，术法始终无半点长进，这么出去简直就等于告诉大家“我是通缉犯”。变原形扮乌鸦吧，又闯不过结界，万一遇上个眼力好的，更麻烦。

看样子唯有在这里守株待兔了，但愿路大天王的人不会这么快追来。

她兀自寻思着，远处空中忽然浮现大片紫色云霞。

绮丽的紫霞飞来，里面缓缓现出一队车马，只消片刻工夫就降落在神界外，由几十个人组成，规模不大，也不够华丽，但看那车前悬挂的紫色仙界标志，便知来者是有身份之人。

神、仙两界已成联盟，互有往来不奇怪，田真暗忖，打算找个地方安顿。

就在此时，车上走下来一个人。

不再是天兵装束，寻常便服，分外清雅，俊秀的面容，眉眼间神情依旧温和，却已没了先前那种忍辱负重的忧郁，暗藏威严与贵气，举手投足间自有魄力，旁边众侍卫对他极为恭敬。

怪不得一直不见他，原来去了仙界！田真惊喜，待要招呼，忽然记起自己目前的身份，连忙忍住，往岩石后缩了缩。

一名侍卫向天兵递上帖子，片刻工夫，守将竟亲自迎了出来。

见他要进去，田真急中生智，探出半个头低声作凤鸣。

凤族虽称不上繁盛，子民却也不少，十方虚野有凤鸣并不奇怪，那人朝这边望了一下，很快就转回脸，含笑与守将说话。

隔了这么久，也难怪他认不出，田真再叫了一声。

值得欣慰的是，这次那人总算听出了鸣叫中的刻意，似乎想起什么，眼睛重新看过来，微带喜悦之色。

田真放心，屏息缩回岩石后。

半晌，外面有轻轻的脚步声移近。

“小凤凰？”熟悉的声音，有着几分试探的味道。

田真咳嗽。

“小凤凰，是不是你？出来。”那人转过岩石，见到她先是意外，很快恢复冷静，“你……”

“文犀，”田真知道他在意外什么，有点窘迫，指着灰翅膀道，“是我，有灰羽毛的凤凰不多。”

文犀看看那对灰翼，眼底浮现笑意，打量她。

“你去了仙界？”田真探头望那些侍卫，道，“怪不得一直没见到你。”

文犀道：“我本仙体，是你没认出来。”

今非昔比，田真瞅他：“一年不见，当刮目相看，你现在的身份，我都不敢认呢。”

“我护送仙帝陛下回归，立了大功，陛下赐我少宫之职。”文犀笑起来，轻拍她的额头，“你是在试探，看我有没有忘记救命的小凤凰吗？”

心思被看穿，田真尴尬道：“什么救命，凑巧而已，你本来就不是普通人。”

“上次来神界，我曾向朝华君问起你，他说你走失了，我很担心，一直命人暗中寻找，谁知今日在这里遇见。”文犀停了停，挑眉道，“小凤凰，我们真的很有缘。”

关河月武也曾封母族兄长做少宫，想来是宰相那等级的官职，怪不得这些人对他格外尊敬。田真面对如今的他反觉不自在，很难再像当初那般随便了，毕竟前后气质变化太大，就像你最好的朋友一年不见，突然变成了国家总统，有种陌生的敬畏感。

她直说目的：“其实我找你，是想请你帮忙，带我进神界。”

文犀拉她的翅膀：“羽族标志，还用我带？”

现在是通缉犯标志，田真暗暗警惕，自己入魔界是许多神仙亲眼所见，还救了他们，这种大事仙界没理由不传开吧？

“你不知道？”

文犀想起来：“前日北涯一战，有灰翼女相救，否则神界仙界定会折损许多将士，莫非说的就是你，你在魔界？”

田真点头。

“朝华君派你去的？”文犀皱眉道，“那种场合不该冒失，魔神何其危险，你救这边的人，必惹他生疑。”

聪明人通常有个毛病，就是喜欢把简单的事也想得很复杂，不可否认，自己当时的举动确实像卧底。田真见他误会，反而松了口气，移开话题：“再危险也过去了，我这不好好的嘛，你既然在仙界做官，又回神界来做什么？”

“受朝华君之邀而来，”文犀笑道，“正好，我欲请你到仙界做客，先去羽漠天宫跟他说一声。”

难怪会穿便服，田真拉住他：“我是卧底呢，这样不行。”说完摇身变成小小鸟，自动钻进他袖内。

文犀失笑。

神帝并没下追捕令，田真进了神界才发现这事，这更能解释文犀为何肯定她是卧底，当然，她绝不会以为是神帝陛下对叛徒留情了，原因不难猜，先前将他想成那样，田真有点内疚，不过她也知道，跟着文犀去羽漠天宫见他并不是个好主意。

未下追捕令，代表可以自由出入各关口，但想到朝华君可能另有安排，田真仍一直躲在车内，不肯现身。

车行几日才至大荒边沿，文犀见天晚，下令投在驿馆。

夜色茫茫，面前的大荒看上去竟也不那么可怕不那么冷了，田真立于高台上，既高兴又担心，高兴的是优婆山近在眼前，担心的是魔神已经离开了。

“在看什么？”背后响起文犀的声音。

知道瞒过他不容易，田真忙道：“听说优婆山最近有异象，我好奇呢。”

文犀果然没有怀疑：“此事我亦听说了，山顶近日有五彩圣光出现，此山原是上古众神的居所，因被弃而怨怒不平，常生异象，并不奇怪，可惜当今六界无人能登上山顶，一探究竟。”

田真“哦”了一声。

排除魔神是对的，那是超越标准的正宗大神。

文犀道：“我还想着替你寻找灵丹，不想你这么快就得了人形，很厉害。”

田真笑起来：“不用安慰我，你这一路都不提，是怕我难过吧？神羽族都是美女，出了个丑的，是不是被我吓到了？”

“不会，其实与预料中相去不远。”文犀微笑，轻轻拍她的肩，“这不叫丑，是特别，我担心你妄自菲薄，你能这么想，很好。”

做鸟像乌鸦，做人像鸟人，心理素质早被锻炼出来了，田真问道：“仙界和神界一样吗？”

“去了就知道了，到时候我带你走遍仙界。”

对不起了同学，利用你一次，你就当是报救命之恩吧。田真跟着他走下高台，见那夜色中的脸逐渐模糊，心里感动，点头道：“好，可以的话，我将来一定去。”

文犀听出问题：“为何要将来，此番随我去不好吗？”

发现失言，田真应变得快：“我这不是怕王不答应嘛。”

文犀笑道：“我的话，他岂会不答应。”

身份变化，口气也狂妄许多，他现在在仙界的地位，应该与朝华君的级别相差不远了，田真欲打趣他，忽然园外依稀传来女子的笑声，听在耳朵里很是熟悉，她不由得愣了一下，探头张望：“又是谁来了？”

文犀侧脸问：“谁？”

侍卫过来答：“是月神王之女，恒月神女。”

此女肯定是去羽漠天宫见朝华君，路过这里前来投宿，田真暗叫不妙，忙道：“明天还要赶路，我有点累，先回房睡了。”

驿站本就没几个人，侍卫们关注的又不是她，半夜溜走并不难。

夜色苍茫，在少有烟火的地界，明珠是外出的必需设备，造型比灯轻巧，便于携带。

大荒风疾，田真尽量低飞，找准方向，两三个时辰后，终于有座庞然大物出现在视野中，正是优婆山。

不出所料，优婆山周围并无守卫，原因主要是没有防备对象。险恶的圣山，别人全都上不去，无须守卫，上得去的人又拦不住，神帝英明，知道派人来也是当炮灰，神界的人口发展需要时间，经不起天天炮灰。

凤鸣声清亮，风吹不散，穿破茫茫黑夜，直入云中。

反复数次，仍无动静。

绕这么大圈子，果真扑了个空？夜寒伴随着失望袭来，田真开始哆嗦，在原地呆立许久，还是决定再试一次。

然而这次没等她发出声音，一条冰凉的东西就像蛇一般游来，绕上了她的脖颈。

紧接着，背后传来熟悉的娇笑声。

该来的不在，不该来的被引来了！田真暗叫糟糕，认命地转头看去。

恒月姬皮笑肉不笑地站在那里，身旁的侍女手握长鞭，鞭子的另一端正缠在田真的脖子上。

“小凰儿又跟谁赌气了？夜里乱跑，”恒月姬走到她面前，语气温柔，目光却极为不善，“要是出了什么事，朝华君可要怪谁去？”

这种时候被解决，谁也疑不到她，田真发现此刻说什么都没用，开始冒冷汗，低头认错：“当初是我有眼无珠，不知神女的身份，求神女别与小婢计较。”

“看来你很清楚我是什么样的人，”尖尖的指甲闪着寒光，恒月姬托起她的脸，“我却真不明白，你这么丑的凤凰，怎能叫朝华君上心？”

“王看多了美人吧，”田真赔笑道，“其实神女花容月貌，身份高贵，要让王喜欢，也不是件很难的事。”

“你帮我？”

“只要神女大人不计小人过，我保证……”

“放你回去，你不在他跟前说我坏话就很好了，我哪还敢让你保证？”恒月姬放开她的脸，改为握住鞭子，缓缓用力，“你看，我像是个做事会留后患的人吗？”

田真渐觉呼吸困难，挣扎求饶：“我绝不会成为神女的后患。”

恒月姬松了鞭子：“有仇必报是我的行事风格，月林，可不要太早结束。”

“是。”侍女月林应声将长鞭一收。

田真眼明手快，连忙丢开明珠，双手紧紧握鞭，试图将脖子上的力道减轻，饶是如此，她整个人仍被抛起，重重摔在地上。

月林将她拖至面前，踏住她的背。

剧痛传来，脊梁似乎要被折断，颈间的长鞭越收越紧，田真闷哼，难以忍受窒息的痛苦，双翼不由自主地扑棱，试图掀开背上的人。

“慢着，”恒月姬见状示意月林暂停，她走到田真旁边，随手自凤翼上扯下几根羽毛，缓声道，“这对灰翼多余且丑陋，不如你先做件好事，替她除去。”

“是。”月林抬手，不知从哪里变出柄尖刀。

今天落在这巫婆手里，死定了！知道没有生还的希望，田真反而不再顾忌，边喘气边破口大骂：“去你的！怪不得王看不上你，老……喀喀……老娘诅咒你越……越长越丑，喀……比我还丑……”

被说中痛处，恒月姬脸扭曲了。

“死到临头还嘴硬！”月林脚上用力。

如同被千斤巨石压住，田真疼得胡乱挣扎，肺里的空气几乎全都被挤出来了。

“很好！”恒月姬拦住月林，冷笑，“慢着点，让我看看她能嘴硬到几时。”

月林狞笑，扬起尖刀。

就在田真以为必死无疑的时候，骤然，一片杀气卷着尘沙，来不及看清，头顶血雨洒落，月林的身体飞出两丈远，滚落于地，不知死活。

“伤吾部属，可恶！”

浓郁的血腥味飘散，带来熟悉的死亡气息，听到这个声音，田真狂喜，简直想流泪，知道自己一定死不了了。

“你……”恒月姬认出他，花容失色。

长发飞舞，神颜震怒，杀气凛冽胜狂风。

袖内的手微抬，若隐若现。

恒月姬惊恐后退。

“吾，不杀女人，”低沉的声音分外清晰，他直指恒月姬，“月族，将付出代价。”

短短的一句话，已宣告了月族即将到来的命运，没有人会怀疑它的真实性，恒月姬浑身僵硬，连逃跑都忘记了。

骤然，巨响声起。

“陛下小心！”

伴随着田真沙哑的呼声，魔神仍站在原地未动，姿势不改，身后土石迸裂，飞扬的尘烟中，有一条奇异的彩带被气浪掀退。

田真早已看清，那并不是什么彩带，而是一条长得极为骇人的五彩巨蟒，蟒身长数丈，粗如水桶，遍布彩色花纹，红红的信子如火焰。她只见此蟒相貌凶恶，哪里知道它其实是条先天神蟒，非寻常魔物能比，魔神正与它斗，忽听见凤鸣声，这才匆匆赶下山，正好救了她一命。

彩蟒攻击失败，并不死心，将头摇了摇，再次扑上来。

眨眼间，魔神的身形消失，再现时已至彩蟒身后，左掌往下一按。

蟒蛇在掉转方向上通常不太灵活，被雄浑掌力击中尾巴，痛得一哆嗦，暴怒之下将尾巴一扫，卷过去。

魔神没有闪避，广袖挥，单手抓起蟒尾，往半空一送，竟将整条彩蟒都带离了地面。

彩蟒离地，终于惊慌起来，死命挣扎。

这么惊险的情况下，他迟迟不出招，必是有心收服此蟒，田真也知道这条蟒蛇不简单，能与魔神周旋，这等威力就绝对不输神界最好的战将。她连忙吃力地翻身起来坐着，一边观战，一边留意防备不远处的恒月姬。

恒月姬渐渐回过神来，奔过去扶起侍女月林。

月林仍昏迷不醒。

害田真不着，无意中反给月族招来一场大灾难，恒月姬又恨又怕。

正巧，那边彩蟒知道斗不过，瞅个空当张嘴吐出团毒雾，雾中夹杂着无数小小的黑箭，乃是毒液所化。

先天神蟒，其毒非凡蛇能比，且带数千万年修为之功，魔神亦不敢疏忽，待要接招，也是那恒月姬合该要死，她看出那彩蟒非同寻常，所喷毒雾又防不胜防，只道是个好机会，当下玉指轻弹，两道细细的银光无声飞出，一道奔向魔神，一道却直指田真。

“陛下小心！”田真惊叫，同时挣扎着避开要害。

弱者偷袭，魔神见状，神功初运，双掌骤分！

雄浑掌力凝聚，于右侧结成赤色屏障，毒雾小箭接触屏障，即被震得逆风飞散，纷纷坠地消失，彩蟒倒飞出数丈，重重摔落，砸得足底大地一阵摇晃。

与此同时，他左掌的掌力却击向另一边地面，巨响声里，田真被这股气浪掀开两丈远，躲过了恒月姬的暗算，这也是因为魔神知道她不能直接承受神力。

应变之快，只在眨眼之间。

然而神也有应接不暇之时，虽不惧弱者偷袭，击败了彩蟒，救了部属，自己亦避开了暗算，可是在这关头，空中竟无故多出一道流动的白光。

白光速度之快，几乎超越自然之力，田真浑身冰冷，哪里来得及提醒！

眼见闪避不及，魔神轻哼，挥袖硬拍出一掌，同时迅速侧身。

能令他避让，说明其威力不小，田真心头急跳。

不出所料，白光没有被掌力震散，只稍稍偏离了方向，紧贴着他的脸飞过。

神颜顿现血痕。

顾不上遁走的恒月姬，田真骇然，抬头仰望优婆山。

恒月姬这点能力根本不足以对他构成威胁，方才她看得清楚，那伤他的白光并非来自恒月姬，而是来自优婆山上。先天杀神，五成力量就足以逼退两界联军，能趁机偷袭伤到他，此人已是了不得。

魔神并无意外之色，显然知道白光的来历，身经百战，本不惧它，只是恒月姬的偷袭令他分神，所以才导致这样的结果。

抬手触及脸上的伤痕，魔神震怒，狭长的双眸一眯，眼底流露冰冷杀机。

“卑劣的月族，想走？”

掌一翻，送出耀眼的火光，空中那银弧还未行远，就被这道火光追上，击中，如断线的风筝般落下，至熄灭，再也没了动静。

田真见状叹气。

神女做事从不留后患，现在神女你死了，咱也没后患了。

魔神收手，下一刻人已站在她面前。

“凤凰，无恙否？”

“陛下。”

“粗鲁的凤凰。”

田真看看恒月姬的方向，又看看无动静的彩蛇，沉默。

谁粗鲁、谁暴力呢……

魔神俯身抱起她，道：“不听吾之言，自取其祸。”

头一次被他这样抱着，可惜田真无力气荡漾，听到这句话，忽然发现又被路大天王阴了。

身为神界叛逆，一旦离开魔宫，会招致什么样的后果，路大天王可能比田真还要清楚，所以才故意让弟弟通风报信的吧，因为料到她会采取什么样的行动，说不定连路小残也是被他蒙在鼓里。

令田真气闷的是，路大天王到头来居然毫无责任。

你跑出去了？谁让你跑出去的？不是我吧？什么，我要送你走？你听谁说的？你有什么证据？明明是你自己主动跑出去的，竟敢诬陷本天王？

田真咬牙，弱弱道：“我想念陛下，所以跟来。”

魔神毫不客气道：“谎言。”

田真老实地分辩：“有一半是真的，陛下。”

魔神没有表示。

不知何时，先前那条彩蟒已苏醒，缓缓游至他脚下，作温顺状，表示臣服。

对于蛇这类东西，女人天生神经敏感，田真哆嗦，在他怀里蜷成一团：

“陛下，让它先走吧。”

“胆小的凤凰，”魔神评价过，命令彩蟒，“神蛇，替吾镇守山顶神宫。”

受伤不轻，田真本已昏昏欲睡，听到这话立即重新睁开眼睛，精神抖擞。

忙了半天，还以为你收服它有什么重大意义和目的，谁知是用来守山的。守山本来也没什么，问题是，目前除了你，六界根本没有别人能登上山顶，镇守和不镇守不是一个效果吗？

发现替人干活也没吃亏，彩蟒欢欣，摇头摆尾游上山去了。

田真忍不住提醒他：“陛下，这样是不是有点大材小用？”

魔神示意她继续讲。

“你抓它来，就只是为了守山？”

“它令吾感到眼熟。”

因为眼熟，所以抓来看看，然后放走，这很符合此神的作风，田真决定不再继续这个话题：“优婆山出现五彩圣光，难道就是因为它？”

“或有可能，先天神蛇，非凡兽。”魔神抱着她离开地面，直直上升入云中。

疲倦，伴随着安全的感觉，田真强忍睡意，哑着喉咙问：“陛下要带我去哪里？”

“上山。”

“刚才伤陛下的人……”

“是太上镜杀阵，被吾触动。”

田真心惊：“太上镜在优婆山？”

“太上镜位于六界之外，优婆山乃封印所在。”

“我们别去了吧？”

魔神看她：“你怕了，凤凰？”

“我担心陛下。”

“小小空间，吾有何惧！”

“陛下被它困了几千万年。”

魔神低眉道：“凤凰，当今六界，谁能封印吾？”

这句话从道理上讲是没错的，田真找不到理由反驳，只得忽略不安，关心地看他左脸那道血痕："陛下的伤不要紧吧？"

"无妨。"魔神微微侧过脸。

受这番折磨，田真实在没有精神留意太多，头一歪，在他怀里沉沉睡去。

这一觉睡得很沉，也很甜，甚至有点不舍得醒，不知道过了多久……

似梦似醒中，有清香扑鼻而至。

睁眼，景物逐渐清晰，最先映入眼帘的，是一片明净的天空，还有一道如苍鹰展翅般高高挑起的檐角。

那是座极其巍峨的殿宇，朱红巨柱高近十丈，带来从未有过的视觉震撼，朝上望，只觉得人如蝼蚁般渺小，雕饰之华美，气势之宏伟，远非天庭能比。

这么华美的宫殿，周围的空气中却充斥着冷清的味道。

身旁地上有条不知名的藤蔓，片片小圆叶红似花，美丽幽雅，香味正是由它散发出来的。

醒来之后，发现身处一个记忆里找不到的陌生地方，田真惊得坐起来，大叫："陛下？陛下！"

"吾在，凤凰。"殿门处，一个人朝这边侧过身来。

"你……"田真费力地睁大眼睛，总算认出那带伤的水嫩的脸，还有那双熟悉的此刻正满含不悦的狭长凤眸。

可她还是被震住了。

朱红色长袍拖垂于地，上面有奇异的金色纹路，长长的红发略微起伏，如瀑布滚滚流泻而下，披散全身，他整个人站在那里，就像一团火在静静燃烧。

宝石镶嵌的肩饰，额前闪闪的金饰，头上精致的发饰，将这种温度衬托到了极点，耀眼尊贵的气度，竟如西方太阳神。

田真看得眼花，傻在那里。

一夜不见，你就染了头发换了衣裳变了造型，难不成深沉路线走太久，要改走热情青春路线？你不打算继续扮演撒旦大人，要改扮天使了？

"陛下？"

“吾，只是忆及过往。”

原来在怀念旧时光，这是他当年的形象？田真马上抓紧时间欣赏，并挤出一句相当文艺的话：“回忆，是人生中最珍贵的财富啊！陛下是想到了以前的自己吗？”

“吾自己，还有吾那无用的父兄。”

此神别的都好，就是开口就让人受不了。田真终于找回熟悉的感觉，抚额，转为打量四周的景色。

庭前的杂草没足，高高的玉阶遍布尘埃，很显然，这里废弃已久，但那大片殿墙，那朱红柱子，依旧颜色不改，可知建造材质非同寻常。

“这是哪里？”

“吾之居所。”

瞬间，魔神恢复平日黑发黑袍装束，袖一挥，殿门高处的匾额如被擦洗过，尘灰尽去，三个大字变得鲜艳醒目。

“赦杀殿。”田真轻声念了遍，很快明白过来，优婆山本是上古众神居所，想必这里就是优婆山山顶。此殿以朱红为主色，很适合杀神的身份，赦杀，顾名思义是想让他尽量克制杀伐之心吧，可见这名字并不是他自己起的。

魔神道：“昔日，吾与炎武居于此，那是一段令吾难忘的岁月。”

名字听着耳熟，田真忙问：“炎武是谁？”

“吾忠实的朋友。”

“女的？”

“嗯？”

不是女的就好，田真放心，望望四周道：“既然是陛下的朋友，怎么不叫他出来？”

“无战而出，是亵渎。”魔神将视线移回她身上，问道，“满意吗？凤凰。”

田真由衷地点头：“很好，我很喜欢这里。”

“糊涂的凤凰。”

看着他走进殿门，田真莫名其妙，自我检查许久，忽然发现了什么，狂喜之下跳起来就追进去：“陛下！我知道了！我知道了！”

进殿，迎面的阶上设有主座，魔神站在座前。

“它不见了！我的翅膀没了！”田真扑过去膜拜，“陛下威武！陛下万万岁！”

对于她的奉承，魔神表示很受用：“最低劣的凡神体质，却拥有非凡的内丹，千年修为难以支撑，反受制于它，导致灰翼显形，吾将它暂且封印，灰翼即消失。”

消失就好，原因和过程不重要，田真连连点头：“多谢陛下！”

魔神奇怪道：“吾曾提起，当时你并不在意，如今为何又这般喜悦？”

“不强求，不代表不想求。”田真解释道，“我是女人，天性爱美，留着翅膀，我不失望，陛下肯替我去掉它，我更高兴。”

魔神“嗯”了一声，道：“中肯。”

至少下次没人能砍我翅膀了，田真爬起来，摇身变回原形，在殿内飞了一圈。

魔神见状问：“凤凰，你要做什么？”

田真落地恢复人形，从容答道：“我不会法术，以后要变回原形赶路。”美也有代价。

魔神道：“无妨，吾带你走。”

去掉翅膀信心大增，田真开始面红心跳，看着他脸上那道伤痕，毫不迟疑地伸出手臂“献血”，广告脱口而出：“陛下，我的血疗伤有奇效，三分钟治愈，不留疤痕。”

魔神挥开她：“回魔界。”

走出殿外，田真提要求：“我不能飞，陛下抱我。”

“允你。”

田真大喜，忽瞥见殿后隐隐似有五彩光芒闪了一下，又骤然消失，想来应该是那条彩蟒，田真便不在意了，往他怀里扑去。

魔神将她变回原形，抱起就走。

归途中，心情非来时能比，感觉时间过得格外快。魔神向来惜字如金，田真早已摸清他的个性，而且发现他的心情似乎不是很好，路上两次搭讪失败，也就不去吵他了，只在他怀里睡觉，安慰自己无论如何关系进了一步，此神来自远古时代，不能心急。

不消几日，二人就进入虚天魔界，至万里石山外停住。

魔神将她丢下：“贪睡的凤凰，醒来。”

田真变回人形，爬起来揉揉眼睛，认出四周的景物之后有点莫名：“不是还没有到魔宫吗？”

“吾先行。”

万众瞩目且极好面子的魔神大人，是不会让人知道自己曾抱着部下赶路的，田真很快明白其中的缘故，暗暗发笑，猛然想起一件极为重要的事，忙伸臂道：“陛下，回魔宫之前，让我先替您治好伤吧。”

魔神抬头看前方：“无妨。”

手被无形的力量推回，田真解释道：“我知道陛下不在意这点小伤，只是别人未必这么想，我来自神羽族，陛下为我受伤，虽然不重，但看在有心人眼里，又要怪罪我了。”

魔神微微侧脸看她一眼，没有表示，眨眼间就失去了踪影。

田真无奈叹气，变为凤凰往石山内飞，并不担心什么，回到魔界，就代表自己的人身安全有了保障，路大天王也不敢明目张胆地动手，田真开始想象他看到自己安然归来时的脸色，暗暗冷笑。

巧得很，她刚在魔宫入口处落地，迎面就看见路冰河在吩咐小兵做事。

田真站在原地，盯着他。

事实证明，路大天王的心理素质远胜他父亲，看到归来的田真，他只皱了一下眉，然后就恢复了正常神情，仿佛与自己无关，忽视她不冷不热的目光，照常处理完正事，面不改色地从她身旁走过去了。

不愧是天王，田真想到自己这回跑出去差点没命，就气得要吐血，看着那背影暗暗咒骂：太阴险了，这满肚子算计啊，怪不得未老先衰，长得像你爸他哥。

“呀！灰凤凰！”一道红影不知从哪里跳了出来，围着她打转，语气很惊喜，“你活着回来啦，太好了！”

田真听到这话更火，狠狠捏住他的脸蛋：“小东西，敢骗我！嗯？”

“喂喂！做什么呢？”路小残挣开她。

“做什么？”田真怒道，“什么叫活着回来？你早知道是圈套对不对？还联合别人算计我！我帮了你大忙，你就这样报答我，知不知道差点害我没命？当初就不该求情，应该让你父皇拆了你！”

路小残无言，垂着小脑袋踱了两步，悄悄抬眼瞟她。

田真冷着脸。

许久，路小残终于拉拉她的手，小声道：“喂，不是我要骗你的，原来是哥哥设的圈套。”

田真道：“你这么聪明，早就想到了吧？”

“可不是！”路小残一拍手，“你一走，我就想到啦！”

小东西还有心情得意！田真直叹到底不是亲生的，迅速拎住他的耳朵：“想到了还不来救我？”

路小残分辩：“我想过去找你的，是哥哥不让。”

“你听他的还是听我的！”田真丢开他，“下次有事别指望我，让他去替你求情，看我还管不管你这小鬼！”

路小残不吭声了。

田真哼了一声就走。

可巧经过魔神殿，迎面九死沧匆匆跑来，看见她顿时大喜：“鸟女，你怎么突然跑了？那日你走丢，害我们担心好几日，还以为你被那些神仙抓走了，原本打算去寻你的，后来天王说已经特地派人去寻了，怎么，他找到你了？”

田真有苦说不出，干笑：“是啊是啊，让你们担心了。”

九死沧待要再说话，忽然瞟见后面那人狠狠朝自己瞪眼，连忙改为作礼赔笑：“小天王。”

田真倒吓一跳，转身看，可不是路小残跟在后面！

两兄弟感情好，小家伙谁都不怕，唯独听父亲和哥哥的话，哥哥的命令他估计也不敢违抗，想他是害怕，所以不声不响地当尾巴呢。田真见他这样，心也软了：“好了，我知道你不是故意的，下回再这样，看我饶不饶你！”

确定她说的是真话，路小残道：“你怎么没跟父皇告状？”

“还不是为了你这小鬼，”田真没好气道，“你听到你哥说送我走，只是听到而已，事情是你告诉我的，他做了什么？”

整件事里路大天王什么也没做，甚至他可以辩解说事后自己还曾派人“寻找”过她，真闹起来，直接牵扯到的只会是路小残，而路小残是不会出卖哥哥的，连同自己会顾及路小残也被路大天王算到了吧，太阴险了、太阴险了！

路小残瞅她，这回真带了点内疚的意思。

田圣母威武啊！田真感慨，俯身抱住他就亲：“我是你娘，当然疼你了。”

九死沧连忙望天。

路小残飞快地从她怀里钻出来，拿手背擦脸，瞪了瞪眼，忽然变作惊奇，仿佛看见了极怪异的事：“咦，你的翅膀呢，怎么不见了？”

这一叫，九死沧也跟着移回视线，诧异道：“难怪方才见你不同了！”

因祸得福，田真再度兴奋，赶紧展开手臂转了个圈，连连问道：“怎么样？怎么样？是不是……顺眼多了？”

路小残跟着转到她后面，摸她的背：“哎呀，真的没了，怎么回事？”

九死沧插嘴：“定是陛下。”

田真乐了：“沧大哥猜中了！”

路小残大悟：“对啊，除了父皇谁有这样的神力！是他给你砍了吧？你真聪明，我真笨呀！”

九死沧忍不住道：“小天王还真笨，陛下用得着砍吗……”

话没说完就被踢飞。

“不想活了你！”路小残气得跳过去就打，“敢说我笨？”

“属下不敢！小天王自己说的啊！小天王饶命！”

“本天王说自己，你也说？”

高台巨柱，珠光闪耀，如同西方圣殿，魔神立于七层洁白玉阶上，正居高临下地与魔业护法说话。

“陛下的脸……”魔业护法惊讶地说。

果然部属都留意到了，魔神抬手触及脸上的伤痕，平静的声音暗藏怒意：“毁吾容颜，月族女，可恶。”

于是此月族女的下场不用猜了，魔业护法小心翼翼地安慰道：“区区小伤，陛下无须在意。”

魔神负手：“丑陋的伤痕。”

伤痕对男人来说算不了什么，除了跟众神战斗和监督大家的思想品德，陛下一向很少在意其他方面，魔业护法不知他为何耿耿于怀，只好顺着他赔笑道：“纵如此……”

“嗯？”类似警告的声音，充满危险意味。

魔业护法吓到，不知道自己究竟说错了什么，忙补充道：“属下是说，就算疤痕丑陋了点……”

话刚出口，田真便知他要倒霉了，不出所料，下一刻魔业护法就从殿上被拍飞了下来。

魔神冷哼，倏地自阶上消失。

不愧是父子，田真抚额，此神强调自己丑陋，意思就是想听你奉承两句“风采依旧”之类的话呢，你傻了吧？

同情之下，田真过去扶起魔业护法，摸出粒伤药丢进他嘴里：“大哥，就算你说不出陛下英俊潇洒玉树临风之类的话，也不能说他丑陋吧？”

“小伤疤而已，哪里丑陋了？”魔业护法吞了药，叫苦，“我几时说了？是陛下自己说的啊！”

见他不开窍，田真补一掌：“陛下说他自己，你也跟着说？”

灰翼在时，田真很羡慕那些衣饰精致的神女，可如今灰翼被去掉，不知怎的，她反而对漂亮衣裳失去了兴趣，换来换去，最终还是恢复灰黑色装束，这才觉得顺眼多了。她不由得自嘲，这大概就是气质问题，不是绝世美女的料，怎么装也不像。

柔和的蓝光里，魔神背对殿门立于榻前。

田真走过去唤道：“陛下。”

魔神“嗯”了一声，微微侧脸。

田真装作不知，转到另一边，拂开他额前的长发，望了望那受伤的脸，安慰道：“陛下还是貌美。”

魔神毫不客气地揭穿：“违心之言。”

田真很没面子，真的踮起脚仔细瞧了半晌，道：“我说的真话，小伤，对陛下的容貌没什么影响。”

魔神看她：“尚有诚意。”

别看此神骄傲又暴力，其实什么都知道，真要骗过他不容易呢，田真笑道：“魔业护法不太会说话，陛下何必生气。”

魔神很直接地认错：“伤害部属泄愤，是吾之过。”

田真摸摸下巴。

此神很有原则，也很讲道理，可惜强大的实力与杀神的天性决定了他的行为不可能完全受原则控制，脾气一上来，一切原则与道理都要靠边站。就比如说他不杀女人，可是恒月姬惹他发怒，照样被杀了。如果你跟着他混而不清楚这个特点，那就倒霉了，后果可能是：此神生气了，一巴掌把你拍个半死，然后气消了，自我批评说“是吾之过”。

你冤枉吧，愤怒吧，问题是你敢揍回来不？

田真道：“这点小伤痕，不用我太多血的，陛下试试吧。”

魔神坐到榻上，道：“吾乃先天神体，凤血无用。”

田真恍然，难怪他上次受内伤也不肯用药，而是自行用天元神光治疗，这回是外伤，估计只能自愈了。生得太金贵也不是好事，就像好车，先天神体多拉风，可要坏了一点，修起来麻烦得很。

边想着，田真边在他身旁坐下。

魔神提醒她：“凤凰。”

田真道：“我累了，陛下难道不许我坐吗？”

也难怪，殿里除了这榻再无别的摆设，总让站着未免太不体恤下属。魔神没有再针对此事发表意见，看着她半晌，问道：“凤凰，你喜欢吾什么？”

田真故意想了想，道：“还是喜欢陛下的脸。”

“狡猾的凤凰，要令吾欢心，”魔神微微移开视线，“吾儿冰河所做的一切，皆是为了吾与魔界。”

田真愣了一下才反应过来：“陛下是说……”

“他有错，吾未怪罪。”

他果然是什么都知道的，田真看着他许久，问：“陛下装作不知道就行了，为什么要跟我解释？”

魔神道：“吾有偏袒，对你不公。”

“陛下决定偏袒他了？”

“吾儿为魔界付出许多，魔界的未来需要他。”

“陛下的解释让我感激，问题是，我的回答能改变陛下的决定吗？”田真挑眉道，“如果我说不服，陛下会处置他？”

“是否处置，这个问题吾不需要你回答。”魔神道，“吾问的是，你是否愿意为吾原谅他。”

谁说此神笨的，他明明就是六界最聪明的一个！田真笑起来：“陛下都这么说了，我若还不答应，那不是证明我对陛下的感情有假？”

“吾并无此意。”

“他知道我离开魔界可能会有什么样的下场，这次要不是陛下来得及时，我就没命了，不可能不计较的。”田真停了停道，“但是因为陛下，我愿意原谅他，我担心的是还会有下次。”

魔神道：“你的宽容，会令他收敛。”

田真欣然道：“我相信陛下的话。”

魔神看着她，没再说什么。

察觉那目光与平日似有不同，田真忍住笑意凑近他：“我发现，我越来越喜欢陛下了。”

魔神转过脸看殿门。

“亲爱的陛下？”

“花言巧语的凤凰。”

正在此时，外面忽然传来呼呼风声，紧接着一道英武身影落在殿门口，紫色披风扬起，经对面高高巨柱上珠光的映照，在地面投射下长长的影子。

田真连忙停止纠缠。

路冰河目不斜视地走进殿，先是单膝跪下行礼，然后起身问：“父皇此去优婆山，不知有何发现？”

“一条神蛇，不重要。”

“小小孽畜，怎能伤到父皇？”

“自然，伤吾的是太上镜杀阵。”

短短几句，路冰河就问出了重点：“太上镜在六界之外，优婆山怎会现杀阵？”

魔神道：“当年吾父兄率众神所设，吾不慎入阵，功体受制，所以才让他们有了机会，如今应是神蛇破土而出，致使地力变动，触动此阵。”

路冰河道：“如此，优婆山终是险地，父皇当少去为妙。”

魔神道：“无妨，此阵吾已不惧。”

路冰河看着田真道：“儿还有一言，请父皇远离此女。”

谁说宽容会换来收敛的？田真差点气得内伤，为刚才的圣母思想后悔不已，谁要原谅你的？原谅也没好报！

魔神也觉得太直接了，提醒他：“凤凰无过，吾儿，慎言！”

“儿并非怀疑她是奸细，亦相信她无心害父皇，只不过天意难测。”路冰河停了停道，“父皇神威，凌驾六界之上，谁知自此女出现后便屡次受伤，未免太过巧合。谣言虽不可信，亦不可不防。”不待魔神说话，他又道，“神、仙两界联盟，勇将多不可数，妖界助力有限，父皇若真在此时归去太上镜，魔界恐会生变，请父皇三思而行。”

魔神不语，视线缓缓移开，显然在衡量。

为魔界的未来，这么伟大的理由都搬出来了呢，田真冷静地望着他，一言不发。

魔神思考了很久，终于开口："凤凰，先搬离寝殿。"

田真也等了很久，闻言站起身就走："既然陛下相信，不用吩咐，我也不敢再踏进这殿半步了。"

第九章 神蟒主人

对于田真两进两出寝殿的经历，众魔都叹息不已。不可否认，田真当时说了气话，但再“狗腿”的人也有自尊心，两个月来，她不仅真的没再去过寝殿，而且干脆连议事也请假不参加了，这正合了路大天王的意。

有关神羽族的预言，田真是相信的，可是对于自己会应天意的可能，田真表示绝对怀疑，自己这点能耐，完全是来打酱油的，属于老天近视了才有可能选中的人——承天意的是什么？那是主角，人人都该围着转的。自己多不容易啊，先是不幸看中有龙女的凤凰，现在倒追远古大神，还差点丢了命，路大天王这么作对，是嫉妒咱抢你的父爱？

两个月不见，魔神没有任何表示，想那种活了几千万年的大神哪会记得一只灰凤凰，好在路大天王给的待遇还不错，田真无奈接受安排，安心当个混吃混喝的魔界公民。

十方虚野是野游的好场所，永远有看不完的美景和数不尽的新鲜事，其中更有些奇特的地方，气候变化万千，今日春风和煦，阳光明媚，明日就白雪飘飘或是雷霆闪电了。

身后的草地上，众魔在较量本事，都想拿下此次比武大会的头名，吸取前几次教训，田真不敢走远，独自坐在阳光下的树荫里，看着对面山谷大雨倾盆。

“我父皇不要你啦？”小小人影跳过来。

"臭小子！说什么？"田真怒了，将他一头红发揉乱。

路小残扳她的手："喂！我又没惹你！"

田真喃喃道："你父皇惹我了，你哥哥惹我了，我就惹你。"

"女人真不讲理呀，怪不得被父皇赶出来。"路小残动用法力弹开她，背着小手道，"你气他负心，又不敢去骂他，就拿我发火。"

负心？田真尴尬了。

好吧，同居这么久，此神很正派，除了抱过她啥也没做，不用负任何责任。再说人家可是一早就明白地表示过"吾不喜欢你"呢，哪能算负心。

"我哥哥说得没错，"路小残嘀咕道，"谁叫你是凤族的呢，又总是害父皇受伤，要不是你帮过我，我也会赶你走。"

田真叹气道："好吧，他们本来都没错，可我现在很不高兴，总要找个人来出出气。"

路小残转身就跑了。

田真发笑。

没追到魔神大人，捡个狡猾厉害的儿子也算收获！

经小家伙这么一闹，田真母爱泛滥，心情反而好了许多，懒洋洋地站起身，打算过去看比武，谁知就在此时，她忽觉腰间一紧，然后就见前方的景物迅速远去，消失在视线中。

这一带临近虚天之门，仍属魔界的防守范围，路大天王做事周密，什么人能在重重关卡下潜进来而不被发现？

察觉对方无伤人之意，田真第一个反应是："王？"

"除了你的王，就记不住别人了？"含笑的声音响在耳畔，"小凤凰。"

"文犀？"田真听出是谁，惊喜不已。

文犀带着她降落在一片山谷里，这才松开手，微笑道："见你一面不容易，等了好几日，总算叫我等到了。"

与上次装束不同，素色披风，边角恰到好处地镶着金纹。

田真打量他几眼，又朝四周张望，问："你一个人来的？"

“放心，只有我一个人，”文犀也在打量她，赞道，“没了灰翼，果然好看多了，我都险些没认出来。”

田真一本正经地解释道：“灰翼还在的，看不见而已，我本来就是灰凤凰。”

“此地属魔宫地界，他们很快会追来，我们去那边说话。”

他没有再动用法力，带着田真步行往南走，田真也明白其中缘故，一切法术所依赖者，无非天地灵气，取灵气为己用，施展法力遁行，周围的气流多少会有异常，当然，高手通常不用担心被人察觉，但有魔界这位大神在，任何高手都要比平日更小心。

以林木山石作掩护，二人沿小径而行，至几里外才停住。

文犀叹道：“此地防守关卡布置严密巧妙，纵是高手也难混进来，魔界天王名不虚传。”

路大天王确实名不虚传，看咱现在的境地就知道了，田真打趣道：“意思就是，你不是一般的高手？”

文犀道：“有些人哄起我来，也不是一般高手。”

田真忙道：“对不起，上次是我骗了你。”

文犀板起脸，侧身道：“你倒坦白。”

田真道：“你别生气，我不是故意利用你，只不过当时迫不得已，我怕你知道了不答应，所以才……”

文犀失笑：“若非我答应，你又岂会走得那么容易，小凤凰？”

田真愣住。

“你是真的投了魔界，”文犀道，“从魔神手底救了这边的人，还能活下来，就绝不会是奸细。”

田真恍然道：“原来你早就知道了。我来自神羽族，路大天王一定会格外留心，若我真是奸细，哪还能活到今天。”

文犀看着她半晌，道：“想是被算计了一番，所以才跑去优婆山找人。”

田真无奈地笑：“什么都瞒不过你。”

“当时言语试探，就知你不对劲，必定有所隐瞒，后来见到朝华君才证实了。”文犀正色道，“你当我的侍卫是什么？你那夜独自离开，他们是报过我的，就因为放你走，铸成大错，你可知引出多少事？”

田真忙问：“什么？”

“朝华君有心替你隐瞒，是以神界当时并未下追杀令，那夜恒月神女也去了优婆山，我并没在意，谁知她竟死于魔神之手，月神王报与神帝，此事牵扯到你，如今神帝下令捉拿叛逆者，你的王因为你也受了责罚。”

田真呆了呆，喃喃道：“月王怎会知道和我有关？”她猛然想起什么，叫道，“那个侍女，月林！她没有死，是她说出去的！”

文犀道：“呆凤凰，连这么简单的道理也不懂？斩草不除根……”

田真头痛道：“春风吹又生啊。”

文犀失笑：“这时候还有心思贫嘴。斩草不除根，必然后患无穷，我上次忘记嘱咐你，修成人形后就不能再像以前那样，今后凡事要多留个心眼。”

明明是恒月姬想害她，现在人一死，什么错都落到她头上了，谁叫人家是尊贵的神女呢！田真越想越有气，道：“你不问她为什么会死？”

“事已发生，无须再问理由，”文犀单手扶上她的肩，淡淡道，“只要小凤凰认为她有死的必要，她就该死。”

田真感动。

魔神大人是神，习惯站在高处去评判事情，重视理由，对与错很分明，令人崇拜敬畏；而在这个好朋友面前，事情发生在谁身上以及如何应对才是重点，对与错则相对显得不那么重要了，会偏私，就更有人情味。

“难得见面，今夜我们谁也别急着回去。”文犀拉起她继续走，“天色已晚，找个地方慢慢说话吧。”

田真先是觉得一夜不归欠妥，但想到那两父子都要她离远点，估计对她回不回的事也不会在意，于是打消顾虑，跟着他边走边说。

黄昏过，长夜来临。

这一晚很不平静，电闪雷鸣，划破黑夜，十方虚野风雨大作，不时天火降，引得远处山头树木燃烧。

雷电影响气流，反而有助于藏匿行踪，这种天气找人本是难上加难的，以防万一，田真仍然制止文犀使用法力，两人找了块隐蔽的巨岩，躲在下面避雨，还生起堆火。

“察觉外人进入，路冰河肯定会增设守卫……”

“我能进来，就有把握出去。”

衣裳湿漉漉的，狂风过，田真的声音和身体一起发抖：“那就好。”

文犀见状将她搂入怀里取暖，田真知道他修为高深，不畏寒冷，想这天气，要在野外过一夜，单凭自己和这堆火是绝对不行的，倒不必忸怩作态。

文犀道：“你的事我听朝华君说了，得人形就好，修行是慢慢来的，初时未免难点。”

田真白眼道：“你不用安慰我，我知道我是最低劣的体质。”

文犀微微一笑，不再多言，抬眸看外面漆黑的夜。

田真伸手在他眼前晃晃，问：“文少宫大人，在想什么？”

“在想当年落难时，也是十方虚野，遇见这样的天气，我独自躲在山洞里，又唯恐惊动仇家，不敢动用法力，只道难有出头之日了，谁知一转眼就过了近千年，我竟还能回到仙界。”文犀说到这里，忽又莞尔，“当日受伤，险些落到路小天王手里，我几乎就要放弃了，幸亏有你相救，小凤凰。”

颠沛流离的生活，寻常人忍受几十年就很难得，这样的仙士竟能忍上千年，田真半是佩服半是感动，道：“救你只是意外，你赢在于你自己，落到那样的境地还能坚持，我是连你的万分之一都比不上的。”

文犀道：“留在魔界就是与神、仙两界为敌，魔界之强，一人而已，圣无名的预言你也听说过，若真应验，他会再次被封印，两位天王极可能迁怒于你，身为神界叛逆者，那时你还指望谁袒护你？”

“你说的我都明白，”田真摇头道，“可现在就算我回去，月族肯放过我？”

“恒月姬并非死于你之手，神帝与月王不敢出兵魔界，故迁怒于你，此时你若主动归去请罪，尚有余地，朝华君还是有这个能力护你周全的。”

“是王叫你来的？”

“他的确请我来说服你，但我来，并非因为他。”

“我不会回神界。”

文犀点头：“我知道，你可以随我去仙界。”

田真沉吟道：“叛离魔宫代价更大，一旦走漏风声，可能会将魔神的怒火引向仙界，仙帝会同意收留我？”

“这个你不必担心，我自有安排。”文犀揉揉她的脑袋，“今非昔比，我在仙界还能说上话。”

田真叫道：“喂喂，我不是凤凰了，别再摸我的头！”

文犀笑起来，反而在她头上多拍了一下：“得了人形就忘记本体，在我眼里，你就是凤凰——给我带来幸运的小凤凰呢。”

“我现在的处境还能带来什么好运？只会连累你。”

“那就轮到我来护你了。”

电闪雷鸣，衬得耳边的声音更加温柔，田真觉得很不自在，忙不动声色地从他怀里挣开，装作去添柴火：“看来这雨今夜是停不了了……”

文犀将她拉回怀里，问道：“我没有立即带你走，就是先问你的意思，你怎么打算？”

田真迟疑道：“我……再想想吧。”

文犀皱了一下眉，随即微笑：“也罢，待你想通，可以随时来仙界找我。”

话刚说完，就有一阵狂风扑面而来。

地上的火堆被扑灭，火星四溅。

周围的气氛不知何时已发生了变化，冷意蔓延至心里，携带着恐怖的怒意，田真忍不住打了个哆嗦，猛地抬头望向前方。

察觉到不对，文犀也敛了笑容，缓缓松开她，站起身挡在前面，右手微握，凝神戒备。

说来也巧，头顶恰有一道闪电破空而过，映得大地如同白昼。

刹那间，四周的景物清晰无比。

闪电底下，前方空地上，高高的身影冷然而立，长发披垂，黑袍金边与头上的金饰都在电光里闪烁。

田真吓得跳起来：“陛下！”

黄金也导电啊！你穿成这样出来，就不怕雷击？

厚重的雨幕被神力推开，形成无雨空间，雷声轰鸣，蛇形闪电在云中穿梭，气势磅礴的背景，衬得那身影越发威武。

忽明忽灭的电光里，魔神依旧站在原地，右手负于身后，广袖下的左手却已抬起。

“朝三暮四的凤凰！”狭长双眸眯起，杀气滚滚而来。

魔神大人眯眼，后果很严重，一个明智的人是绝对不会在这种时候继续跟他作对，提高其怒气值的，除非你想让你和你的朋友变炮灰。

往好的方面想，此神制造炮灰之后可能会反省，自我批评一句“吾杀错了”。

然后，你们可以瞑目了。

以上结果估计多数人都不会乐意接受，情势危急，田真也顾不得无耻了，作少女惊喜状：“陛下你终于来了！你来找我的？”

怒火对上笑脸，魔神也想不到这出，成功地被问住，手虽抬起，却没有继续动作。

“陛下来找我了，你先走吧。”田真推了文犀一下，示意他赶紧走，接着飞快地冲到魔神面前，握住他的手，“陛下，这么久见不到你，我都快以为你忘记我了。”

“嗯？”魔神杀意不减，显然看穿了她的意图。

“陛下息怒，”田真改为抱住他，仰头镇定地笑，“他是我在神界的时候认识的朋友，请陛下不要伤他。”

“朋友？”魔神终于开口，“唆使你叛离吾的朋友？”

“神帝下了追杀令，他冒险进魔界来提醒我，劝我离开，不过是为我着想，陛下不觉得这样的朋友很难得吗？”田真轻言细语，尽量引导此神的思考方式，“陛下放心，我绝对不会叛离魔界。”

“小凤凰！”文犀上前两步。

“谢谢你为我着想，”田真及时截住文犀的话，语气倒是坦诚，“但我是自愿留在魔界的，所以你回去吧，不用担心我。”为确保安全，她又严肃道，“神界的追杀算什么！就是五界齐来，陛下也不会让他们伤我分毫。”

作为胜利者的时候，每个人的怒气值通常都会自行降低，尤其是爱面子的人。

魔神对她的奉承勉强表示满意，杀气果然退去不少。

文犀明白她的用意，想自己如今的身份的确不能轻易出事，唯有尽量冷静，道：“神界下了追杀令，非同小可……”

“够了！”田真淡淡道，“你不用再说，我是不会跟你走的。”

留意到自己的形象正在被破坏，魔神警告：“凤凰，松手。”

先天杀神，制造炮灰是生活习惯，在没有确定他是否真正息怒的情况下，田真哪里敢放开，索性抓起他的手贴到脸上，低声道：“陛下，我心里只有你，你放心，我不会离开你的。”

“凤凰！”

对于放肆的人，魔神通常会毫不迟疑地一巴掌拍死，不过放肆到这种程度的目前还没有，拍死此女似乎可惜，可若是继续下去，不知她还会当着别人的面表白说出更肉麻的话来。衡量之下，魔神觉得还是形象问题比较重要，至于教唆自己部下的人，不急，以后可以慢慢杀。

于是，魔神不再理会文犀，带着田真迅速消失。

永夜的虚天魔界也是雷声阵阵、电光闪闪，暴风雨冲洗着万里石山，对面巨柱上的珠光已经熄灭，空中花园似的寝殿在雨中沉寂。

眨眼工夫，两道人影出现在殿外。

魔神放开田真，走进殿门。

直到此刻，田真的心才完全放下，失去顾虑，胆子也大了，她故意停在门口表现出为难的样子：“陛下既然在意神羽族的预言，我也没有道理再进寝殿……”

“嗯？”魔神转身，伸手将她带了进去。

田真张张嘴，又闭上。

好吧，魔宫的部下这么多，没有一个失踪就让他亲自冒雨去找的道理，看在他表现出重视的分上，咱可以少计较些。

主动纠缠，对方一直没有回应，难免会令人泄气，开始想要动摇，可是对方一旦有了表示，勇气与信心都会成倍回来，待魔神放手，田真立即坐到榻上去了，指责："陛下刚才太不讲道理。"

魔神道："仙者，是你的朋友？"

"是，"田真坦白道，"他叫文犀，现在的身份是仙界少宫，但他来魔界只是为了找我，没有别的目的。"

魔神侧脸："吾，不计较。"

不计较你还摆这副面孔？可巧殿外一声炸雷响过，震得足下地面也跟着颤动，冷风灌入，先前淋湿的衣裳还没干，冻得她直发抖。

田真心头一动，道："我当时淋了雨，很冷，与他依偎取暖。"

"低劣的凡神体质。"魔神确认她没说假话，"你的朋友，是仙界少宫？"

田真点头。

魔神眼波微动，缓缓移开视线。

田真自觉心中无鬼，底气也足了："陛下，我冷！"

魔神批准："回去更衣。"

田真哪里肯走："我并没叛离魔界。"

魔神负手："吾知晓。"

占了理，田真乘胜道："陛下说我朝三暮四。"

魔神侧身："吾收回。"

"骂都骂了，怎么收回？"

魔神无语

"陛下伤害了我。"

"得寸进尺的凤凰。"

田真好不容易才控制住嘴角的抽搐，板着脸指责："我没有做错，明明是陛下不对，怎么说我得寸进尺？"

魔神直接揭穿她："你要怎样？"

要怎样？田真马上觉得不冷了，口里故意道：“我哪敢向陛下提条件。”

“违心之言。”

“那陛下说我想要什么？”

魔神却不答了，抬手道：“回你的居处。”

“外面雨那么大！”田真这次是真被气到了，倏地站起来，“陛下既然这么顾虑，我会远离，离开魔界就行了，陛下留我做什么？”

“凤凰！”

警告声起，大殿陷入短暂的沉寂。

“吾担忧你的安危，冒雨寻找，你还要什么？”魔神微微倾身，伸手拉起她，“吾送你回去。”

原来此神也很精通旧领导那套，突然表现一点温柔，田真反而难以招架，半张着嘴，满脸愕然，跟着他往外走。

殿外，漫天风雨。

阑珊灯光里，两人缓缓走下七层阶……

夜很快过去，平静，又不平静。第二日早上，田真从床上爬起来，回想昨晚发生的事，仍是难以置信，魔神大人居然主动拉咱的手？他居然主动送咱回来？他……至于一路走来的过程，田真到现在都还迷迷糊糊的，像是做梦，醒后就再也记不起关键情节，要问被那手握住的感觉，更无从谈起，能确定的是，当时她一句话也没说。

不知道文犀安全回去没有。田真想了想，决定去上班打探消息，哪知刚走出门，就见九死沧等人苦着脸匆匆朝这边奔来，好像后面有鬼追着一样。

“鸟女！”九死沧看见她，不等招呼就飞快地跑过来，气喘吁吁道，“快去让陛下把这孽畜收了吧，都拿它没辙了！”

田真满头雾水：“收谁？”

九死沧来不及应答就大叫着跑了。

劲风扑面，一条彩带以极快的速度自田真身旁卷过。

“是它，它怎么来了？”田真吓得跳起来，这不是优婆山那条神蟒嘛！

原来这先天神蟒极具灵性，性子骄傲，守着优婆山几千万年，难得与主人下来走动，九死沧等人误将它当作寻常妖蟒，引得它发怒示威起来。

众魔被它追得四散逃跑。

它怎么离开优婆山，跑来魔界闹事了？田真很疑惑，且看得发笑，觉得这样下去的确不行，连忙往魔神寝殿跑。

路小残远远地坐在台阶最高层，看见她就站起身，道：“哎呀，你现在才来呀！”

田真招手道：“小鬼，你在等我？”

路小残没有计较称呼问题，笑嘻嘻地跳到她面前，点头：“那当然。”

田真奇怪：“你不会去找我？在这儿等什么？”

“在这儿等，才能看到你生气呀，”路小残朝身后殿内一指，“你是来找父皇收拾那条大蛇的对不对？他没空，正和那蛇美人在里面叙旧呢。”

“蛇美人？”

“那条大蛇是她养的。”

田真暗暗吃惊，先不说别的，单凭住在优婆山上又养了神蟒这点，可知此女并非凡神。

路小残道：“父皇跟她很熟呢。”

田真瞅瞅他道：“你父皇活了这么多年，能不认识几个人吗。”

“你嫉妒了！”

“我有什么好嫉妒的。”

“不承认就算了，”路小残踱着小步子，道，“我本来是想帮你，打听她跟父皇的关系。”

田真拎过他，压低声音问：“什么关系？”

路小残笑眯眯道：“不知道，父皇把我赶出来了。”

叙旧却不让儿子听？田真皱眉。

路小残拉她：“喂，你敢不敢进去呀？”

“怎么不敢！”田真揪起他的领子，拖着他朝殿门走，“走，跟娘一块儿去见见那位蛇美人。”

寝殿内一片沉寂，无任何动静。

没人？田真与路小残面面相觑，路小残一脸不服，那意思是明明有人在，两人都按捺住心头的好奇，耐着性子在门外等了许久，里面才终于响起熟悉的声音。

“奂天女。”

“西殿下。”真有个女人的声音传来，极为动听，隐隐有泣意。

“让吾原谅你？”

“我对不起西殿下，不敢求原谅，”奂天女喃喃道，“有生之年能再见到殿下，我已知足，我……我是背叛者，殿下当日不该救我。”

田真握拳。

看吧，小女人的眼泪通常是征服大神的最好武器，尤其是实力过剩且极具保护欲的大神，再哭下去，他就要心动了吧？怜爱了吧？

果然，魔神开口道：“吾不怪你。”

“西殿下……”

“用你的性命做赌注，引吾入杀阵，利用之后又将你封印，吾那无用的父亲与兄长！”

“殿下息怒，封印我的并非陛下与太子。”

“嗯？”魔神意外。

奂天女低声道：“当年害西殿下被困太上镜，我便将自己封印在了优婆山山底，若殿下不能脱身，我就……永生不出来。”

魔神似有所悟：“吾降彩蛇，惊动了你。”

奂天女喜道：“是，它就是我养的小蛇，殿下还记得它？”

“眼熟。”

“我在优婆山山底多年，直到前日太上镜杀阵再次被触动，带动优婆山的地力改变，小彩它先跑了出来，遇上殿下，我才知道殿下已脱身了。”

魔神“嗯”了一声，没有继续，转头看着门道：“偷听的凤凰。”

知道已被他发现，田真只得拖着路小残走进去，同时飞快转动眼睛寻找目标。

那奂天女原本跪在魔神面前，见来人立即站起身，动作虽快，看起来却自然得很，并无半丝匆忙之态。

田真放慢脚步，边走边打量她，很快有了观后感。

不愧是神女，浑身都洋溢着大神之气。

细眉凤眼，长相绝美，尤其是那身衣裳，质地轻薄细软，似纱又不是纱，上有蓝紫色相间条纹，颜色由浅入深，别有种夜空般缥缈幽静的味道，比之当初德音龙女，美丽中又多了三分高贵。

田真表示淡定。

嗯，神女这身装扮和那条彩蛇很搭配……

见她只顾看人，魔神转向路小残道：“吾儿，解释。”

路小残道：“是她拉我来的。”

田真回神，拿出早已想好的借口：“外面有条大蛇捣乱，我过来请示陛下，不料陛下正在会客，我不知道贵客是谁，怕失了礼数，不好贸然进来打扰，所以在殿外等候。”

魔神简短地介绍道：“天海王之女。”

奂天女早已拭去泪，端庄的站姿，恰到好处的表情，都充分显示了其特殊的地位。

见她有询问之色，魔神看看田真，半晌道：“凤凰，吾之部属。”

“我看也像羽族后裔。”奂天女冲田真温和一笑，含蓄地纠正，“我与西殿下自小相识，是陛下赐给殿下的侍姬，并不是客，你不必多礼。”

田真有点想抚额。

看来上古大神并不都是“吾”啊“吾”的嘛，瞧这话，分明是在强调地位，以领导身份自居了，咱什么时候要跟你多礼来着？自幼相识，青梅竹马，当初此神又是因为她被困……侍姬？侍什么的？不会是侍寝的吧！

“你让他们放心就是，小彩虽顽劣，却不会随意伤人。”奂天女安慰性地说完，重新转向魔神，伤感道，“这些年我虽困于优婆山山底，却一直记得与炎武随西殿下住在赦杀殿的那段日子，如今出来，竟已物是人非，神族……”

魔神道："神亦有劫，天意，你不必伤怀。"

说什么"难忘的岁月"，还以为就他和那个炎武呢，原来是三人行！田真越发郁闷，看这两位大神叙上旧，就把咱当空气了！

好在魔神还记得这团空气："此蛇不伤人，你不必怕。"

田真"哦"了一声，站着不动。

魔神道："凤凰？"

田真双手按在路小残肩上，笑道："昨晚我做了个奇怪的梦，打算过来讲给陛下和小残听的。"

话中若有若无的亲昵感，让对面两人都一愣。

奂天女很快恢复平静，不动声色地打量起她来。

魔神问道："是何怪梦？"

田真故意为难："这……"

奂天女含笑地看了一眼魔神，道："我伺候西殿下多年，并非外人，你不必顾虑。"

不是外人？田真又看魔神。

根据以往的经验，很难保证此女不会说出什么惊天动地的话，魔神衡量之下，觉得做梦应该做不出大问题，抬手批准："讲。"

"那……我讲了。"田真假作回忆状，慢慢道，"我昨夜梦见下了好大的雨，我外出未归，陛下亲自出去寻找，将我接回魔宫，又送我回房，今早醒来回想，这梦竟然像真的一样。"

奂天女愣住。

路小残"咦"了一声，道："真古怪，你怎么做这样的怪梦呀！"

田真表示疑惑："我也不知道。"

被各种目光注视，魔神侧过身，脸被额前垂落的长发挡住大半，看不清神情，语气倒没什么变化："迷糊的凤凰，你没做梦。"

"难道是真的？"田真故作惊讶道。

"是吾。"

承认得真干脆，田真展颜道："我以为自己在做梦。"

再迟钝的人也能从对话中听出这位部属的特殊，奂天女缓缓收起讶异之色，莞尔：“殿下还是这么随和。”

田真但笑不语。

亲爱的魔神大人，难得有人夸你随和呢。神女你的地位咱明白，可咱的地位也得让你清楚，你对此神有无企图，应该很快就能知道了。

奂天女将目光自她身上移开，落定在路小残身上：“这就是小天王？”

魔神点头：“是吾儿。”

“陛下竟寻到了生之泉，”奂天女仔细将路小残打量了一番，摇头，“可惜尚有缺陷。”

魔神道：“吾之失误。”

“或许，我能替他弥补。”

“吾倒忘记了，你精于此道。”

奂天女笑道：“殿下还记得，论这个，殿下当年也输我一筹呢。”

两位大神商量造人技术，路小残渐觉不安，收起目中顽皮之色，仰脸望田真，悄悄扯她的衣袖。

田真握握他的小手示意他安心：“人谁无缺陷？我看小残现在这样就很好了。”

奂天女道：“我已了解，如今魔界是众矢之的，殿下需要更好的助力。”

田真道：“我相信陛下的能力，魔界有陛下与大天王，就算六界同来，也没什么可怕的。”

魔神抬脸，对这句奉承表示满意。

奂天女并不着急：“请殿下裁夺。”

爱听奉承话的人未必不英明，魔神道：“吾虽不惧，但奂天女言之有理，魔界需要更多强者。”

奂天女微笑：“殿下就将此事交给我吧。”

路小残快哭了：“父皇。”

魔神斥道：“吾之子，岂能轻易哭泣。”

路小残垂下脑袋不说话了。

好个神女，任何人都没有一来就提这事的道理，你这是什么意思？田真冷笑，将小家伙拉到身后："小残是我儿子，我不舍得他走，求陛下留下他。"

奂天女不慌不忙地看向魔神。

见此女公然把自己的儿子据为己有，魔神皱眉道："凤凰，魔界的未来重要。"

田真道："陛下，我的儿子也重要。"

魔神沉吟，没有立即表态。

就在这关头，殿外忽然响起脚步声，却是紫袍的路冰河走进来："神女初到魔界，无处安置，若与他们一同住在外面，未免怠慢，不如暂且让她留在父皇寝殿，待我命人建好宫殿再搬进去，父皇意下如何？"

"天王不必费心了，"奂天女制止道，"我原就是伺候西殿下的，如今也无处可去，求殿下准我留在身边继续伺候。"

田真听得一肚子火。

先天神女，跟着我们住在外面就是怠慢，路大天王你缺乏母爱啊，这么急着让你爸跟人同居？

魔神没有表示，算是默许。

"我倒差点忘了，我不能再踏进寝殿的。"田真拉起路小残，"走，我们出去玩，走远点。"

见二人出殿，奂天女道："小天王的事……"

魔神制止她："再议。"

神蟒追了众魔半晌，渐渐地觉得无趣，去找主人了，众魔总算得以解脱，彼此就逃跑速度问题嘲笑一番，也各自散去。

一大一小坐在石山顶，默默看着遍地灯光。

田真心情复杂。

刚有了点进展就遇上这种事，咱最近是不是冲撞了什么，要不怎么每找到一个目标，就会在适当时候冒出个类似旧恋人的女人来抢。

感受到凉意，她忍不住打了个喷嚏，拉起路小残的小手道："走，这儿风大，我们下去吧。"

路小残甩开她的手，别过脸。

田真搂住小家伙安慰："放心，有我在，谁也别想动你。"

路小残嘀咕："你本事比我还差，能有什么用啊？"

"你这小东西，敢瞧不起我？"田真重重地捏他的脸，"上次是谁让你父皇改变主意的？"

"此一时彼一时，父皇都有蛇美人了，你以为他还会听你的？"路小残撇嘴，"女人呀，真好骗。"

田真哭笑不得，板起脸："什么女人男人，小孩子不许瞎想！"

路小残颇为鄙夷地哼了一声，不说话了。

田真看着那红红的大眼睛，放软语气道："好了，快回去，有什么事你就来找我，我帮你。"

路小残从她怀里跳起身，将下巴一扬，居高临下地看着她道："谁要你帮，我才不怕！"说完化作红光消失了。

明明害怕得很，偏还嘴硬，田真眯眼。

这个神魔乱舞的时代，大家都以制造更多炮灰为人生目标，当你的能力改变不了什么的时候，就只能努力去适应它。找准自己的位置，这是你在任何环境下生存的前提。

田真清楚这个道理，打定主意少管闲事，可小家伙既然默认她是娘，相处这么久，怎么也不能眼睁睁地看他被"炮灰"吧，何况这种坚持已不仅仅是针对事情本身，它还是一场暗地里的较量。

田真望望远处的报时花，午时将过，于是起身打算回去，谁知这一转身，就发现背后站了个人，悄无声息，不知已来了多久。

"凤凰。"

"神女？"

奂天女缓步走到她面前，拉起她的手。

察觉有异，田真暗暗吃惊，强作镇定地问："神女这是做什么？"

“你不用怕，”奂天女微微笑道，“我见你体质有异，内丹似非寻常，想要试试它。”

田真反应也快，半开玩笑地掩饰道：“我是最低劣的体质，神女不会打算把我也重铸了吧？”

奂天女放开她，道：“西殿下当年是因我被困的。”

“刚才我都听说了。”

“你知道他为何还肯原谅我？”

田真道：“陛下待部属宽厚，我对他和神女的往事并不怎么了解，我关心的只是小残。”

奂天女自顾自地继续说道：“当年陛下与父王设计，用父王的性命作要挟，我不从，他们便以我为饵，诱西殿下入阵。”

田真“哦”了一声，道：“神女不得已，陛下会明白的。”

奂天女点头：“我与西殿下自幼相识，而后陛下又将我赐予他，跟随他多年，我的一切决定都是为殿下好，殿下相信我胜过任何人。”

被划分到“任何人”里，田真也不生气：“神女回来，陛下身边又多了一位得力助手，可喜可贺。”

看出这场谈话对她没有任何影响，奂天女道：“身为忠心的部属，我希望你能明白。”

明白明白，他相信你胜过咱嘛，田真想了想道：“依我看，陛下处事向来公正，很少偏私，魔界人人都知道，神女放心。”

奂天女道：“我会重铸小天王。”

“任何人都不能动我儿子。”

“他是殿下之子。”

田真面不改色道：“我是他干娘。”

“我明白你爱护他的心情，但你有多少能力，相信你自己最清楚。”奂天女微笑，“在别人的庇护下生存，不应该要求太多，关于羽族的预言，我希望你远离西殿下。”

眼见她飘然离去，田真暗暗给自己顺毛。

不愧是活了几千万年的老神女，光气场上咱就输了，看她说话句句带刺，不该要求太多？分明拐着弯骂咱无耻呢。

“哎呀，她在骂你！”头顶传来路小残的声音。

“你没走？”田真气不打一处来，抬头作凶恶状，“不知好歹的小东西，老娘还不是为了你，敢笑，看我揍死你！”

路小残眨眨红眼睛，跳到她面前：“她不是好人，你别气了。”

“这还差不多。”田真抱住他，“让娘亲一口，消消气。”

“恶心！”路小残飞快地从她怀里蹿出去，眨眼间就跑得没影了。

田真失笑，扭头望着寝殿的方向，咬牙低骂。

整整一个白天，就在类似这句咒骂的心情中过去。

其实神女与魔神大人的往事目前尚不清楚，气也是白气，田真明白这个道理，可是随着夜的降临，她还是忍不住悄悄出门，爬上了旁边的石山。

照明的珠光灭了大半，整个魔宫沉寂无声，巍峨的寝殿依稀可见，殿门处透出熟悉的幽幽的蓝光。

此神绝非好色之徒，睡觉也就是摆摆沉思者造型，若真发生什么，顶多咱又当一次炮灰而已。

倾盆暴雨，电闪雷鸣，柔和的护体神光里，那只大手……

记忆忽然变得清晰，田真摸摸手，从最初因惧怕而被迫表白，到之后感激相救而生亲近，她的选择更多是受理智驱使，可是昨夜在十方虚野看到那雨中的身影时，还是真的心动了。

越想越添堵，田真捶胸，其实咱真的真的不想再当炮灰女配角啊！

就在低头的瞬间，视野里竟现出一段金边袍角。

田真猛地抬头。

身材高大，长发披垂，俊脸半被珠光映照，不是魔帝是谁！

只是较之往常，那种无形的压迫感似乎减轻了许多。

“陛下？”

“多心的凤凰。”

自从跟着此神，形容词赚了无数，这次无疑最令人欣喜，田真豁然开朗，想想又觉得很没面子，忙道：“我没有多心，我在为小残担忧。”

魔神没有揭穿她：“吾儿的体质，承载不了太多力量，重铸有益。”

“我想问陛下一句话。”

“讲。”

“陛下会为我留下小天王吗？”

魔神蹙眉道：“两件事，毫无关系。”

“如果有关系呢？”田真道，“如果让陛下在我和重铸小天王之间选择，陛下会选哪一个？”

“重铸他，你会离开？”

“可以这么说。”

长睫微动，魔神缓缓移开视线，道：“你对吾儿的在意，胜过你对吾的爱意吗？”

“陛下这么理解就错了。”田真望着他道，“我喜欢陛下，会为陛下原谅大天王，同样，我在意的人，希望陛下也能在意，这很重要。”

魔神颔首道：“允你。”

神啊，还是高高在上的语气，田真忍住笑强调：“陛下不能反悔。”

“吾言出必行。”

“让陛下失去一个更强大的儿子，我很抱歉。”

“无妨，吾会考虑你的建议。”

建议？田真想起了什么，满脸黑线：“我收回！”

魔神侧脸看她。

“陛下如果跟奂天女有比现在更近的关系，我会离开，马上离开。”

“凤凰，要求太多。”

“我还想让陛下送我回去。”

“你之居所，近在眼前。”

瞧瞧脚下的房子，田真开始后悔出门时为什么没走远点。

魔神道：“回，吾在这里。”

田真故意慢吞吞地走下石山，站在门口望着，见那身影依旧高高立于石山上，袍袖飞扬，心情顿时好起来，遂闭门休息。

“西殿下安慰过了，打算怎么办？”奂天女现身，双睫低垂。

“部属的请求，吾已应允。”

“殿下打算为此放弃魔界的未来？”

魔神皱眉，似有不悦。

奂天女轻叹道：“殿下定夺吧，无论做什么决定，我都会支持殿下的。”

魔神道：“你的提议吾赞同，但吾不能食言。”

奂天女微笑：“殿下既赞同我，就会有不食言的办法。”

魔神没再说什么，抬手示意她退下。

大清早，窗户门就“砰砰砰”震天响，田真自美梦中惊醒，躺在床上高声问是谁，外头却始终无人应答，奇怪之下，她翻身下床去看，哪知刚开门，迎面就被一个庞然大物扑倒在地。

触手处是茸茸的皮毛，田真吓得汗毛倒竖，张口就要叫。

“呜——呜——”野兽的呜咽，有点耳熟。

发现它并无伤人之意，田真连忙闭嘴，定了定神，很快认出它来，不由得摸摸那脑袋，责备道：“你想吓死我呀！”

小白虎松开爪子让她起身，却仍咬着她的衣角“呜呜”低叫，似很着急。

田真心知不妙，问道：“是小残叫你来的？”

小白虎叫了一声。

“他怎么不自己来找？”田真更觉不对劲，“难道他不能来？他是不是出事了？”

小白虎轻轻衔着她的手往外拖。

田真明白过来，用另一只手拍拍它的脑袋，再轻按虎背，侧身坐上去：“走吧。”

白虎的速度很快，眨眼间就到了路小残的居处，那是座小小的、宝塔模样的建筑，旁边有许多小房子和小石头圈成的栅栏，里面养着奇怪的兔子和花草之类，周围嵌着亮晶晶的宝石和明珠，很有几分童趣，只是此刻小天王的寝殿里却空空荡荡的，不见半个人影。

田真急忙问："他去哪儿了？"

小白虎"呜呜"叫，声音极有规律，想来它平日与路小残是这么交流的，然而田真哪里听得懂兽语，只得冷静下来，暗暗猜测——连见她的时间都没有，可知路小残是被强行带走的，小家伙这么聪明，知道叫小白虎来传信，不可能不留下点什么。

当时时间那么仓促，最有可能留信的地方是——

田真仔细在殿门四周寻找，很快就有了收获，门外的柱子上刻着一个不起眼的闪着微光的图案，那是只大鸟。

用手一拭，指尖立刻沾上发光的磷粉。

田真似有所悟，问道："陛下命他去找大鹏了？"

小白虎连连点头，在她身旁直打转。

田真迅速按住它的脑袋问："陛下去了没有？"

小白虎摇头，朝寝殿的方向叫了两声。

猜测被证实，田真冷笑，没去就好，能令言出必行的大神违背诺言，谁有这么大本事？

她蹲下身，抬起小白虎的一只爪子，吩咐道："真乖，你能听懂我的话吧？那你现在就快追上去告诉小残，不论什么阴谋阳谋诡计花招，全给我使出来，实在打不过就逃，一定要活着，别的有我。"

小白虎欢快地竖起尾巴，扑出殿门。

目送它消失，田真直起身，望着大鹏图案叹了口气，保儿子重要，大鹏，只有对不住你了，谁让你没认咱这个干娘呢。

寝殿内，魔神看看门口，转过身去。

"是她！"一个黑影带着风声冲进来，眼睛往殿内扫视两圈，冷声道，"你让她逼着小残去跟垂天打？"

魔神责备："凤凰，你失礼了。"

事情紧急，田真哪里管许多，三两步冲上前，双手揪住他的前襟，狠狠道：“我知道自己失礼，却没想到陛下会失信！”

“凤凰，不要急躁。”

“叫她回来！把小残给我带回来！”

“鸟女！”

由于体型上的差别，田真丝毫没有收到应该有的效果，此神稳稳立于殿中，任她推搡，纹丝不动，倒显得她的举动有点幼稚可笑。

田真也很快发现不对劲，停了动作道：“陛下知不知道‘食言’二字？”

魔神单手握住她双手，让自己的衣襟得以解脱：“此事，吾会与你解释。”

“不用，我来替你解释。”田真抽回手道，“是谁给陛下出的好计策，叫我儿子去送死呢？”

魔神侧脸道：“吾派他出战，给予他更多磨炼，你担忧了。”

“英明的陛下，你不是不说谎的吗？”田真抬眉道，“你敢说，派小残出战真的只是想磨炼他？还是，你在变着法子想要重铸他？”

魔神不说话了。

“垂天是神界有名的战将，论实力，小残哪里打得过他！再不许使诈，他就只能送死了，死了再重铸，我还要感谢陛下救他，又有什么理由责怪陛下失信呢？”田真冷笑，看着那狭长凤眸道，“好了，现在陛下可以接着解释了。”

魔神仍是不语。

在此神跟前占了理，田真浑身都是气势：“你说，我等着你的解释呢，是奂天女出的主意吧，你很听她的话吗？”

“凤凰！”魔神听不下去了，“是吾之计，莫怪他人。”

他说的本是实话，田真听在耳朵里却成了偏袒，更怒，再次揪住他的前襟：“要我赞扬陛下足智多谋吗？陛下维护哪个女的我不管，先救小残回来！”

威严被触犯，魔神严厉道：“凤凰，竟敢藐视神威！”

“不把小残还我，我就藐视你！”田真记挂路小残的安危，气急，“卑鄙的陛下！出尔反尔的陛下！”

魔神万万想不到自己有朝一日也会被做填空题，警告道：“不要令吾发怒。”

“你发怒又怎样，”田真骂道，“说什么言出必行，真神也不过如此，跟那个奂天女狼狈为奸，暗算小残，卑鄙……”

“过分！”

见他抬掌，田真吓得闭眼。

记起此女不经打的体质，魔神到底没拍下去，半晌道：“重铸，是为他好。”

难得此神的理智走在脾气的前面，田真睁开眼，冷汗这才慢慢冒出来，哆嗦道：“我……我不管，我要现在的小残！陛下就是变着法儿想要食言，现在杀了我，更没人知道了！”

“凤凰，敢诬蔑吾！”

“难道不是？”

又多个杀人灭口的罪名，魔神气得再抬掌。

炮灰吧，大不了咱再穿越一次！田真反而来了勇气，直视他：“我答应过小残保护他，陛下对我食言，让我也对他食言了，动不动就杀人，你以为所有人都怕？让自己的儿子去送死，毫无人性，我……我失望！”

手掌迟迟未落。

无声的等待，气氛紧张得令人窒息。

额前的长发飘拂，阴暗的双眸里，是抑制不住的怒意与杀意。

最可怕的不是死亡当前，而是知道死亡当前，它却迟迟不过来。

田真颤声道：“要……杀就杀，等什么！”

头一回遇上武力解决不了的事，魔神终究收掌，变为握拳缓缓放下，语气随之软了几分：“吾之苦心，你要怎样才理解？”

“我明白，陛下要食言也没人敢说什么，难得还会因为怕我生气，特意想了这么个计策，”田真转身就走，“但是让小残送死，比直接食言更让我愤怒！”

"凤凰。"

田真哪里理他，头也不回地走了。

魔神收回视线，在原地站了片刻，拂袖侧身，化作一道耀眼蓝光，出殿而去。

好个奂天女，魔神大人信你更多是吧，咱输，也不能输了儿子的命！眼下救路小残最重要，只能尽快赶过去，虽然未必阻止得了，可论起对大神的了解，咱也不一定比你少，此神食言，现在惭愧着呢，要是咱不幸受伤或没命，事情是你引起的，他至少对你的印象要降一等，咱谁也别想捞到好处！拼了！

田真匆匆赶到魔界出口，迎面就见路冰河站在那里。

"奉命阻止我的？"田真也不怕什么了，讽刺道，"急着给你父皇送女人，害了弟弟，天王高兴得很吧？"

"小残体质太差。"

"这样的体质，是你父皇所造成，与他自己有什么关系？"田真的言语刻薄起来，"你以为你算什么？不过是跟他一样用生之泉造出来的而已，只不过你侥幸成为接近完美的作品，怎么理解被淘汰者的心情？别忘了，你的优势也只是暂时的罢了。"

"重铸的是我，我亦无怨言。"

"你代表的只是你，小残是有缺陷，是喜欢说谎，喜欢耍阴谋诡计，可他不会骗两个人，一个是陛下，一个是哥哥。"田真直视他，冷笑道，"我很奇怪，就凭你，配吗？"

"你没有救他的把握。"

"我知道我是个吃闲饭的，无才无能，不该管闲事，可现在有把握的人都不去，我只好厚着脸皮去了。"

路冰河不再说什么，让开路。

田真化身为凤凰，急速飞走。

消息不难打听，垂天近日正好带兵出神界办事，路过十方虚野的桥山。凤凰乃神羽王族，田真体质虽然差，与生俱来的能力却未消失，一挥翅数千里的赶路速度仍旧是许多神仙望尘莫及的，不消两日，她便赶到了桥山。

放眼望去，桥山冷冷清清，并无天兵的踪迹。

田真心一沉，接着就听到奂天女的声音："凤凰，你迟了。"

"是你！"田真忍住怒火，转身问，"小残呢？"

奂天女没有正面回答："垂天此刻在千里外的扫叶山。"

战场在千里之外，她专程跑过来等，当然不会是为了迎接田真，田真坦然道："你想怎样？杀我？"

"你若死，殿下会怎么看我？"奂天女道，"你很聪明，知道我想怎么做。"

"要我自己走？"

"你的存在对殿下没有好处。"

"你凭什么这么肯定？"

"你的内丹，你可知道它的来历？"

田真愣了一下，不答反问："这就是你让我走的目的？"

"为殿下，也为我自己。"奂天女道，"我与殿下自幼相识，他的安危比我的性命更重要，他同样也很在意我。"

田真沉默片刻，点头道："我承认你在他心里的地位，我离开魔界，你能保证小残没事？"

"我过来时，小天王已受伤，你的时间不多。"

"好，我答应。"

"从现在起，你可以履行你的承诺了，小天王的消息不难打听，我会让你看到我的信用。"奂天女招手唤来彩蛇，乘彩蛇穿云而去。

明里要重铸小残，实际是想借机赶田真走，一个回合就分出胜负，厉害的女人，以田真这条标准"米虫"的智商，哪里是她的对手。

确定没有人看见，田真捶地，气得眼眶鼻子直发酸。

神啊，这是哪出青春疼痛剧，比悲剧还悲剧！遇上个男人，都会蹦出个高质量女人来抢，你们两个先天大神造神去吧，老娘不稀罕！

优婆山上的怀抱，暴风雨中的大手，石山上的身影，那句“多心的凤凰”……

统统见鬼去吧！

第十章 神界阴谋

仙界之门在十方虚野紫芝渡，水流烟动，有无数驻守的仙兵，进出的人都必须经过检查，或者出示路引。

“你，做什么的？”

“小人鬼界行商，来贵境采购灵芝，求大哥行个方便。”

仙兵粗粗地搜查了一番，挥手放行，接着拦住下一个：“你？”

没等他看清，面前忽然闪现一只大灰鸟，吓得他倒退。

眨眼间，那只灰鸟摇身变成个妙龄少女，振振有词道：“我是神羽族的乌鸦，来贵境打酱油的。”

神、仙两界交好，常有往来，那仙兵也没看清什么乌鸦凤凰，只见她身上并无妖魔邪气，原形又的确是神羽族不假，加上对打酱油这行不了解，于是眼睁睁地看她进去了。

仙界的地势很平，山多数都很矮很秀丽，河流湖泊更多，比起神界的坐骑，这里的主要交通工具寻常了点，就是船，当然此船的速度远非普通船能比。仙界人人都擅长幻化之术，经常看到有仙人将坐船变成片叶子放进袖内，然后扬长而去，逍遥至极。

那日田真答应奂天女之后并未立即离开，而是在桥山四周转悠，谁知几天之后仍无动静，一气之下，她终于打消心头那丝期望，回到现实——神界下了追杀令，魔界回不了，鬼界、妖界据说很不安定，人间的入口又找不到，这就是田真决定来仙界的原因。

少宫府外，侍卫们听了她的来意也没有怀疑，一名侍卫进去通报，片刻工夫，里面便出来了一位仙官，恭敬地将她迎进去。

小厅上，屏风秀雅，田真坐在椅子上慢慢地喝着茶，那位仙官陪坐在旁边，脸上始终挂着标准的礼貌的微笑，无论田真怎么试探，他都只回答一句“烦请姑娘稍候片刻”，反复几次之后，田真就不再开口了。

终于，外面响起不急不缓的脚步声，一道秀逸身影走进来，边走边笑道：“文少宫，人可在这里？”

那仙官连忙起身，恭敬地迎上去：“回陛下，幸不辱使命。”

熟悉的面容，初见是文弱小兵，再见是温雅少宫，今日见面又是另一番装束。锦袍玉带，上面的图案昭示着他的特殊身份，顿生威严，行动间隐隐透着王者之风。

田真缓缓起身朝他作礼：“仙帝陛下。”

仙帝示意那位文少宫与左右侍从退下，然后才单手扶起田真：“怪朕骗了你？”

田真摇头道：“早知道仙帝陛下不是普通人，我曾经也想过‘文犀’是化名，只是听说仙界少宫的确姓文，这才打消了怀疑。”

“朕名关河月微，母族姓文。”

“我找来这里，文少宫他……”

“自你进入仙界，就已有人报知朕了，”关河月微微笑道，“若真这么容易混进来，朕也不至于要借助神界之力才能回归了。”

原来早被认出来了，田真自嘲道：“以前有眼无珠，不知陛下身份，多有冒犯。”

“小凤凰，”关河月微拉着她到椅子旁坐下，“我是文犀，这样好吗？”

田真忙缩回手道：“陛下贵为仙帝，以前是不知者不罪，现在知道了，再这么岂不是叫人说我无礼？我既然想在仙界求得容身之地，就更不能落人话柄，望陛下体谅。”

“但也无须客气至此。”关河月微没有勉强她，站起身道，“时候不早了，你先随我回宫。”

进宫？田真头大了：“我来找陛下，其实是有事……”

关河月微略略朝她俯身，道：“有什么事，回宫再慢慢讲给我听，少宫府不会留你，何况我平日政事繁忙，出来一趟更不容易，小凤凰不该体谅我吗？”

田真无奈，只得跟着他出门上车。

仙宫给人的第一印象，不如魔宫神殿大气，不如神界天庭庄严，却极为精致，河流很多，建筑布局看似随意，其实极有规律。田真连住了好几天，关河月微白天很忙，只抽空来看过她几次，另派了十多位宫娥伺候她。

被迫成为后宫一员，田真有点苦闷，不过她也明白，关河月微这样安置不无道理，毕竟自己目前的身份还是魔界逃兵，天天在外晃悠，万一传到魔神大人耳朵里，难保不给仙界招来麻烦。

自从进了仙界，田真就再没听到过关于魔界的任何消息，这就好比一个国家，没有新闻报道，普通百姓是不知道外面发生了什么事的。她惦记着路小残的安危，又不好多问。

这日正百无聊赖，忽然来了位不速之客。

“里面住的是谁？本宫路过，正好见一见。”声音不高不低，温和又显身份，可知说话者是大方之人。

田真连忙起身看去，只见一名少妇扶着侍女走进来，装束不俗，也不过分华丽，容貌不算最出色，可是举止中透出的那份端庄与贵气，足以显示她的地位。

身旁的宫娥齐齐行礼：“仙后娘娘。”

“我当陛下藏了谁，也不与我说声。”仙后含笑地打量她。

“神羽族凤凰，见过娘娘。”田真跟着拜。

等她拜完，仙后连忙亲自上前来扶起她，执着她的手笑道：“原来是神羽族的妹妹，你的事陛下早已跟本宫说过，你救了陛下，就是本宫的恩人，免礼。”

听她口称“妹妹”，田真头更痛，立即道：“娘娘言重了，陛下乃天命所归，就算没有我，一样也会逢凶化吉，娘娘身份尊贵，我不过是区区羽族女，得贵界庇护已经知足，更不敢高攀。”

仙后先是意外，继而点头道：“你放心住下，别的从长计议。”

早知道进宫不是好事，宫里哪个女人简单？那神后就是个例子，这位仙后娘娘说是路过，可看她方才的表现，分明是早已知道她的身份了。田真不敢大意，恭敬地请仙后坐下，命宫娥上茶，再陪着说了两句话，然后才试探道：“我来贵界这些日子，外面的消息也没听到半点，不知道有没有出什么大事？”

仙后取过茶杯，不紧不慢道：“外面的事，本宫所知亦不多，陛下难道没有跟你提起？”

田真道：“陛下日理万机，不过偶尔来看看，又不多留，我哪有机会问这些闲事！”

仙后搁了茶杯，展颜笑道：“你来仙界，陛下连本宫都瞒着的，想他必有安排。”说到这里，她凤眸一抬，淡淡道：“这后宫的人都知道分寸，绝不会有闲言碎语传出去，你不必担忧。”

严厉的目光下，所有宫娥都低下头。

田真抚额。

敢情这些神帝仙帝选大老婆，都是照着气场选的，惹不起。

仙后略想了想道：“神界那边倒无大事，只是朝华君将与德音龙女的婚期一推再推，或许……有变故。”

田真再次噎住。

这就是教训，果然谈恋爱不能太高调，弄得尽人皆知，等到被甩，面子的成倍丢失会让你后悔莫及。

“我不过是听陛下提了两句，也在奇怪，”仙后原想她关心朝华君的事，所以这么说，出口便知失言，连忙移开话题道，“还有件事，前日你们羽族的垂天将军奉命出巡，遇上魔界小天王，不慎中计受伤，至今昏迷不醒。”

听到重点，田真立即问：“小天王怕也没占到便宜吧？”

仙后道："听说也受了重伤，被救回去了，至于后来如何，本宫就不知道了。"

悲催的大鹏，田真默哀。

好吧，奂天女还是讲信用的，儿子的命保住了，可是得不到老子，儿子救回去也是白送给别人养啊！

见她一脸气苦，仙后莫名，待要再说，就听得外面有人唤"陛下"，于是连忙起身迎上去作礼。

关河月微看见她先皱眉，继而微笑："皇后。"

"臣妾方才路过，可巧遇见妹妹，就顺便进来坐一坐，"仙后解释过，柔声道，"陛下必定有事要与妹妹商量，臣妾就不打扰了，先告退。"

田真无言。

可巧遇见，听起来倒像是田真主动请她进来的。

关河月微点头，待仙后与宫娥们退去才解释道："她是九弗太宫的孙女，这次复位，多得太宫之力。"

田真道："仙后娘娘很好，正是陛下的贤内助。"

关河月微道："你是在故意疏远我？"

如今这情形，咱能不疏远吗？你老婆那么厉害！田真含蓄道："我来宫里才几天，陛下虽然下令对外保密，却还是有这么多人知道，可见凡事谨慎些没错。"

关河月微踱到窗边坐下，半晌道："我却时常想念当初逃亡时，与你互相陪伴的日子。"

田真慌得移开话题："不知道我这一走，魔宫那边可有动静？"

关河月微道："你想问魔帝？"

田真尴尬。

明明路小残已经确认安全了，还是忍不住要多问，到底在关心什么？

田真尽量若无其事道："我从魔宫离开，就是叛徒，我担心让他知道我在这里，会迁怒于你们。"

关河月微道："上次……"

田真打断道："你也知道，当时那么危险，在他面前说那些话是为了保命，逢场作戏而已。"

"你想说，你只是他的部下？"

"是。"

关河月微笑了笑道："那么事情就是，魔帝为了找一个叛逃的部下，亲临神界祈月天宫。"

田真无语。

此神迁怒他人的本事，与其破坏力一样强大，因为自己曾经被恒月姬折磨，想来这次自己失踪，让他又迁怒月族，顺便连老账一起算了，"月族将付出代价"不是句空话。

"那……"

"月族伤亡不大，只是三圣物被毁。"

田真松了口气，半是喜半是愁。

关河月微道："想回去？"

发现失态，田真忙摇头道："没有。"

"下次，不要在我面前说谎，"关河月微站起身道，"你当我是关河月微，我却当自己还是文犀，小凤凰，我是不希望你再关心魔帝的消息，但更不希望你有事瞒着我。"

田真沉默。

关河月微拍拍她的手，走了。

明知道自己不在月族，还要毁去人家的圣物，这是在报被恒月姬伤脸的仇，还是……用报仇来道歉？

田真不安了好几天，觉得有点自作多情。

弄不好此神是觉得魔界出了背叛者，伤害到了他的面子与威严，所以四处找她，要抓她回去处置呢，何况有那个奂天女在，煽点风进点谗言很容易。

后宫生活很无聊，事实证明，与关河月微保持距离是对的，仙后对田真关照有加，奇怪的是，田真每每要出去，都会被宫娥拦住，说是仙后的懿旨，关河月微近日也没过来看她，令人纳闷。当然这难不倒田真，她很快支开宫娥们，悄悄换了套宫娥的衣裳出了门。

小楼伫立花丛中，沿路两旁站着数名身份不寻常的侍女，田真认得其中一个，知道仙后在里面，于是改取旁边的小径，打算自楼底下绕过去。

刚刚走到楼脚，就听到上面传来仙后的声音。

“此等谣言，神帝从何处听来？”

“娘娘认为这是谣言？”另一个声音极为柔美，有点耳熟。

仙后笑了一声，语气有点冷：“龙女的意思，我们窝藏神界叛逆者？”

德音龙女？怪不得仙后不让田真出门，原来是她来了。田真终于记起这个曾经的情敌，心道不妙，连忙屏住气息缩在墙角。

自知失言，龙女忙道：“娘娘误会，我万万不敢有这意思，两界已缔结盟约，为一个谣言伤了交情，岂非不智？仙帝陛下是我的恩人，单凭这个，我又怎会怀疑娘娘的话？若娘娘说是谣言，我回去照样报与陛下就是了，此番我来找娘娘说话，是在为贵境着想。”

仙后“哦”了一声，道：“此女虽于陛下有恩，但事关两界交谊，孰轻孰重，相信陛下是有分寸的。”

“娘娘说得固然没错，但她毕竟是个女人，”龙女道，“恕我多心，据说她与仙帝陛下是旧识，若仙帝陛下果真遇见她，难保不生维护之心，娘娘当留意才是。”

赤裸裸的挑拨！田真气得七窍生烟。

仙后不上当，含笑道：“这也难怪，她曾是朝华君极看重的侍女，言语机灵，生得又乖巧，陛下爱怜也不奇怪，何况陛下为人极重恩义，想报恩也有可能。”她停了停，忽然关切地问，“说到朝华君，不知你二人的大喜之日定在何日？本宫正打算备礼送去的。”

楼上一片沉寂。

田真快笑破肚皮了。

仙后娘娘威武，这还击多镇定多有风度，可怜咱无辜被你们两个拿来当武器了。

须臾，楼上传来轻轻搁置茶杯的声音，龙女开口，声音里已多了几分羞惭与谨慎："我奉命而来，绝无他意，想请娘娘听我一言，此女先叛离神界，再叛离魔界，可知是朝三暮四之人。眼下魔帝四处寻找，要拿她问罪，她在仙界的谣言已出，能传到我们神界，难保不会传到魔界，若魔帝迁怒，后果……娘娘，让它变成真的谣言才是上上之策。"

这番话一出，田真的笑僵在脸上。

半晌，仙后淡淡地道："请神帝放心，倘若她来了仙界，我与陛下会留意。"

龙女忙道："娘娘莫要误会，当初若非仙帝陛下，我也不能重归神界，之所以有这番话，全是出于报恩之心，若是别人，我断不敢说的。"

仙后笑道："她在仙界的消息，神帝能知道，想必有龙女的功劳。"

龙女没有否认："此事拖延不得，娘娘是后宫之主，何不先查一查，以防万一？"

仙后叹道："偌大后宫，连我也不放心，只是陛下不在，我行事更要顾及这些姐妹，怎能令她们受惊？将来陛下面前不好交代，暂且请龙女留在宫里住几日，待陛下回来再说吧。"

停了停，她似是随口道："闲时若无趣，不妨四下走走。"

什么叫"让谣言变成真的谣言"，毁尸灭迹就最保密了，田真意外听到这番对话，既庆幸又害怕，知道关河月微不在，自己十有八九要被当成牺牲品了，于是连居处也不回，径直往宫门跑。

时运不济，刚走到园门处，就有道身影闪出来，拦住了她。

"龙女？"田真后退两步。

曾经亲眼撞见她依偎在朝华君怀里，娇弱美丽，以至自己气愤出走，才有了后来这些事，此刻再见面，愤怒已经消失了，唯独剩了几分尴尬。

"你都听见了，"德音龙女看着她道，"仙后与我说话拖延时间，就是想给你机会逃走，你太慢了。"

田真看着她不语。

再温柔的女人，在这种事上也会嫉妒的。

“猜到你在仙界其实并不难，没有证据罢了。”德音龙女抬手拈过旁边的花枝，摇头解释，“你不必质疑仙帝，仙帝有心护你，只是送了封信到羽漠天宫，我正好看见了，他没有瞒我。”

田真道：“你瞒着他，告诉了神帝。”

双眸微红，龙女低声道：“我听说了你和他的事，你没错，但想到他费尽心思护你，敷衍我，还不断地推迟婚期，你明白这是什么样的感觉吗？为了再见他一面，我忍受了二十几年的囚禁折磨，我不能失去他。”

田真嘴里心头都发苦，再后退两步，道：“我和王相处短短数月，怎么比得上你们多年的感情？龙女难道没有信心？你我之间，王早就已经做了选择，他对我只剩内疚而已，所以才尽力维护，何况我若真想回神界找他，还会等到现在？”

“你就当我是个嫉妒的坏女人吧，”龙女断然道，“我将此事禀报陛下，既是为我自己，也是为他。他与陛下是表兄弟，君臣之间从无猜疑，如今他为了你屡次欺君，这样下去对他没有好处。”

心知在劫难逃，田真无奈道：“你我一定要这样？”

“我不想这样，如今是奉命行事。”德音龙女抬手，手掌上出现一粒蓝色丹药，她将丹药递给田真，“你自己来吧。”

失去知觉的刹那，田真针对自己的退场方式做了道填空题，那就是——

倒霉的凤凰。

想六界这么大，十方虚野那么广，去哪儿不好，偏要来仙界，这些神仙哪个是省油的，素质比魔界公民低多了！其实田真在仙界的消息不难猜，魔神冷静下来，肯定能想到，可惜现在命都丢了……

意外地发现自己还有思维，田真吃惊。

“混账！”茶杯破碎的声音，伴随着关河月微冷冷的骂声。

确认意识还在，田真欣喜万分，然而下一刻她就发现，自己虽然没死，却直挺挺地躺着，目不能睁，口不能言，浑身不能动弹，只感觉到身下软软的，应该是床褥。

关河月微怒斥仙后："神界龙女竟能在仙宫中随意行动，你是如何执掌后宫的？"

"臣妾原想她是客，且受神帝之命前来，事关两界交谊，这才留她在宫中住下，并没想到她会……"仙后低泣。

关河月微问："圣医，如何？"

一老者忙回道："若臣所料不错，应是石胆之毒，中此毒者全身僵直，渐渐失去知觉，七日后便全身石化，形同……死人。"

"可有解法？"

"六界尚无。"

周围沉寂下来，田真刚燃起的希望又熄灭。

人家穿越混得风生水起，咱这一穿越，连续被两个美男甩，先成鸟，再成鸟人，现在倒好，飞禽当够，干脆变植物人了。

仙后却是真的惊恐。

本以为神帝要赐死她，所以自己才会默许龙女，却不料是这样的结果。眼下最妥当的办法就是狠下心，不留痕迹地处理了，但对救命恩人，关河月微如何肯下手？难道神帝的意思是……事出在仙界，仙界怎么脱得了干系！真送她回魔界，岂不是让仙界去承受魔神的怒火？

她越发惶恐，跪下哭道："是臣妾疏忽，请陛下治罪。"

"罢了，皇后不必哭泣，是朕迁怒于你，"关河月微的声音缓和了些，"你且下去吧。"

"陛下！"

"先退下。"

仙后不敢多言，含泪带众人退了出去。

田真倒很平静。

半晌，脚步声渐近，身边有人坐下。

短暂的沉默后，关河月微开口道："小凤凰，我对魔帝的确有所忌惮，与神界联手打算封印他，但我若说此事我果真不知，你信是不信？”

德音龙女来仙界，他偏偏不在，未免有点巧合，田真承认自己对他尚存怀疑，闻言忙仔细倾听。

“魔帝近日行踪不定，我怀疑他是在寻你，料他迟早会找上仙界，此番我出去便是作安排，好叫他相信你走失在六界之外。十方虚野之大，一时难寻真相，他纵然迁怒其余五界，也不会做得太过分，谁知神帝竟知道你在仙界，先一步下手。”

见他句句真诚，田真惭愧。

跟在魔神大人身边太久，习惯了此神不屑说谎的个性，使得自己对外人都不太信任了，竟怀疑起他来，早就知道他和神帝是不同的人。

关河月微叹了口气，道：“小凤凰，我知道你是不同于别人的，但我是父皇选定的太子，承袭仙帝之力，维护关河皇族的荣耀，脱身不得，你我的缘分注定止于此，我从不想强迫你什么，原想留你在身边，时刻说说话，兄妹相称也好，又怎会拿你的性命做赌注？”

一只手轻轻抚上她的脸。

察觉行为间透出的暧昧，田真没有尴尬，只觉得胸口阵阵发闷，六界之中竟然有了解自己到这种程度的人，什么朝华君，什么魔神大人，如果没有这仙帝身份的羁绊，或许他才是最适合她的吧。

窗外天色渐暗，未得吩咐，仙娥们也不敢进来点灯。

不知道过了多久，终于，关河月微握起她的手，道：“如今能救你的，或许只有……”

田真大急，无奈身体动不得，倒急出满额头的汗来。

察觉她的变化，关河月微淡淡道：“我的心思无须向你掩饰，魔帝非封印不可，神帝此举我本该赞同，眼下送你去魔界，魔帝若肯救你，代价必定不小。”

田真大怒。

“你不愿害他，”关河月微停了停道，“但魔帝之强，纵然功体有所折损，六界也未必有人是他的对手，我们仅有一半把握。此事对你来说却关乎性命，我这么做的确有私心，但除此之外，没有别的办法能救你了。”

他似乎将田真的心思摸得一清二楚，道：“凤王心头血，或许有希望，但这关乎羽族王气，朝华君是什么样的人，你该清楚，我书信将你来仙界的事告诉他，原是受他所托让他放心，如今却传到神帝跟前，焉知不是他默允的？”

当初因为一滴心头血，田真一直对朝华君存了感激之心，直到前些日子听奂天女提起自己内丹的来历不寻常，她才隐约觉得事情不简单，再联想到往日相处的细节，服了内丹之后他的反应，壶中天那次巧遇魔神，他匆匆赶来……当另眼相待变得别有目的，心就渐渐冷了，也正是这缘故，她不愿再回魔神身边，让那些阴谋得逞。

关河月微微放开她，起身道：“此事不容你做主，我会想办法送你回魔界。”

身体并无痛楚，可是全身不能动弹，头部更有种奇异的僵硬感，好像连同思维也变得迟钝许多，有种昏昏欲睡的感觉。田真虽然知道此刻应该尽量保持清醒，无奈意志力有限，最终仍是沉沉睡去。

“玉丹娃，怎样？”朦胧中，一个粗重的声音响在耳畔。

“毒性奇特，恐怕是传闻中的石胆之毒。”

“这……你确定？”

“九成。”

“此女出身神羽族，后叛离神界跟随魔帝左右，如今既被仙界拿住，理当送归神界处置，方显两界交情，关河月微为何私自对她下毒手？”

议论声越来越大，田真的意识逐渐恢复，双眼仍是睁不开，单凭身下的触觉，她发现自己似乎躺在一张硬木榻上，周围的空气暖洋洋的，可是令人很不舒服，那里面透着种邪恶的气息。

不是仙界，这是哪里？

她兀自揣测，接着就听见另一个声音响起。

“仙帝后宫劫人，谈何容易。”很温和的男人声音，有种蛊惑人心的魅力，而且还有点耳熟，“此女既是魔帝的人，带回她只怕反生祸端。”

先前那人大悟，骂道：“蠢材！竟中仙帝之计！”

“吾皇饶命！”底下人碰地有声。

田真努力在记忆中搜寻，终于记起那声音是谁，不由得暗叫糟糕，想不到仙界后宫也有卧底，自己竟被劫到这里来了。

半晌，那温和的声音又响起：“罢了，事已至此，怪他也无益。”

“吾皇打算如何处置？”

“魔帝很快就要登门了。”

“中关河月微之计也！此毒根本无解，倘若让他见到，事情就麻烦了，不如……”

四周沉寂下来，只听得踱步声，田真紧张得呼吸都不太顺畅了，这种时候的最佳处理办法还能是什么？趁早毁尸灭迹，神不知鬼不觉，魔神大人找不到证据，就什么麻烦也没有了。

那人若有所思，道：“这丫头我曾见过，前日魔帝亲临祈月天宫，却未曾伤人，据探子得来的消息，最近他都行踪不定，难道就是在寻她？”

“吾皇的意思……”

“取邪兰叶，助她延续性命。”

“魔帝当日轻慢吾皇，吾皇为何对他的部下这般客气？还送什么圣兰之叶，依臣之见，不如杀了解气！”

“杀小小侍女就能解气，未免小看我甫千秋。”那人轻轻一笑，“魔帝究竟有多大能耐起死回生，令人好奇，既然关河月微想借我之手将她送还魔界，我又何乐而不为呢？等到他为那一掌付出代价，方能解我之恨。”

听到这里，田真终于醒悟过来。

她在仙界中毒，倘若就这么送还，难保不激怒魔神，所以关河月微才故意让妖界的人将她劫出，把事情推给妖界。妖皇甫千秋是什么样的人？纵然没有旧怨，魔界之强也必定让他心生忌惮，削弱魔神之力正可如他所愿，关河月微早就料到他不会杀她，而是选择推波助澜吧。

如果没猜错，这里正是妖界皇宫萝中陵。

田真正想着，就有人掰开了她的嘴。

苦涩的汁液喂下，腹中生起暖流，逐渐蔓延开，身体的僵硬感顿时减轻许多，唯有小腿以下的部分仍无知觉。

忽然，耳畔传来急促的脚步声。

“吾皇，”那人估计是害怕，颤抖着声音禀报，“魔帝……来了！”

妖皇笑道：“这么快，倒也省事。”

“这如何应对？”

“摆驾，迎接魔帝。”

众人齐声应下，紧接着，田真便觉有人将她抱起，跟着往外走。

萝中陵外熏风阵阵，空气很沉闷，其中更隐约携带着熟悉的压迫感，可以感觉到周围有许多妖兵，只是都不敢出声，十分安静。

田真被一双手臂抱着，虽目不能视，却知道魔神就在对面，不由得着急起来。先前是被迫离开他，现在则是真的不想再回去，他这么快找上妖界，分明是阴谋者故意放出传言引他来的，毕竟自己身中石胆之毒撑不了多久，真死，对他们的计划就起不到任何作用了。

妖皇先开口：“不知魔帝驾临，失礼。”

沉默许久，对面才响起熟悉的声音，威严且不客气：“吾听到传言。”

田真已能想象到此神惯用的侧脸姿态，仍是禁不住喜悦，他果然在寻找她，可是照此神的作风，会不会是她的离开伤害到了他的面子，要抓回去服罪的呢……

妖皇正色道：“传言不尽属实，魔帝难道不明白这个道理？贸然登门，未免太无礼。”

“嗯？”

神力带风至，众妖慌忙退避，夹杂着几声惨叫。

在妖皇拿架子时，田真就猜到了这结果，这只是略施教训，出手还算轻的。此神向来唯我独尊，绝对强权，登你的门，你就得识相地靠边站，属于你肯服软他就讲道理，硬碰硬就直接爆你头，“凡神小妖”要在他跟前摆架子，后果自负。

掌风袭面，抱着她的人没有退，恐怖的力量却忽然撤去了。

田真暗暗苦笑。

不出所料，妖皇已是了然，笑道：“这位姑娘想必就是魔帝要找的人。”

魔神双眸微眯：“要挟吾吗？”

“魔帝误会，魔、妖同出一脉，岂有要挟之理。”妖皇态度转为友好，文质彬彬地道，“前日愚部在仙界发现她，见她身中奇毒，奄奄一息，故将她带回救治，不幸此毒六界罕见，遍用灵药都无用，如今我只能以邪兰叶勉强替她延续性命。”

妖皇这话半真半假，但此神也没那么糊涂，田真想到即将发生的事，倒宁愿自己死掉算了。

魔神果然道：“吾要带她走。”

妖皇道：“正当送还。”

接着，田真只知道自己从一人手里转到了另一人手里，察觉那人并非魔神之后，未免有点小小的失望。

魔神道：“你的人情，吾记下。”

这算是很客气的一句话了，妖皇也不敢再摆身份，拱手道：“不送，请。”

周围再没了动静，唯闻耳畔风声作响，田真感觉得到，那种阴邪气息正在逐渐淡去，想是已经出了萝中陵。

“陛下就这样放过妖界？”愤愤的声音颇有几分狐假虎威的味道。

田真这才知道抱着自己的人是九死沧。

“伤吾部属，吾料妖界尚无胆量，”魔神沉吟道，“是谁下毒尚且难说，暂不追究，先回魔界。”

路上田真时而昏睡时而清醒，邪兰叶的效用逐渐消失，僵硬感又开始蔓延，情况越来越不妙，魔神带着九死沧日夜兼程，以最快的速度赶回虚天。众魔得到消息纷纷过来探视，魔神先命九死沧将田真送至寝殿，众魔虽有心，胆量却有限，只在寝殿台阶下远远观望。

只身跟随最高领导外出任务，还是位善于制造炮灰的领导，九死沧一路上精神高度紧张，时刻提心吊胆，险些吓出毛病，此时他哪里还敢多留，匆匆进殿将田真放到榻上，唤了两声“鸟女”，叹两口气，便飞快溜了。

田真总算迷迷糊糊地醒来，浑身僵硬麻木，难受得很，双腿双手都已经失去了知觉。

须臾，有只小手伸来捏她的脸。

“喂，你怎么成这样啦？”声音不似往常响亮，轻轻的，多了几分不安。

田真心头一暖。

小鬼还在就好，听仙后说他被垂天重伤，现在应该痊愈了吧？

正想着，嘴巴就被掰开，一条软软的东西喂了进来，不待她反应，那东西似有生命，蠕动着，竟顺着喉咙钻下去了。

田真全身鸡皮疙瘩直冒，差点暴跳起来。

虫子？这破小孩儿，还当老娘是鸟呢！

“这是读心虫，你以为人人都能吃到呀？”路小残气呼呼道，“我好不容易才找到一条，就给你用了，你还骂我！”

读心虫？田真转为惊讶。

路小残仿佛明白她的心思，解释道：“是啊，它很好玩的，我留了一点它的血，再喂你吃，你想说什么我都知道。”

当真是肚子里的蛔虫，这才叫“高科技”呢，田真自中毒以来不能说话不能动，如同植物人，十分苦闷无聊，如今难得有了与人交流的机会，精神不由得好起来，问他：“你的伤好了没有？”

路小残哼了一声，愤愤道：“大鹏笨得很，要不是蛇女使坏，我才不会受伤。”

小家伙还不肯服输，田真好笑：“后来她不是放过你了嘛。”

“才不是她，是父皇救了我。”小家伙语气有点不自然。

田真意外：“是你父皇？”

“你没有翅膀变得好看了，父皇听你的话，真的来救我了，”路小残嘀咕道，“可是你怎么又悄悄走了？现在变成这样，怎么办呀？”

原以为是奂天女，想不到竟是魔神亲自去了，田真后悔不已。无数前例告诉我们，赌气到最后，吃亏的常常是自己，儿子受重伤，魔神当然要先救治，要是她肯在桥山多等几天，也不至于是现在的结果，纯粹自作自受。

“我就知道是她赶你走的！”路小残大怒。

心思被他读取，田真可以想象到小家伙邪恶的模样，生怕他再对上奂天女吃亏，忙警告：“不许再生事，否则谁也救不了你！”

路小残没有继续这话题，有点幸灾乐祸地道：“父皇治好我就出去找你了，都没空理她，你别怕，父皇六界无敌，肯定能治好你的。”

田真苦笑。

治好咱？一堆人都等着他治呢，咱真不想被全魔界的人当成祸水。

“父皇。”路小残的语气忽然恭敬起来。

待田真回过神，殿内的气氛已经变了。

“吾儿，为何自言自语？”

“我在跟她说话，”路小残老老实实地答道，“我给她喂了条读心虫。”

魔神显然也知道读心虫，难得问道：“她有何话要讲？”

路小残看看田真，迟疑：“她……”

见他不肯说，田真着急，这个圈套很容易看出来，此神估计也明白，可是自己的态度必须让他知道，生死有命，她并不怪他的。

“吾儿？”

“她不高兴，说父皇不肯抱她。”

殿内的气氛再次转变，田真冷汗直冒，这破虫子，刚才不过在心里随便抱怨了句，竟然也被它读到了。

自从此女到来，神的威严与面子统统变成了浮云，魔神重新开口：“吾要查看她的伤势，你先退下。”

路小残答应。

田真差点昏死，别走，咱肚子里还有条虫子呢！

读到她的心思，路小残安慰道：“这滴血快干了，它马上要死啦，吃了没事的。”说完朝魔神行礼，退下了。

噔噔噔的脚步声消失，田真忍住呕吐的感觉，颤抖着心肝反复默念，这不是虫，这是高蛋白……

殿内再次沉寂下来，许久，魔神的声音才又响起。

“聒噪又任性的凤凰，失去言语，必定难受。”

他还真了解，田真身处半植物人状态，几天下来已经很难过了，闻言更不知道该怎样形容自己此时的心情。她也明白路小残是想救自己，不能责怪，只能侥幸地想，她在他心里未必有那么重要，这毒他也未必解得了……

耳畔又没了动静，熟悉的黑暗气息却在逐渐逼近，整个人都被笼罩其中。

感受到他站在床前，田真隐约有点期待。

眼看就要变化石了，对方的正常表现应该是像关河月微那样摸摸她的脸，说点温情话，例如“有吾在，别怕”之类的吧，给点心灵安慰也好。

半晌过去，榻前之人仍无动作。

又是在自作多情了？

田真正失望惆怅，忽觉左胸一沉。

不主动的人，主动起来不是人！田真的心此刻远非“怦怦跳”所能形容，那简直就是一台拖拉机，“轰轰”直响。

大手覆于她左胸心口上，久久不动。

殿内陷入诡异的沉寂，唯闻剧烈的心跳声。

田真脸上奇烫无比，呼吸也变得不稳，她不由得庆幸自己处于植物人状态，至少可以逃避面对面的尴尬。

那手开始下移，所抚过之处，极为舒适。

因为中毒，田真的血液流速本已极为缓慢，几乎停滞，此刻却因为过分激动而急速流窜，身体逐渐发热，麻木感竟随之减轻了许多。

“嗯？”魔神若有所思，收回手道，“石胆之毒，尚能支持。”

听那语气并无异常，田真终于醒悟过来，原来他是在试探毒性而已。什么思想，居然误会正直的魔神大人乘人之危，太不应该了。

想自己的反应肯定被他察觉，田真恨不得一头撞死。

魔神果然道："这样，就有好转吗？"

须臾，一缕长发垂落她颈间，可以感受到，他正缓缓俯身下来，手触及她的肩头，那是要抱她的动作。

全身血液再次沸腾，田真惊喜不已。

主动纠缠许久，到现在总算有了回应，还可能只是同情，好吧，这种时候别要求太多，死之前有他抱着，也比什么都没有强。

谁知下一刻，那手又收回去了。

"你归来了。"

"西殿下。"

脚步声越来越近，最终在榻前停下，田真能够想象此女现在的脸色。利用路小残为要挟，好不容易才把咱从魔宫赶走，谁知没几个月咱又回来了，还是以这副模样出现，真是对不住。

奂天女的语气倒很平静："听九死沧说她昏迷不醒，不知可要紧？"

田真闻言既感激又无奈，看来九死沧并没把中毒的真相告诉她，够义气，不过这应该是路小残安排的，不许众魔告诉她任何消息。

魔神亦无太多解释："需要静养。"

奂天女道："既然如此，殿下就将她交给我照顾吧。"

"吾会让小残照顾她，你的寝殿已告竣，该搬过去了。"

"殿下不再信任我？"

"你多虑了，"魔神道，"吾只是认为，你与她的矛盾难以化解，她不会信任你。"

奂天女没有再坚持，告退离开。

就算你真是一片好意，咱还是觉得远离你更安全，田真放了心，大约是毒性蔓延的缘故，又昏睡过去了。

浑浑噩噩，不知道时日，似梦似醒间，好像有一双手臂抱起了她，怀抱熟悉又陌生，令人安心，只想永远沉溺其中。

田真再次醒来，是被人掐醒的。

没有梦中的怀抱，身下仍是那张卧榻。

“不知道醒了没有。”有人在掐她的耳朵，边掐边嘀咕，“石胆毒真厉害，这么疼，应该能醒吧？”

小浑蛋！田真欲哭无泪。

须臾，路小残小心翼翼地将什么东西抹在她嘴上，然后凑到她耳畔叮嘱道：“喂，这是毒，不许吃了。”

毒？田真吓一跳，他想做什么？

“蛇女来了，看好戏啦。”

呼呼风声过，身旁就再没了动静，看来小家伙已经溜了，田真正在莫名，紧接着就听到细微的脚步声。

奂天女走到榻前，静静地看着她，没有动作。

她来做什么？田真紧张。

终于，奂天女轻叹道：“难道真的是天意？”

听到“天意”二字，田真的心骤冷。

自从来到魔界，无敌的神就屡次受伤，命运其实早就将两人联系在了一起。因他掌力逼毒而重伤，因重伤而得凤王心头血，增千年修为，偏巧又误服一颗来历不明的内丹，关于神羽族的预言，朝华君不同寻常的关照，眼下这个大陷阱难道就是……

不可能，绝对不可能，纯属巧合。

田真在心里打了两个“哈哈”，强迫自己停止思考。

奂天女道：“当日我赶过去时，西殿下已先一步救了小天王，证实了你的重要性。”

这算解释？田真有点意外，她是讲信用的，而自己答应离开又回来，也不是有意失信，只不过变故来得太快太多。

“此乃石胆之毒，他在对我隐瞒真相。”奂天女道，“羽族凤凰，我其实并不想杀你，可是你的存在威胁到了他。”

田真没有愤怒。

她做这些，有私心，也有真心，其实眼下这种状况，自己死了也是好事。

奂天女沉默半晌，忽然道:“我从未动手杀过人，否则也不会等到现在了。”

关键时刻手软，田真苦笑。

奂天女跟着笑了一声：“就算我此刻狠得下心，也没有机会。”

感受到熟悉的气息，田真不是傻子，已经知道事情不妙，偏偏自己又不能阻止，只得叹气。

“奂天女。”

“西殿下回来得这么快。”

“是我怕她不好，叫父皇回来看看的。”说话的是路小残。

田真更确定了先前的猜测，头痛不已。

奂天女微笑道：“我知道是你。”

路小残的语气倒是很天真无辜：“是呀，我很担心我娘。”

奂天女不说话了。

魔神终于开口：“吾儿不得胡言。”

路小残小声道：“她真的不好了，我掐她耳朵她都不醒。”

魔神双眸微动，发现异常，当下移身形至榻前，迅速并左手二指探至她喉间，神功急运，指间白光闪烁。

半晌，他收手，自田真唇间抹下点汁液查看。

路小残状似不解，上前问道：“这是什么？”

“蛇毒。”光芒闪过，指尖毒液消失，魔神缓缓转回身。

奂天女道：“是小彩的毒液。”

魔神“嗯”了一声。

路小残惊道：“彩蛇为什么要害她呀？”

蛇当然不会无故杀人，这明摆着就是一个谋杀未遂的现场，设计高明，时间刚好，敢进出魔神寝殿的人本就有限，神蛇主人在此，还能怀疑谁？

奂天女并没替自己分辩。

一时间殿内竟无人开口，陷入沉默，唯有田真心急如焚。

小家伙本事不小，居然能弄到那条神蛇的毒液，如今简直是人证物证俱在，换成别人只怕立刻就信了。

最大的问题在于，面前的不是别人。

臭小子，胆子大了是吧，居然敢当面演这出戏码，不知道你父皇只是表面冲动暴力，其实什么都清楚，比你聪明多了吗？奂天女跟了他多久，你又有多少花招，他还不了解？

骂归骂，想小家伙之所以这么做，有大半原因是想替她报仇，田真感动，待要求情却开不得口，紧张得直冒汗。

名为杀神，本质却尚德，当初路小残为保命用计伤了垂天，他就下那么重的手，如今当面陷害奂天女，后果……

漫长的等待，气氛紧张，却无杀机，令人疑惑，也更加担忧。

是不再计较，还是暴风雨之前的平静？

终于——

"吾儿退下，再犯，定然不饶。"

一句话，道破一切。路小残吓得惨白了小脸，不敢再说，默默地退了出去。

他这么轻易就饶过了儿子？田真惊喜之余暗自庆幸，父爱爆发啊，绝对父爱爆发……

待路小残离开，魔神才侧脸看奂天女："吾儿之错。"

"是我提出重铸他，他恨我也是应当的。"奂天女垂眸微笑，"殿下信任，已经让我很高兴了。"

"这不是吾原谅他的理由。"魔神道，"你让凤凰离开，致使她中毒，性命垂危，吾不想再罚小残，令她忧心。"

万万想不到他连这也知道，不只奂天女愣住，田真竟也听得失了神，能说出这番话，维护之意很明显了，这就是饶过路小残的原因？

奂天女白着脸，半晌低声问："殿下为何不早揭破？"

魔神收回视线道："不道破，是让你安心，道破，是不愿你再犯相同的错误。"

"殿下总是这样直接，"奂天女望着他，"那么，殿下决定救她？"

魔神道："吾之功体，不惧此毒。"

奂天女沉默片刻，忽然道："倘若中毒的是别人，殿下会救吗？"

魔神没有正面回答："吾知天意。"

"殿下的意思，我……明白了，她变成这样，是我造成的，我愿意代替殿下救她。"

"功体不足，反累及自身，"魔神道，"她会原谅你。"

"是吗？"奂天女低笑了一声，声音有点空悠悠的，"殿下这么确定？"

因为他了解她，田真心头发堵，明知道是陷阱还往里面跳，理解成自负，或者可以少些内疚，否则这份情欠大了。

正在此时，殿外忽然响起路冰河的声音。

"父皇。"

得到允许，路冰河快步走进殿内，单膝跪下，双手呈上一个瓷瓶："羽族神王朝华君命人送来此物，说父皇看了便知。"

魔神没有表示。

不用看也知道！忽来意外惊喜，田真再次有了大笑的冲动——神帝千算万算，还是算不到旧领导会徇私救人，老娘让你们都看看什么叫"天意"！

"羽族神王？"奂天女想起什么，试探道，"莫非里面是……"

魔神道："石胆之毒，凤王心头血难解。"

奂天女上前两步道："但有它相助，殿下就不至于……"

"凤凰投效于吾，便与神界无关。"魔神打断她，"此物送还。"

送还？田真差点背过气，大喜瞬间转为大怒，难得人家良心发现送药来，你居然送还？你敢给我送还！

田真不认为自己该心软，若非朝华君将自己在仙界的消息泄露给他的未婚妻，自己又怎会落到这地步？在察觉他的恩与情不再单纯之后，一点心头血，只是证明他没有想象中那么无情而已。

路冰河道："父皇，此事不妨从长计议。"

魔神抬手。

路冰河不再多劝，起身出殿去了。

魔神看奂天女："你也退下。"

奂天女垂首应了声“是”，转身消失。

殿内无多余的人，魔神这才转向榻上伤员：“凤凰。”

对于他的自负，田真已经没脾气了。如果能动，她第一个动作肯定是跳起来抓着他猛摇——神啊，眼前放着大路你不走，偏要往陷阱里钻，你这辈子制造了不知多少无辜炮灰，关键时刻却跟暗算你的人讲起人品……

“不必担忧，救你，吾举手之间。”

傻吧，你花再大的代价，老娘也不会感动的！

“吾之部属，无须欠凡神之情。”

田真在心里叹气。

好吧，随你怎么样，听奂天女刚才的语气，这个“举手之间”怕不是那么简单。

奇异的力量逐渐包围全身，不够柔和，却并没有预料中那般恐怖难以承受，带着丝丝暖意，如同泡在温泉里，身体漂浮在泉水中，荡漾，血液流动，僵硬感逐渐减轻……

羽漠天宫，梧桐叶飞。

朝华君立于廊上，双眉微蹙，神色明显不太好，旁边的德音龙女扶着廊柱，垂首不语。

“衣衣，为何要这样？”

“我为何这么做，你不是知道吗？”

“当年的你虽也任性，但从未背着我做事的。”

“如今我背着你做事，你失望了？”龙女眼圈一红，抬眼直视他，“一只寻常凤凰，难道比陛下对你的信任还重要？你为了她责怪我？”

朝华君摇头道：“她的事，我一直没对你提起，是我的疏忽，我以为你会明白。”

“每每借口拖延婚期，我还不明白，岂不成了傻子？”

“衣衣！”

“陛下信任你，是你从无大事瞒着他。”龙女打断他，“她在仙界的消息，你以为你不说，陛下就不知道？我们安派在仙界的人是做什么的？神后娘娘特地让我来试探你，果然你是知道的，我将此事告知陛下，是以你的名义，求陛下对外提我不提你，她将来就不会怨恨你，我这样又为了什么？如今所有人都知道我吃醋，知道我心狠手辣，我很有脸面吗？”

朝华君沉默片刻，扶住她的肩：“是我说重了，你……”

“我只是没料到，你为了维护她，可以做到这种地步。”龙女含泪推开他就走。

眼看她消失在园门处，朝华君欲言又止，正好执事羽箫快步走来，至他身旁停住。

“王。”

“如何？”

羽箫双手将瓷瓶呈上：“不出王所料，魔帝命人送回来了。”

朝华君接过瓷瓶放入袖内：“他向来自负。”

羽箫道：“如王所说，魔帝真以天元神光救治，功体必有折损，于我们正是个好机会，小凰儿知道王曾以心头血相赠，也无怨怪之理，王料事如神，果然高明。”

朝华君没有说什么，示意他退下，自己再静静地站了片刻，也缓步进房间去了。

第十一章 神龙出水

魔宫，空旷的殿内，隐隐有水声回响。

睁眼便望见漆黑的殿顶，所幸虚天永夜，光线阴暗，田真很快就适应过来。

久违的景物再次清晰地呈现在眼前，身上的僵硬感消失，双腿的触觉也恢复了，等同失去的重要东西又找回，那种激动是难以形容的。

田真迅速翻身下榻，迫切地想要找人一起出去看风景。

“陛下！”

“陛下，我能看见了！”

唤了两声，竟无回应。

高广殿门，一束珠光斜斜照进，地面一片白，如同降了霜。

田真独立于殿中央，满腔热情逐渐冷却，变作隐隐的担忧，这回人情欠大了，不知道他现在怎样……

寝殿内找人很简单，除了那张榻，根本无任何陈设。

纵然如此，田真仍旧将每个角落都仔细扫视了一遍，确定他不在之后，便打算出门去寻找。

轻微的水声再次响起，似乎很近。

田真停住脚步，仔细倾听片刻，掉转方向循声走到榻后，探身将脸贴到墙上，哪知奇怪的事发生了——看似普通的墙，与别处并无两样，实际竟如同虚无，她整个人都穿墙而过了！

墙后，是她想不到的奇异所在。

空阔庄严的黑石厅，弥漫着熟悉的肃杀气息，厅内无多余陈设，唯有中央一池水，水波荡漾，散发着熟悉的冷幽幽的蓝光。

水花溅起，池中似有异物。

寝殿后还有这个地方？田真诧异，踮着脚走过去，边走边轻唤："陛下？你在……"

刹那间，一幕震撼的场景映入眼帘。

那是……

那是什么？传说中的龙？是龙！

田真站在池畔傻了眼。

池水清澈，一条巨大的赤鳞龙盘旋池底，有角有须，威风凛凛，鳞甲鲜艳似血，映着光华灼灼的蓝色水波，瑰丽无比。

仔细看，蓝光其实是自那龙身上散发出来的。

蓝波荡漾，拥着赤龙，那景象正常人见了难免都会被震慑住，所谓"叶公好龙"，不过如此，田真全身汗毛都竖起来了，两腿发抖，却是半步也挪不动。

那龙似已发现有人，睁眼朝岸上看来，双目炯炯如炬，令人胆寒。

"别吃我！"田真终于回神，情急之下朝它招手，弯腰作恭顺状，小心翼翼地赔笑，"我不是故意的，打扰、打扰……我马上走，这就走。"

她一边说，脚一边往后挪。

忽然，池中水哗地炸开，溅起足两丈高，点点洒落。

水花落尽，魔神现身池畔。

"陛下！"田真张大嘴巴。

"凤凰。"

发现池内的赤鳞龙已经消失，田真依稀明白了什么，试探："陛下，刚才……是你？"

"吾在回复神元。"

此神是条龙！田真心肝颤抖，脚底不由自主地后退。

"嗯？"眨眼间，魔神的身形移至她面前，阴暗眸中有恼怒之色，"灰凤凰？”

故意在凤凰前面加个“灰”字，有提醒的意思，表示此神对她的反应很不满，意思是你不过一只灰凤凰，胆敢嫌弃吾？

也难怪，多威风的一条龙，论形象，的确比灰凤凰光辉高大百倍不止，田真很能理解他的心情，救了人大伤元气，结果对方却这种反应，换成是谁都难免不平衡。

田真当即奉承道：“我的意思，陛下就……就算是龙，也……也是一条俊美英武的龙。”

“你畏惧了。”

“没有，绝对没有！”田真连忙双手交握胸前，崇拜道，“陛下的原形太……威武，令我……敬爱！”

“虚伪的表情。”

骗过此神真的不容易，田真无奈咬牙，张臂抱住他的腰：“真的，无意中看到陛下的原形，我只是被震撼了，羞涩……”说到这里，全身汗毛都自动立正了。

魔神脸色转好：“你要习惯。”

“是，陛下，”咱抱的不是龙、不是龙……田真默念，尽量将注意力移到正事上，问道，“陛下为我解毒，要不要紧？”

“无妨。”魔神抬眸。

真无妨，也不至于现原形回复神元了，田真缓缓放开他，垂首道：“这件事是神界的阴谋。”

“吾已知晓，”魔神道，“你不必忧心。”

他果然知道，田真松了口气，跟着他走到外面大殿，只觉腹内饥饿无比，想自己不比先天大神，这么多天没吃东西，难怪受不了，于是连忙出门去找吃的。

刚走下七层阶，石山后忽然跳出一群人来。

“鸟女！”

“灰凤凰！”

田真先是吓一跳，接着喜笑颜开：“你们在等我？”

九死沧道：“你中毒，大家担心得不得了，天天都在这里等消息呢！”

古石护法拉着她瞧：“全好了？”

田真顿时热泪盈眶，与众魔抱成一团。

九死沧摸出个瓶子递给她：“绝顶好药，大哥给你留的！”

没等田真道谢，旁边的玉杨娇就伸手一把将他推开：“她是中毒，又不是内伤，你别让人家乱吃！”

九死沧道：“差不多了，吃点比不吃好。”

“莽夫！”玉杨娇鄙夷，从丫头手里接过两盘香美糕点递给田真，“看你，瘦成这样，姐姐给你做了些糕点，可不是普通的，滋补养颜，最有用了。”

眼角余光瞟见远处一抹蓝影，田真愣了一下才回过神来，连忙道谢。

与众魔喝酒欢庆，直到神殿巨柱上的珠光熄灭，虚天入夜，田真才托着糕点回到寝殿。

魔神见状道：“低劣的体质。”

体质问题实在很敏感，它随时提醒自己与先天大神的差距，田真表情不太好看了：“魔宫体质好很多，先天神体的也有，陛下要是嫌弃，我去找她们来！”

魔神转过脸，评价道：“低劣的体质，亦无太多坏处。”

田真忍不住“扑哧”笑出声。

魔神拎过她警告：“凤凰。”

忘记此神好面子了，田真就着手中的糕点咬了口，同时一个媚眼飞过去：“吾错了，陛下——”

魔神放开她。

跟着此神，品德修养得到提高，脸皮厚度也在不断增加，田真摸着脸感慨，真是无耻啊……

她坐到榻上：“陛下，我想问你几个问题。”

魔神道：“讲。”

“如果中毒的是九死沧他们，你救还是不救？”

“吾会还他们一个公道，让阴谋者付出代价。”

“陛下爱护部属，不救吗？”

“部属众多，吾之力量有限。”

真是不说谎话啊，中毒很容易，哪里个个都救得过来，田真忍住笑，站起来凑到他身旁问：“那我也是陛下的部属，陛下却救了我，我跟他们有什么不同吗？”

魔神抬头不答。

田真换个问题：“如果是两个天王中毒，陛下会救吗？”

“吾儿谨慎，不会中毒。”

“如果是奂天女呢？”

魔神看她：“你介意了？”

狭长双眸，目光依旧锐利，洞悉一切，只不过其中的坚定似乎少了几分，隐隐有波动之感，看得人心悸动。

田真躲避他的视线，若无其事地道：“陛下救人，我哪里会介意。”

“口是心非的凤凰。”

“那陛下救不救她？”

“你希望吾回答会，还是不会？”

他把问题抛回来，田真反而不知道怎么回答了。

见她语塞，魔神道：“吾若回答不救，你相信吗？吾若回答救她，你不介意吗？她若真中毒，你会袖手旁观，还是劝吾施救？”魔神总结，“无聊的凤凰才会问这种毫无意义的问题。”

想不到此神平时少言寡语，口才却这么好，田真无言以对，嘀咕：“我就是无聊，我就是想听……”

“想听吾的谎言吗？”魔神面对她，“还是试探，想知道谎言背后的真相？”

“啊？”

“她是吾最忠心的部属，更是忠实的朋友。”

脸上的温度逐渐升高，田真扯了扯嘴角，最终弯上去了，矫情地将额头抵在他胸前："真的，我真的没有多想。"

"是吗？"魔神很给面子地没有揭穿她，往榻上坐下，"夜已深，该睡了。"

田真连忙坐到他身旁，请求："我不想变回原形睡觉，陛下。"

"你之居处，已有人住。"

"陛下的寝榻很宽，我不会占太多地方……"

"胡言乱语。"

"那我去沧大哥那边过一晚。"田真站起来就走。

"嗯？"魔神双眸微眯，将她变回原形，拎在手中。

田真哪里肯就范，扑棱着翅膀。

魔神警告："凤凰！"

田真继续拍翅膀抗议。

舒舒服服地躺在榻内侧，身旁还有个守护大神，田真比平时更快入睡，连做梦都在笑，大神也怕缠女，在他面前，坚持就能得逞啊。

直到半夜，殿外袭来的重重寒气将她冻醒了。

身下是冷硬的榻，寒意侵入骨髓，四肢几乎都已僵硬了，往常变回原形睡在他袖内，根本就没有遇见过这类问题。

此时此刻，田真心里最先涌起的并不是后悔。

睁眼，面前一片黑暗，伸手不见五指，更看不到人，那熟悉无比的蓝光竟然消失了！

恐慌瞬间蔓延开，田真急唤道："陛下？"

"吾在。"身畔传来低沉的、略带鼻音的声音。

确定他没有离开，田真松了口气，忍不住连打两个喷嚏，紧接着一双手伸过来将她抱起。

"失去吾之庇护，冷了吗？"

广袖挡去风，怀抱透着暖，田真轻声问："怎么……"

"功体略有折损，吾暂隐护体神光。"

“是因为救我吗？”

等了片刻得不到答案，田真没有再追问，在他怀里安心地睡去。

对于她为什么会中毒，魔神根本没有问的意思，田真也没有说。看得出来，此番解毒，他功体受损严重，接下来的日子，他多数时候都在沉思，回复神元，田真尽量不去打扰他，偶尔跟路小残、九死沧他们玩耍。

经过诬陷事件，路小残也很识趣，不敢主动去寝殿见父亲。

田真搂住他捏他的脸：“小鬼，敢在你父皇跟前演戏！也不想想你才长几个心眼，你父皇活了多少年！”

“你真恶心！”路小残挣开脸，从她怀里钻出来，嘀咕，“我还不是想报仇！”

田真道：“你父皇信她还是信你？”

“我是看父皇很信你呀。”路小残转转眼珠，凑过来道，“反正你也讨厌她，不如我们一起想个办法把她赶走吧。”

田真哭笑不得，板起脸警告：“不许乱来！”

“你怕她会投去神界对付我们？”路小残道，“我听说她虽然是先天之神，法力却很一般，连父皇的十之一二都没有……”

田真往那小脑袋上拍一巴掌：“管好自己，再胡闹，我是不管的！”

路小残无奈，怏怏地走了。

田真叹了口气，横竖都是为他着想，有什么理由责怪奂天女呢！留她在魔界，他便会安全一分，虽然这样的想法很自私。

说曹操，曹操到，远处一抹飘逸的影子，比被灯光映得五颜六色的虚天夜空更加美丽。

“奂天女。”

“我来这些日子，从未有人像前日那般与我说话，凤凰，你很受欢迎。”

自从那日搬出来，她就没再进过寝殿，田真倒不好说什么了，想了想道：“天女贵为先天之神，大家难免存有敬畏之心，不敢亲近，等他们习惯，就不会将天女当外人了。”

奂天女没有说什么。

田真道："小残只是个长不大的孩子，对于要重铸自己的人难免会不满，天女别跟他计较。"

奂天女微微一笑，道："你不必担心，一个即将离开的人不会对他构成威胁。"

田真始料不及："你……"

"我会走。"

田真想要挽留，却又找不到合适的话说，半晌才问："陛下知道吗？"

"我没有告诉他，"奂天女移近，"因为离开之前，我必须带走一样东西。"

听出不对，田真来不及后退，已被定在原地。

奂天女抬手，掌心亮起神光。

整个人在那光华的笼罩之下，巨大的力量袭来，全身血液随之乱窜，胸口憋闷，五脏六腑如受熬煎，十分难受，与此同时，丹田似有数道气流正脱离控制，流散至全身，有东西被缓缓吸走。

田真骇然："你……"

奂天女道："放心，西殿下救回你的性命，我就不会让你死。"

不消片刻，内丹自田真口里滑出，飞至她掌心。

"你生气也罢，我这样都是为他好，你难道不在意他的安危？"奂天女合拢手掌，"此丹我带回去炼化方能无事。"

失去内丹，田真变回原形。

事不宜迟，奂天女侧脸唤道："小彩，走吧。"

身后全无动静，彩蛇并未如愿出现。

奂天女一愣，转身看去，只见那高高的石山顶已经站了个人，金边袍袖映着夜空，彩蛇低头伏在他足下，不敢多动。

"奂天女。"

"殿下还是来了。"

"吾来阻止你犯错。"

"错？她的内丹是凤神的，殿下难道不知？"奂天女再也忍不住，摇头道，“当年陛下与太子率诸神合力设太上镜，失败多次，后来风神舍弃内丹才得以成功，使殿下受困数千万年，这颗内丹与太上镜有关，是个极大的变数，殿下留她性命也罢，内丹却决不能留！”

“你的心意，吾从未怀疑，”魔神道，“但放眼六界，谁还能将吾逼入太上镜？你太多虑。”

“无论如何，我不能留着它威胁殿下。”

“失去内丹，她再不能修得人形。”

“这比不上殿下重要。”

“奂天女，不要令吾失望。”

奂天女咬唇，半晌道：“殿下还是不能原谅我？”

“当年是吾父兄逼迫你，你受制于人，毫无过错，”魔神道，“吾入阵，并非全为救你，吾只是高估了自己，想要一试杀阵。”

太直接的话往往都伤人心，田真深有体会，想当初那句“吾不喜欢你”，多打击人，幸亏自己精神坚韧，否则早就望而却步了。

奂天女沉默片刻，反而微笑了。

脖子上一紧，田真不由自主地张嘴呼吸，就这当儿，那颗内丹迅速飞来，滑入腹内。

奂天女道：“我要走了，你或许有兴趣送我一程。”

恢复人形，田真自地上爬起来，见魔神仍无挽留的表示，只得点头答应。

奂天女盈盈拜下：“西殿下保重。”

魔神不语，转身消失。

十方虚野的风景莫名地变得萧瑟，无边落木，无尽衰草，彩蛇穿梭云中，两人立于蛇背，很是稳当。谁都没有说话，彼此心头仅剩的芥蒂似乎也已经淡去，两人间的气氛是前所未有的融洽，奂天女没让她送多远，出魔界很快就停住。

田真回头望望，道：“其实陛下他……”

“他向来如此，”奂天女道，“果真不介意，又何妨一送？他没有来，我反而很高兴。”

田真轻咳了一声：“陛下故意说那些重话，只是为了让你把内丹还给我而已。”

奂天女道：“我比你清楚，你不必安慰。”

田真道：“天女既然知道，又何必坚持要走？陛下需要你。”

“没有挽留，殿下已经做了选择，难道留下来看他继续纵容你吗？你是在同情我？”

“我没有这个意思。”

输了，也要保留最后的骄傲，田真并不恨她，反而生出几分敬佩，为了赶走自己，她虽然用过小小的手段，却从没有害过自己的性命，让这场较量显得相对公平。

“天女打算去哪里？”

“优婆山底，封闭神识，或许数千万年之后醒来，希望那时还能见到殿下。”

田真欲言又止，终究不好多劝。

奂天女忽然道：“你丹田受损，是不可能再修到内丹的，殿下肯付出代价维护你，你更该回报，若我此刻再问你取它，你舍得吗？”

田真沉默半晌，道：“你拿去吧。”

奂天女缓缓抬手，却只是轻轻理了一下鬓边的散发，浅笑：“你如今知道了这颗内丹的问题，应该明白自己有多重要。”

田真道：“我不会再乱跑，天女还有什么话要跟我说？”

奂天女转身面对她，道：“时间紧迫，殿下以天元神光将毒吸纳入自己体内，再以内丹逐渐化解，至少需要半年，其间为压制毒性，殿下仅余一半功体。”

田真早有心理准备，此刻被证实，仍旧愣了一下。

奂天女道：“纵然如此，当今六界也无人能与他匹敌，我担心的是你。”

“我明白。”

“这是我最后为他做的事了，你好自为之。”

奂天女说完，看似随意地挥了挥长袖，重新踏上蛇背，飘然而去，很快消失在云中，竟是再也没有回头。

与此同时，一道人影跌落地上，昏迷过去。

田真正为奂天女的离去惆怅，转头看清地上那人，更吃了一惊。

德音龙女？

下了毒，还敢亲自来探听情况，田真想到自己受的苦与魔神功体受损都是此女直接造成，越发窝火，正好这一带离虚天近，附近有魔兵把守，她放信叫来两个魔兵，带着龙女回魔宫去了。

要维持身份，必然会孤独，奂天女来魔宫这段日子，人缘并不怎么好，如今离开，众魔反而都为田真高兴，唯独田真自己无半点欣喜，立于石山顶，她只觉得虚天比往日冷了许多，仿佛人间入秋的味道。

寝殿外的七层阶，魔神独自站在最高处的石栏边，似在远眺。

田真匆匆拾级而上，见状先是一愣，随即放轻脚步走到他身旁，顺着他的目光望去，但见石山万里，其间点缀着各色珠光，红黄蓝紫绿，明暗相间，动人非常，视野尽头与夜空相连，分不清是天还是山。

谁也没有说话，不知道站了多久，直到对面魔神殿柱子上的明珠被罩住，周围的珠光紧跟着陆续熄灭。

夜到来了。

田真转头看身旁的人，见他仍是纹丝不动，阑珊珠光衬出的那分孤寂，硬是被浑身威严气势掩盖了。

田真轻轻拉起那手："陛下在看什么，这么入神？"

魔神收回视线，侧身看着她道："吾看这熟悉的天空，竟生出不舍之感，似乎要离开它了。"

遵从天意的神，虽不惧太上镜，对六界却仍有着一丝眷恋。

田真勉强笑道："陛下这么相信天意，是认定我会害你吗？"

"吾并无此意。"

"那陛下又何必总生归心？"

“若吾再次被封印，你将如何？”

田真不答反问：“陛下想听什么样的答案？”

魔神移开视线道：“说一个令吾高兴的答案。”

“陛下也爱听谎话吗？”

“偶尔。”

“我说我会好好活着，陛下失望吗？”

魔神重新看着她，半晌道：“吾不喜欢你的直接，凤凰。”

“我会好好活着，想办法救陛下出来，”田真望着他眨眼睛，“怎么，陛下对这个答案不满意？”

“愚蠢，”魔神抬手在她额间拍了一下，侧过脸，“你有何能力救吾？”

“那么我说愿意陪陛下同入太上镜，这个答案能令陛下高兴吗？”

“花言巧语。”

田真莞尔：“我这次其实是去了仙界。”

“去找你的朋友？”

“他不是什么少宫，是仙帝关河月微。”

魔神“嗯”了一声，并不意外。

田真道：“陛下早就知道他的身份，为什么不说破？”

魔神道：“你没欺吾，是他骗了你。”

田真沉默片刻，抱住他的腰：“陛下，抱抱我吧。”

这个“抱”的含义与以往不同，气氛实在不适合拒绝，魔神显然还是不太习惯做这类事，左手缓缓抬起，在半空迟疑许久才尽可能轻地落到她背上，算是拥抱了。

“凤凰，内丹之事不必在意。”

“我知道。”

“若吾注定归去，必有再次封印的机会，”魔神停了停道，“吾将这个机会赐予你。”

田真“哦”了一声，道：“好啊。”

眼泪汹涌而出，悄然沾湿衣袍，不知道为什么会哭，没有想过原因，明明不是生离死别的时候，可是眼泪无论如何也止不住。

共看虚天夜色，满目温馨，却满心悲凉。

风神内丹，当真天意注定？

如果将来真的有那么一天，今日这句赐予，就可以减轻她的内疚吗？

“你哭了。”

“没有，”田真用袖子擦眼睛，说出万能借口，“风吹沙子进去了。”不待魔神说话，她忽然抬起头望着他，缓缓道，“陛下这么说，让我生气呢，连陛下都相信天意了，我却不能信，我不相信天意。”

魔神看着她半晌，眸中的视线似乎更温和了些：“吾将外出数日，你留在魔界，不可乱走。”

田真吃惊：“出去做什么？”

魔神道：“一件紧要之事。”

田真没有阻拦，他做事看似随意，实际很有分寸，明知现在功体受损，不宜再轻举妄动，却仍要坚持，说明那件事真的很重要。

“什么时候回来？”

“短则十日，长则一月。”

“叫天王跟你一起去吧。”

“无妨，”魔神道，“一半功体，于吾足够。”

当初北涯亲眼见过他用一半力量击退两界联军，田真承认他的话，但她还是担心：“我不是怀疑陛下的实力，可是请陛下体谅我的担忧，保重自己。”

魔神道：“你不必担忧，吾带他去便是。”

田真想了想，又道：“还有，陛下答应我，这次出去要谨慎，不可以暴露行踪。”

“自然。”

“也不可以轻易插手别的事。”

“啰唆的凤凰。”魔神拎开她。

看他消失，田真笑。

“我说蛇女一走，父皇就只对你好了吧！”一个小不点儿不知从哪里冒出来。

田真没好气道：“她不走才好呢！”

“怕什么，有我和哥哥，一样可以帮父皇。”

“小东西，”田真失笑，拎过他，“你父皇和哥哥都外出，从现在起，外面的防守关卡你都给我看好了。”

路小残道：“你那个旧情人的未婚妻怎么办？”

田真愣了一下，大怒：“谁是我的旧情人，嗯？”

“你跟朝华伯伯的事，我早就打听到了，”路小残神色得意，“别以为父皇不知道，你就……”

“臭小子！”田真抡起巴掌。

路小残跳开，大眼睛闪着邪恶的光：“你连不相干的人都要救，怎么偏偏把她抓来，肯定是气她抢了朝华伯伯。”

田真道：“我抓她，是因为她给我下毒，听明白没有，下毒！”

“是她下的毒呀，”路小残大悟，拍手道，“那她肯定是吃醋了，怪不得朝华伯伯前日送来了心头血，他还是惦记你呢……”

田真二话不说就去拎他的耳朵。

“我不说了！”路小残躲开，问，“你说现在怎么办，杀了她报仇？”

田真不假思索道：“关起来，别让她太好过，可也别让她死了，等你父皇回来再说。”

魔宫一切照常，十多日过去，魔神与路冰河依旧全无消息，至于他们到底去办什么事，田真也实在想不起六界还有什么能让他如此重视。她虽然有点着急，却不至于太担心，路冰河足智多谋，虑事周全，实力不在战神神无功之下，更重要的是，他懂得跟他父亲交流的技巧，魔神再自负，多数时候也会克制脾气，采纳他的建议，有他跟随，很是稳妥。

路小残孩童天性居多，但论到管理魔界，丝毫不亚于哥哥，防守排布都有一套。

这日，魔业护法匆匆跑来，将一封信交给了田真。

果然来了，田真没觉得惊讶，带了魔业护法与九死沧几人跟随，前段时间的训练效果显著，众魔再不是空架子，精神抖擞地跟着她出虚天。

十方虚野下起了雪，白皑皑一片，朝华君独自立于雪地里。

田真在三丈外停住。

见她身后跟着魔业护法等人，朝华君微笑："我已让你如此防备了吗？"

"神界叛逆，不愿给王带去麻烦，"田真道，"王找我肯定有重要事情，不妨直说。"

朝华君道："你没事，我就放心了，先前衣衣她……"

你未婚妻害得老娘差点连命都丢了，现在还要我救她，真当老娘是圣母？田真示意众魔退开，道："这是她咎由自取，毒是她下的，消息却是王泄露的，王是来道歉呢，还是求情？"

感受到语气里的疏远与冷淡，朝华君黯然道："此事是我的错。"

"事情都过去了，道歉也没有意义，"田真制止他再说，"王的来意我明白，王与陛下是表兄弟，陛下应该不会太为难她，王肯送心头血来，我很感激，我会转告陛下，至于放不放人，就不由我说了算。"

朝华君点头道："我此番前来，并非全为此事。"

田真道："还有别的？"

"凰儿……"

"王，"田真制止他，"你再这么叫，龙女又要吃醋了，那时我就不是中毒这么简单了。"

碍于九死沧众人的面，朝华君毕竟不好多说，轻声叹道："你向来乖巧和顺，有时候却又……太有主见了。"

田真道："我一直都很有主见，是你没注意到。"

"他始终要被封印，你这样下去……"

"王还是不了解我，我从来不信这些预言，命运在于自己不在天。"田真道，"这些话对求情也没有任何好处，我先回去了。"

朝华君上前几步，魔业护法、九死沧几人立即闪身拦住他。

田真道："如果王觉得龙女的安危不重要，可以闯魔界。"

朝华君看着她半晌，一笑："我只是想让你知道，你果真喜欢留在魔界，便留下，但你若想回来，我也必会护你。"

田真沉默片刻，道："谢谢王的好意。"

"衣衣的事就有劳你了，我在百里之外等候。"

魔神外出的消息是保密的，连九死沧他们都不知道，田真只说是与路冰河去查看魔泉了，至于朝华君这边，拖延时间的借口不难找，无非是派个小兵去，说龙女暂无大碍，等找到合适的机会再求情之类，外面也无动静。

两日后，田真与路小残正在石山上说话，有人报路冰河回来了。

"陛下呢？"

"不曾见。"

田真闻言立即起身要过去看，刚跃下石山，就见路冰河缓步走过来，紫眸银发，威风凛凛。

田真急问："陛下呢？"

"已回寝殿。"路冰河不看她，叫过弟弟询问离开后的情况。

田真松了口气，飞快跑回寝殿，果然见魔神立于殿内，奔波多日，神采不减，只是脸上带了几分惊愕之色。

早已料到他的反应，田真轻咳两声，快步过去抱住他的手臂："陛下，事情这么快就办完了？"

魔神转头道："吾料你等急，故提前办妥。"

此神总算知道有人在等了，田真暗暗高兴，问："顺利吗？"

魔神"嗯"了一声算是回答，然后继续打量四周："这些，是你做的？"

先前空旷的寝殿，已经多出了小几、茶壶、灯座、地毯……墙上挂着颜色温暖明快的用各种材料编织的巨幅壁画，榻上也铺了厚厚的带花纹的垫子，很有西式风格。

虽然很怀念当初希腊神话似的场景，可是那样的冷清，不应该是他向往的。

“是我和小残做的，”田真指着那幅巨大的壁画问，“陛下喜不喜欢？”

魔神侧身：“无聊之举。”

田真“哦”了一声，放开他的手：“陛下不喜欢，那我叫小残撤去吧。”

“无妨，”魔神挥袖，“吾虽觉多事，亦无不喜。”

田真低头，以袖掩面，偷笑。

“凤凰？”

“陛下需要沐浴吗？”田真迅速恢复正常，抬头问道。

一路风尘，魔神自去殿后魔池沐浴，正好路小残过来问安，田真趁机出去跟他说了会儿话，待她重新进来时，魔神已经站在榻前了。

他主动开口唤：“凤凰。”

田真连忙走到他面前：“陛下累了吗，早点休息。”

魔神没有表态，视线在她脸上略作停留，然后开始缓慢下移……

过于认真的观察，比第一次见面时仔细得多，田真反而很不自在，那锐利的目光似已将她看透，感觉就像在做全身检查。不明白大神的用意，田真连忙低头查看，发现并没有什么不妥之处，于是重新抬头，不解地望着他。

刚沐浴过，长发长睫犹带水汽，湿润，颜色看上去就更深了些，漆黑如墨，那狭长的眸子好像也被洗过，泛起幽幽光华。

田真的心怦怦跳。

咱有什么好看的？事实上论观赏价值，你自己更高吧……

“陛下在看什么？”

“躺下。”

田真没反应过来：“啊？”

魔神直接转身向榻示意。

这是……神经刹那间断掉，田真下意识地双手拉紧衣襟，后退两步，怀疑自己的耳朵出了问题：“什么？”

魔神蹙眉，抬手将她抛到榻上。

事情发生得太突然，全无半点预兆，田真对这种方式实在难以接受，待要起身，四肢已是动弹不得，顿时吓个半死。

"等等……你做什么？"

衣带被扯开，衣衫自动飞走。

清楚此神"动手不动口"的作风，田真赤身躺在榻上，差点窘迫得昏过去——不愧是神，做决定也是神速，咱还没准备好呢！

魔神俯下身。

修长的手指呈现完美的肤色，根根透着力量，触及肌肤，田真激动得血流速度加快，全身皮肤泛红，活像只虾子。

魔神的兴趣显然不在她的脸上，手逐渐往下移。

"慢着！"田真终于忍不住叫起来。

"嗯？"语调上扬，却无询问之意，倒像是在表达不满。

田真的气势莫名地矮了一半，说话开始颠三倒四："陛……陛下，我的确很喜欢你，可是我有话要说，我……这样太快了点，还有问题……我还需要时间来接受……我……"

声音消失，一只手毫不客气地捂住了她的嘴。

这是什么场景？田真不知道该哭还是该笑——动又动不得，还不让说话，就算能开口，谁那么大胆子敢闯来寝殿救人呢，估计也是叫天天不应，叫地地不灵，怎么看怎么像……暴力！太暴力了！

察觉她的异常，魔神总算将视线移到她脸上："凤凰，在想什么？"

重新获得发言权，田真憋红脸道："陛下做什么，我……就想什么。"

魔神意外了："你已知晓？"

田真无言，表示理解方面毫无压力，都这样了，还不知道你要做什么，咱不是白受那么多年的义务教育了吗！

魔神看着她许久，开口道："凤凰，你想多了。"

想太多？田真"啊"了一声，念及此神一贯的良好形象，开始怀疑他只是打算给自己换换衣裳，忍不住脱口而出道："你难道不是想再造一个小天王吗？"

室内一片沉寂。

"你，在引诱吾吗？"

低沉的声音里，身上的重量陡然增加，压得田真差点喘不过气。

这条龙太重了！田真大受刺激，眼睁睁地看着那张俊脸离自己越来越近，长发纷纷散垂下来，慌得她赶紧自我反省——“阿米豆腐”，色即是空，想多了！是咱想多了吧！你只是在近距离观察……

长睫，美眸，比画还要精致，额饰上的碎金片点点摇晃，令人目眩。

高直的鼻梁即将触及她的鼻尖，忽然又停住。

到底谁在引诱谁呢！田真呼吸不畅。

近距离的效果犹胜远观，薄唇勾出诱惑的弧度，浓密的睫毛下，深邃的眸子里光华流动，越发摄人心魄，几乎令她失去理智。

手上的束缚不知何时已经消失，鬼使神差地，田真竟没有推拒，反而抬臂攀上了他的颈……

就在此时——

魔神似有醒悟，微微侧脸：“嗯？”

鼻子发热，液体不断往外涌，田真闭目昏过去了。

这一夜发生的事很不可思议，整个过程是：开始大神很暴力，导致她想太多，最后引得他也想多了，气氛够了，他也温柔了，结果她又流鼻血又昏迷……醒来之后，大神已坐在榻上，如往常那般陷入沉思。

田真坐在石山上拼命揉鼻子。

鼻子不争气，害得脸也丢尽了，其实……什么都没有发生吧，你听过谁头一次做了某些事还浑身轻快无比的？不过身体真有点不对劲，但要具体描述那感觉，偏又说不清楚。

正在苦恼，两只小手伸过来捂住她的眼睛。

“别闹，小残宝宝乖。”田真侧头，顺势拉他坐下。

“这几天都不见你，你跟父皇在做什么呀？”

“不是昨天才见过吗？”

“都是七天前啦。”见她一副被吓到的样子，路小残更加惊疑，小手在她面前晃了晃，“你变傻了？”

那得流多少鼻血才有昏迷七天的效果啊！田真越发觉得其中有问题了，再记起朝华君求情的事竟没来得及说，她连忙哄了路小残两句，吩咐两件事让他办，自己则脱身回了寝殿。

魔神沉思完毕，眼睛看着殿门，见她进来便将视线移开。

田真更加认定有事，却又不好主动开口询问，只得先将朝华君的事告诉他："朝华君曾经前来求情，希望陛下放过德音龙女。"

"吾已知晓。"

看来这七天里发生了不少事，田真问："陛下怎么答复他的？"

"吾尚未答复，"魔神道，"他是吾名义上的表兄，龙女害你中毒，应由你做主。"

田真摇头道："陛下做什么决定，我都不会有意见。"

"没有宽容，"魔神道，"吾若杀了她，你高兴吗？"

田真听着不对，皱眉道："她站在神界的立场，下手害我是情理之中的事，不过对于一个令我差点丢了性命的人，我也不会为她求情，何况这事还导致陛下功体折损，宽容要看对象，她跟我没有任何关系，我就没有过分宽容的理由。"

魔神道："她夺走凤王，你嫉恨她吗？"

田真微愣，看着他缓缓道："陛下说这话是什么意思？"

魔神转过脸："无。"

"你在怀疑我？"

"你多想了。"

"是吗？"田真道，"求情，会被当成是旧情难忘，不求情，又被当成嫉恨，陛下要怎么看，我也没有办法。"

说完她转身就走。

"吾会考虑娶你为妻。"

考虑？田真快被这种自负气炸，倏地停住脚步，回身瞪着他，脸上反而笑起来："陛下请慢慢考虑。"

"怒极之笑，你生气了。"眨眼间，魔神已无声移至她面前，左手抚上她半边脸，微扬的嘴角似笑非笑，“吾若有留下的可能，便娶你为妻，你要走吗？”

说此神不解风情吧，其实是个调情高手，田真仍是有气，迅速将那手拂开：“我这么恶毒，因为嫉恨就想借刀杀人，哪里配得上陛下？”

“吾过分了，”魔神道，“吾并非质疑你的善良，只是介意。”

田真装作不懂：“介意什么？”

魔神不答，转身道：“炎武，命小残将龙女放还。”

四下扫视，并不见殿里还有什么人，田真对那位“炎武”更加好奇，同时暗暗嘀咕——这么容易就放还，该学学神帝陛下，给她下点毒，让他们也付出点代价，这才公平……

算了，此神夸咱善良呢，今天就放她一马。

草原、雪地、奇峰、森林、乱石岗……千奇百怪的景色一一呈现，四下望不到边，虽然田真以前常跟九死沧他们出来玩耍，可也从没有走这么远过，几乎都不认得来时的路了。

从未见他有这样的游兴，似乎要将十方虚野走遍，田真更加不安，劝道：“出来这么久了，还是先回去吧，看的时候多着呢。”

魔神道：“不要担心，凤凰。”

照理说，他一半功体也是无人能敌的，应该不会出大事，田真无奈依从，精神仍是紧张无比，注意力难以集中，不时东张西望。

见她这样，魔神道：“吾应允你，如生变故，即刻退回魔宫，不会恋战。”

田真本来就在担心这事，闻言笑起来：“陛下怎么知道我担心这个？”

“你了解吾。”

“那能再答应我一件事吗？”

“讲。”

“我喜欢陛下，可是我也很担忧，”田真低头抚袖，试探道，“陛下是不是同样了解我？”

“这也有条件吗？”

“有，我喜欢陛下，当然也希望陛下心里只有我。”

魔神道：“若吾不在，你会回凤王身边吗？”

田真反问：“陛下在意？”

魔神没有回答，俯下脸在她唇上吻了下：“你的条件，吾应允。”

不轻不重，短短瞬间，田真如被电流击中。

待反应过来，他已直起身并且不再看她了：“吾带你去人界一游。”

得到他的允诺，最关键的问题有了答案，田真对这场感情再无顾虑，心情好得时刻都想笑。提起人间，她对这个词很是想念，毕竟在那里生活了二十几年，几番想回去看，无奈始终找不到入口，此刻他难得主动提出来，田真更加兴奋，这种兴奋持续到踏上人间大地为止。

这是未开发区吗？

田真看着面前的景象，满头黑线。

来之前，她还担心此神破坏力强大，不小心挥个袖就挥掉无数高楼，会被当成外星人侵犯地球，可如今的人类……还没有外星人这概念吧？

古老的丛林外，十几个村民装束的人正在合力搬动一块大石头，他们身材高大，帕头束发。

这里的人间也是另一个时空？田真失望。

石头大约是从山上滚下来的，挡住了经过村子的路，众村民喊着号子累得满头大汗仍旧搬不动，便有人取来铁棍木棍去撬。

魔神见状道：“人，六界的弱者，如此顽强。”

听他夸奖，田真作为曾经的人也感到自豪，开始为同种族谋取福利：“陛下帮帮他们吧。”

众村民喊着号子齐用劲儿，看面前大石一点点移动，都露出喜色。忽然，那石似被无形力量托起，莫名地飞至半空约数丈高，然后平移开，落在不远处，轰隆一声将地面砸出个大坑，方圆数丈，地面龟裂。众村民吓到，连忙跪地祈祷，许久才爬起来，愁眉苦脸地去取土填那些裂缝。

早该料到此神不擅长做好事，田真既后悔又庆幸。

魔神侧过脸：“吾并未用太多力气。”

田真“扑哧”笑出声。

“幸灾乐祸的凤凰。”

见那双眸闪着危险的光，颇有警告的意味，田真并未收敛，反而得寸进尺地去摸他的脸。

魔神抓住那手：“喜欢吾俊美的脸吗？”

田真差点晕倒，嘴角直抽：“你怎么能……有说自己俊美的吗？”

魔神微微抬起下巴，道：“吾尊重事实。”

田真再次笑翻。

魔神放开手，朝她俯下脸：“你可以继续了。”

继续摸？田真表情僵住，结结巴巴地道：“其实……这个……不全是因为脸。”

“吾知晓。”魔神沉声大笑。

神啊，又输了气场！田真郁闷地抚额，忽然仰头道：“陛下现在知道我的心意了，我却还不知道陛下到底喜不喜欢我。”

魔神侧过身。

早已猜到他的反应，田真低头作失落状：“不喜欢吗？”

见她这样，魔神开口道：“吾会在意。”

看大神装到什么程度，田真极力忍笑，道：“我是灰凤凰，陛下这么说，心里未必这么想，也就一点点在意吧。”

“吾并无此意。”

“那就是更多一点吗？”

“嗯。”

“会比普通部属多一点？”

“嗯。”

“可以比小残多一点？”

“嗯。”

“比大天王再多一点？”

“贪心的凤凰。”

田真的额头抵在他胸前，笑得颤抖。

魔神拉起她："那边有争战，随吾一观。"

大神所说的"那边"，其实是指万里之外，那儿是座偏僻的山林，少有人踪，此时上空狂风大作，云中数名神将各执武器，柔和的金光将一名绿袍妖将困在阵内，全力围攻。

那妖将已是力竭，难以支撑，眼看就要现出原形，情急之下他忽然望见对面的人，顿时想也不想便高声叫道："求魔帝搭救！"

魔神略一思索道："甫三山。"

田真本不愿再让他插手任何事，可是听到这名字，她又将劝阻的话吞了回去，苦笑，甫三山乃是妖界五王之一，妖皇的亲弟弟，救了也没有坏处。

此番硬着头皮求救，甫三山自己也没有把握。

魔、妖原属同脉，不过这位魔帝极为特殊，听说皇兄曾经在他手下吃亏，他断没有救自己的道理。可若真落到神界手里，麻烦就大了，皇兄虽看重自己，但妖界王族素来有个规矩，落入敌手多会自裁，以免成为人质。眼下情势危急，左右死路一条，不如拼着面皮试试，或许还有希望。

果不其然，听到"魔帝"二字，几名神将皆面色大变，同时撤阵望过来，看清之后更是再也动不得，不知该逃还是该留。

甫三山趁机脱身出阵，暗道侥幸，想他虽未出手，自己却的确是因他获救，加上知道这尊神得罪不起，连忙上来道谢。

魔神难得亲口表达关怀："无恙否？"

当初妖皇受辱也就几个亲随知道，事关妖皇脸面，哪敢外传，就连甫三山这个亲弟弟也只略有耳闻，此刻见他待自己还算客气，甫三山暗暗疑惑，忙赔笑道："小王技不如人，让魔帝见笑，此番大恩，小王自当铭记，来日若有用得到的地方，定然效劳。"

魔神道："魔、妖同出一脉，吾看妖皇之面，无须客气。"

甫三山也不敢多留，奉承两句便告辞离去。

田真想了想，低声问："陛下是想借这件事向妖皇道歉吗？他生性记仇，恐怕未必会领情吧。"

“吾无须道歉，他也不会接受，”魔神道，“但魔、妖两界将来必须合作，他需要一个友好的理由。”

田真不解地问：“陛下不是说跟他合作没有好处吗？”

“吾自有道理。”魔神没有多解释，转向几名吓呆的神将，双眸微眯，“对付妖界小王，以多胜少，无能的凡神。”

无能不是错，你思想品德又不及格了，田真迅速抱住他的手臂：“陛下，你做什么？”

魔神看她一眼，不语。

“表弟，何必动怒。”温和的声音自头顶传来。

田真愣了。

不知何时，云中已站了个人，白衣广袖。

魔神缓缓道：“你是怕吾伤了他吗？”

杀气渐浓，袖底藏招，田真此刻放手也不是，不放手也不是，待要解释又不知道说什么好。

朝华君看看田真，道：“表弟，她本是我宫中的人，若能网开一面……”

“王在说什么？”田真诧异。

魔神挥开她：“想回神界吗？”

田真上前两步去追，哪里还有人影！

“小凰儿。”一只手拉住她。

想不到会出现这样的误会，田真倒没怎么担心，此神脾气发过，应该很快就能想明白的，她转回身看着朝华君，冷冷道：“你故意的。”

朝华君没有否认。

“龙女已经送还给你了，如果你还想劝我回神界，那就不用再说什么了。”

“你能维护我，我很高兴。”

田真抽回手道：“身为弱者，我只是本能地不喜欢杀戮，也不想看到毫无理由的杀戮，换成别人我一样会救，并不是因为你。”

“你虽叛离，我却不曾想过害你，”朝华君语气也不复平静，“凰儿，当初我待你好的确有缘故，所以才让你误会至此，但那些事也绝非全是假，难道你当真不清楚？你我一定要这样？”

田真沉默了。

最初自己只是一只灰凤凰时，他的好的确是没有假的，至于后来那些暧昧，自己也已经分不清是真是假了。

朝华君突然道：“记得当初我遇见你的时候吗？”

田真莞尔：“怎么不记得，我把自己当成了天鸡。”

朝华君含笑：“那时见你伤了最美丽的彩羽，迷失本性，小小的缩在天鸡群里，甚是让人爱怜。”

就是出于这点爱怜，他带着她离开天海孤岛，真正走入了这个世界。

田真低头：“谢谢王。”

“神界叛逆的身份，已是死罪，”依旧动听的声音，多了几分黯然，宛如忧伤的音乐，“但无论如何我都在尽量护你周全，小凰儿，为何就不能像往常那般陪在我身边？”

田真缓缓摇头：“王肯送来心头血，无论是出于什么原因，都谢谢你。”

朝华君将她拉入怀里：“为什么？”

回忆固然美好，可是当所有美好都变成回忆之后，剩下的东西就不多了。田真不知道该怎么形容此刻的心情，曾经可以撒娇的怀抱，依旧温暖，可惜这个人到底不够了解自己。

“王会放弃龙女吗？”

“没有她，你会回来我身边？”

“之前会，现在不会。”

“你是真喜欢他？”朝华君道，“因为他救你，还愿意为你解毒？”

“这算是一个原因。”田真也说不出什么理由，英明又爱听奉承话的神，骄傲又自负，好战又好面子，危险又安全，思想品德时而优秀时而不及格，还经常高高在上地拿别人做填空题，可他每一个细微的动作与表情，低眉、侧脸、抬下巴，她都记得清楚无比。

那么大的差距，也没有带来太多顾虑。

田真轻轻叹了口气，从他怀里离开，退开两步，什么话也没说。

朝华君微微一震："你……"

"既然她执迷不悟，你又何必再劝。"阴沉的声音突然响起。

神帝！田真暗道不好。想不到神帝会来，这位可不像朝华君好说话，麻烦的是，魔神陛下偏偏跑得没影了。田真顿时焦急起来，我说你一把年纪了还赌什么气吃什么醋啊！你早就没有青葱岁月了好不好！

就该当场向魔神大人认个错的，现在没保镖了吧？

田真欲哭无泪。

"陛下。"朝华君挡在她面前。

神帝带着战神等从天而降，结界自生，不令神迹惊动凡间。神帝脸色很是不好："龙女说得没错，你果然对这个叛逆诸多维护。"

朝华君道："她没有伤害衣衣，对天庭也并无威胁。"

"妇人之仁！"神帝怒道，"凤神内丹在她身上，她对天庭不忠，便该清理，你这个羽族神王是怎么当的！"

朝华君半跪在地："臣愿承担过错，求陛下饶她一命。"

神帝看了他半晌，终是叹了口气，亲手扶起她："罢了，朕与你始终不是外人，只要她肯知错，朕便既往不咎。"

朝华君低头，跟着站起身："多谢陛下，臣这便将她带回神界劝化。"

"走吧。"神帝扶着他的臂，不着痕迹地朝战神递了个眼色。

别人没留意，田真却看得清楚，顿生不祥预感。

来不及细想，战神画戟直戳向她心口！

第十二章 神的智慧

神无功亲自出手，田真哪里躲得过？正待领死，那画戟却被一只手握住。朝华君亦是有城府之人，岂会那么容易被骗？他深知神帝个性，早有准备，及时挡下了杀招。

“陛下！”

“天庭叛逆者，留不得！”神帝面色一寒。

战神弃画戟，掌风再逼田真。朝华君待要接掌，突然旁边卷来另一道凌厉杀气，直取田真。朝华君面色大变，分身不及，扑过去挡招。

“住手！”神帝变色，大喝。

纤纤玉手仍停留在心口，掌力催凤丹，羽族王气不断流失。

朝华君看着眼前人，有些艰难地唤道：“衣衣。”

刚开口，便有鲜血流下。

“是我，你欠我的。”德音龙女微微抬脸，面无表情地道，“一个叛逆者也值得你维护，你心里想什么？”

多年相伴，多年苦寻，再回首时情已冷。

“是我欠你。”朝华君轻声，随即倒下。

田真慌忙将他抱住，面对这两个人的感情纠缠，田真也实在不知道该说什么，唯有沉默。

神帝疾步上前捉住朝华君的手，送入真气，奈何凤丹破裂，根本无济于事，神帝顿时铁青了脸，又痛又怒："糊涂！为了这个叛逆者，你……让朕失望！"杀田真不成反折了臂膀，这也是他没有料到的，朝华君一死，势必影响神羽族。

"是我动手，与天庭无关，"德音龙女收掌，回身跪下，"请陛下降罪。"

"不……"朝华君挣扎着说话。

"无情的女人，"低沉的声音自半空传来，"枉为神龙后裔。"

听到这声音，神帝与众神将都变色，立即退避戒备。田真则喜出望外："你回来了！"

魔神并没有像往常那样直接动手："吾不归来，你便要叛离吾？"

田真开始头疼。

"陛下，朝华君……"神无功低声。

今日此举恐怕激怒了魔神，多留无益，朝华君已是重伤无救，回神界必死无疑，落到魔神手里或者还有一线生机。神帝目光晦暗，挥袖说了一声"撤"，带着众神将回天庭去了。

朝华君已近昏迷，呼吸微弱，却还紧紧抓着田真不放。

两道不善的目光落在身上，田真也知道不妥，狠心挣开朝华君的手，果然就看到那杀气阴暗的脸转晴了几分，田真此时也高兴不起来，勉强露出个比哭还难看的笑："之前真的只是误会。"

魔神"嗯"了一声，走到她面前。

他大概也是想通了才回来的。田真松了口气，索性放开朝华君，起身道："他总是为了救我才……"

"哼，一出好戏。"金边袍袖挥过，魔神带着朝华君消失。

田真连忙追上去。

两个出去，三个回来，多的那个还是大名鼎鼎的羽族神王。魔界轰动了，众魔私下做出各种猜测，很快就有人去报路冰河。路冰河赶过来想要进言，被魔神挥退，路小残看看哥哥，又看看田真，没敢说什么。

寝殿内，魔神站在榻前，单手凝神光，探视朝华君的伤势。

待他收功，田真忙问："怎样？"

魔神道："内丹破裂，心脉已断，无救，吾以神力为他续命十日。"

田真沉默半晌，问："陛下也没办法救吗？"

魔神反问："你希望吾救他？"

田真捧住他的手："陛下不想？"

魔神盯着她半晌，收回手："狡诈的凤凰。"

"这么说，你真的有办法？"田真再次拉过他的手。

"优婆山尚有凤神一缕神气存留，以你体内的凤神内丹牵引，可救。"

优婆山？田真怔住。

魔神道："怎样，你仍然想救他？"

"我到底欠他人情，是他把我从天海带出来的。"

"牵强的理由。"

"好吧，"田真忍不住一笑，"我们有过感情，就算已经过去了，他对我还是不错的，这次也是为救我才这样的，我不忍心看他死，我同情心泛滥，你别生气，我现在真的已经不喜欢他了。"

魔神抬手，带得她的手也跟着抬起："诚实的凤凰，有情有义。"

"陛下没我诚实，"田真松开手，改为抱住他的腰，仰头看着那双狭长的眼睛，"我要是不救他，你难道就真会看着他死？"

魔神移开视线："凡神，却是吾这转世之身的血亲。"

"所以陛下才是有情有义啊，"田真正色道，"这事你别管，就让我带他去优婆山吧。"

"担心吾？"魔神道，"吾会怕区区杀阵？"

田真抿了抿唇，当时奂天女离开，为了警告自己而说出他功体有损的事，龙女在旁边也听见了这番谈话，如今这场变故很可能是一个针对他设计的圈套，绝对不能让他靠近优婆山。田真坚持："你不怕，我怕。总之你必须听我的，留在魔界。"

"凤凰，你有何能耐命令吾？"对于她这番话，魔神似乎是感到好笑，"既是神界阴谋，你独自前去，危险。"

田真摇头："神帝针对的是你，不是我，只要你没事，他就不敢轻易杀我。"

"愚蠢，"魔神道，"折磨你，当场杀你，皆可引吾现身。"

这个的确是有可能的。田真眨眼道："那样的话，陛下就去掀了他的天庭，替我报仇好了。"她想了想又道："如果真的是阴谋，神界肯定早有准备，天王和小残也不用去了吧，以免造成不必要的伤亡。"

魔神摸摸她的头发，半晌哼了一声，推开她，侧身："去吧。"

"生气了？"田真转到他面前。

"没。"

"我看出来了，你就是不高兴。"

朝华君的伤势不能拖延，田真次日便带着朝华君动身，离开魔界，乘天马车直奔大荒。

魔神依她所言，没做多余的安排。

夜晚没有月亮，没有灯笼，天马依旧能以极快的速度奔驰，外面模糊的树影不停地倒退。茫茫大荒，神界恶地，田真不记得是第几次来这里了。说也奇怪，她的体质分明是神族中最劣等的那类，这次匆匆赶路，几日下来不眠不休，精神居然还不差。

身旁，朝华君脸如金纸，全无意识。

田真忍不住想起当初那场灰姑娘般的相遇，羽族神王坐在火凤背上，白衣金腰带，温柔如画中仙人，眼睛里有戏谑，有关切，也有疼爱。

与缺点多多的魔神相比，他太完美，不可否认，在他面前，她的内心一直都有着那么点自卑吧，所以才会在龙女出现后轻易选择了放弃。他对她的好，带着目的，却也有真心。曾经恼他的利用，却没料到他还肯舍身救自己，该骂他多情吧，然而被救的人是自己，也就讨厌不起来了。

等到明日太阳重新升起的时候，一切将回到该有的模样，此事结束，两人之间的牵绊也该彻底结束了。

天微亮，马车停下，优婆山已近在眼前。

晨风扫尘沙，吹在脸上冷冷的，心头也跟着一阵不安。田真定了定神，将朝华君平放在地上，随即她也盘膝坐下，按照指点催动内丹，感受风神所遗留的那一丝神气。

风神内丹牵引，冥冥中似有感应，一缕金色王气自神山上游下来。

魔神说得果然没错。田真松了口气，小心翼翼地将其聚拢，引向朝华君的心口。

上古风神所留精气，接续心脉，大约过了两个时辰，内丹上的裂痕开始消失，俊脸上颜色渐渐地好转。

朝华君苏醒，看着她不语。

“我们会救你，你早就猜到了吧？”田真开口，“但他还是让我救你了，如果是阴谋，那你们可以放弃，因为他并没有来这里。”

朝华君不答，微微皱眉：“神怒。”

“什么？”田真莫名。

“危险！”朝华君突然起身，带着她后退。

不知何时，优婆山顶竟亮起了一片红云，像是艳艳燃烧的天火，翻涌的热浪困住两人身影，移动不得。

红云迅速遮住上空，仰望尽是燃烧的火，竟有毁天灭地之势。

骤然，云中迸出一道赤箭，朝田真当头罩下！

额上沁出冷汗，朝华君立即将她抱住，护在怀里，全力铸下一道结界将两人护在中间，谁知在那天火攻击之下，牢固的结界竟不堪一击，顷刻就被燃尽，天火仍不依不饶地朝田真卷来。

心知那火不简单，田真颤声道：“这是……”

“这是涅槃之火，”低沉的声音响彻天地，代替朝华君回答了她的问题，“牵引风神神气，唤醒风神涅槃残留意识，必将承受风神之怒。”

“陛下！”田真猛地回头，震惊。

赤色的天，灰色的地，尘沙中出现一道高大身影，黑袍被罡风鼓起，他一步步朝这边迈进，杀神之威进逼，天地亦为之胆寒，涅槃火顿时暗淡了几分。

朝华君松了口气：“你来了。”

天降神火，蓝光及时护住两人，形成牢固的光罩，火焰凝聚成火龙，不甘地在光罩外盘旋、碰撞。

“凤神，昔日吾败你不需十招，如今你不过是区区一缕意识，安敢与吾对抗？”魔神抬手，额前长发飘拂，俊脸上尽是阴暗杀气，“一半功体又如何？凤神之怒，不过尔尔！”

神力推进，火龙被迫退回红云之中，头顶滚滚红云挣扎片刻，终于颤抖着朝优婆山顶退缩，露出灰白色的天空。

田真回过神，又急又气：“你来做什么？你快走！”

“聒噪！”魔神侧脸，“阴谋者，轮到你们现身了。”

话音落，原本空旷的山脚出现了无数人影。

数十万大军阵容整齐，两面醒目的旗帜被风吹起，分别是神、仙两界的标志。被神所弃的上古神山，忽然间众神云集，怨气更重，山顶生阴云，大片大片的往下压，与山脚圣气混作一团。

上古大阵运转，将田真与朝华君笼罩在内。

田真立即推开朝华君：“是你？”

朝华君看着她：“凰儿，你说这种话，让我失望。”

田真迟疑了一下，没有说什么，扫视四周。

这次两界怕是倾尽全力而来，阵容明显比北涯那次更强大，除去战神神无功、月王与仙界九弗太宫等人，神帝弑中天与仙帝关河月微也并肩立于云楼顶，金色华盖映着紫色华盖，极为贵气。

对上她的视线，关河月微沉默半晌，声音清晰地送入她耳中：“小凤凰。”

田真道：“关河月微，你也要拿我做筹码？”

关河月微叹气：“我是文犀，也是关河月微。”见田真不作声，他又轻声安慰：“你别怕，事成后他们会放了你的。”

田真果断地不再看他了。

这边魔神神力再催，凤神意识终于被彻底压制，山顶涅槃之火熄灭。魔神收掌，上升至空中，俯瞰大阵。

众神仙紧张，亦不敢怠慢，用于守阵的力量又加了几分，但见金光紫气萦绕，层层堆叠如宝塔。

魔神看毕负手："设此大阵，是有必胜的把握吗？"

神帝惬意地道："七弟会来救一个羽族女，实在令朕意外。"

"虚伪。"

田真纵然满腹焦虑，听到这句评价也板不住脸了，她咬牙道："谁让你多事？"

"嗯？"狭眸扫过来。

田真下意识地颤抖了一下，将心一横："我已经决定回神羽族，不会跟你回魔界，谁让你救我，别白费力气了。"

"背叛，吾当拿你问罪。"

"他们不敢杀我！"田真忍不住骂，"你还送上门来，傻啊！"

"凤凰，"魔神指她，警告，"一次机会，离开神王。"

声音里是赤裸裸的威胁。田真咬唇看看身边的朝华君，到底是走开了几步，朝华君神色一暗，也没说什么。

魔神似是满意，收手："休息吧，待吾破阵救你。"

神帝闻言大笑道："七弟以为，你这一半功体，还能对抗两界之力？"

魔神道："两界之力，不在吾眼中，吾亦有魔界战力。"

大片魔气卷来，形成黑色魔云，一支魔军从天而降，约有数万之众。

魔军阵容整齐，战旗招展，旗下是九死沧、魔业护法等数名大将，阵前左右两边，天王路冰河紫袍飞扬，英武威风，浑身充斥着战意，小天王路小残红袍小袖，小脸隐隐生出煞气，令人不敢小觑。

神帝脸色不太好了。

六界皆知，魔帝素来骄傲，喜欢以一敌众，最多不过带上两个儿子，想不到这次他为了救人竟调用魔界兵力，己方虽然不惧，但牵制起来总是麻烦。

魔神视线落在战神神无功身上："吾儿，你的对手在了。"

路冰河应声出阵，伸右手，瞬间工夫手中便多了柄银色钩镰刀，嵌紫色宝石，与银发紫袍相辉映，冷艳夺目。

对上魔界天王，战神亦不敢轻敌，神无功抢先出招，画戟迎风横砍，卷起火色气浪。路冰河紫眸微冷，身形瞬间跃起，避开那气浪，同时手里的钩镰刀直劈下去。神无功冷笑，待要回护，不料那钩镰刀中途一转，一送，竟变作钩割之势，好在他也应变得快，身体前倾，堪堪避开。

两人实力相当，巨响声中已越过了几座山头，战到远处。

大鹏王垂天伤未痊愈，没有出现，路小残对上的是另一名天将，应付起来不算太吃力，加上小家伙计谋多，问题不大。

再看这边，阵气冲霄，金色紫色光圈层层扩散，隐隐有五彩圣气飘浮，可知威风非同凡响。面对两界数万高手合力布下的强阵，魔神虽功体远不复从前，脸上却仍无半分惧色，好战的本性反被激发，身形自云中直直坠下，落地站定。

双眸一眯，神光映天地，招未出，万千兵将已觉胆寒。

“这样，就要与吾匹敌吗？”

一声冷哼，魔神缓步入阵。每踏一步，足下大地随之颤动，神力排山倒海般压向云楼，气流撼动结界，云楼咯吱摇晃。几名仙官见状连忙掠上前相助。云楼顶，神帝与仙帝关河月微仍神色镇定地立于栏边，袖中的手却已同时握起，暗中运功戒备。

神力尽收，魔神“嗯”了一声，负右手于身后，半抬左手戒备，原地不动地观察法阵变化。

不出所料，法阵承受这样的强势攻击，立即反弹运作，生出无数道闪电朝他射去，尽数被他身上的护体神印挡开。

田真额间直冒冷汗，欲言又止。

众神仙都明白，他这不过是有意试探法阵的威力，并未出招，因此方才虽守住阵，却依旧无人敢大意，全神戒备。

魔神的声音终于再次响起：“上古神阵为凡神所用，威力大减，但又胜在人多，吾当一试。”

左手掌心朝天，缓缓上抬过眉，赤色神光自掌中生，鲜艳刺目。

与此同时，他足底也生起一圈蓝色魔光，向四周迅速扩散，如同涟漪般层层荡开，所过之处土石崩毁，巨响声不断，大地瞬间被铺成了美丽的蓝色。

袍袖展，身形仿佛立于海上，恍如传说中的海神。

“杀道，渡海。”

顷刻工夫，足底的蓝波忽变血海！

掌骤翻，赤光炸裂，如同飞溅的鲜血，扑向阵壁！

阵壁受神力冲击，如同气球般膨胀，轮廓越来越薄，眼见即将被胀破。神招既出，胜负难料，神、仙二帝见情势危急，终于也沉不住气，同时发招，两界至尊亲自扶阵，法阵得王气相助，再增威力，停止膨胀。

一个要守，一个要破，双方互不让步，勉力施为，一时竟相持不下。

田真面色发白，紧紧咬住唇。

突然，五彩圣气暴涨，吞没杀神赤光！

阵壁猛地收缩！

地动山摇，震耳欲聋的响声过后，云楼几欲崩塌，数千天兵化为虚无，余者纷纷退后。

魔神虽有应变，但功体折损，防守上难免薄弱许多，两道五彩圣气穿透赤光，击中肩头和胸口！

伤处血涌，半晌，嘴角亦有血溢出。

实力大折，证实了他的确只余一半功体，众神仙终于松了口气，斗志高涨，魔业护法与九死沧等人见状焦急，无奈近不得阵，又被几名天将缠住，虽稳占上风，却难以抽身相助。

神帝笑道：“七弟功体折损，比朕想的要严重。”

伤处的血自动止住，魔神亦不曾后退半步，抬眸道：“这，就想困吾？”

神帝道：“无论如何，朕与你都是名义上的兄弟，你若肯主动回归太上镜，朕念及手足之情，便不再计较，否则……”

他还未说完，就被魔神打断。

“是吗？”

美眸一眯，数道赤光如长龙直逼云楼顶，虽被法阵化去大半，却仍有一道冲破阻力，向神帝而去。

神帝见状惊得后退几步，朝华君离得近，立即回护，关河月微也被迫抬掌，三人合力挡下神招，那余力仍将神帝面前的栏杆击得粉碎。

当着三界将士的面出丑，神帝色变，冷笑道："弑中流，你……"

风起，田真惊觉不对，失声："陛下小心！"

天地间升起无数旋风，如同小小的漏斗，飞快朝这边移来！

被熟悉的神力催动，上古困神之阵重新运转，优婆山方向降下数道似曾相识的耀眼白光，速度快得不可思议，转折变化，将魔神围在中间，无数光刀从四面八方击向他，源源不绝，根本避无可避。

"杀阵！是太上镜杀阵！你快走！"田真认出来，这正是上古众神遗留的杀阵，曾经害他措手不及伤了脸，如今亲眼见到完整的法阵，威力远胜先前，想他曾经为救奂天女而入阵，最终被封印在太上镜……神帝他们将战场选在这里，打的就是利用杀阵相助的主意，他不来救，神帝未必会杀她，此刻他要脱身出阵并不难。

"熟悉的杀阵，吾有何惧。"魔神负手，竟是从容应对，护体神印瞬间化为淡蓝色光球，急速转动，左右上下顺逆，方向不定，将他包围其中。千万光刀击上光球，却随光球转动而流动，方向顿时发生改变，彼此的力道互制，抵消了大半。

神帝的脸色渐转阴沉。

关河月微吃惊："他竟能破解杀阵了。"

强烈的罡风起，黑暗气息蔓延，俊脸半被长发遮住。

"炎武，到你了。"

低沉的声音回响在天地间，是命令，也是邀请，来不及思考话中含义，天际陡现一道耀眼赤光，携带尖锐鸣声飞来，俯冲入阵。

众神仙大惊失色。

红光渐弱，那物件终于显形，却是一柄极不寻常的大刀，长丈余，通体红赤，似有火焰在刀尖燃烧，威风至极。

魔神伸出右手，赤刀似有灵性，自动飞入他掌中。

炎武，“最忠实的伙伴”原来是他的武器！田真倍觉亲切，看着那执刀的身影，反而平静了。极招出，不知又将有多少性命消亡，然而事实证明，这个世界本就是这样的，过分的善良不适合它。

长刀在手，魔神左掌往下一按！

千里之地，瞬间龟裂，四周的景物全被染成了血色。

上古神威再现，优婆山发出兴奋的低吼声，浊流雪块夹带着神山之力，滚滚而下，砸死神兵仙兵无数。

众神仙惊惶，胆怯的已有退意，阵脚开始不稳。

关河月微冷声道：“弃阵者斩！”

一招定胜负的关键时刻，反正退也是死，众神仙唯有全力扶阵，法阵终定，释放出更加强大的力量。

“一招，”魔神扬赤刀，缓缓转动身形，“太平，生杀。”

身上的神印闪了两下，撤去。

阵内那一片片光刀竟被冻住般，不再流动，六界风云停滞，天地万物静止，连空气都仿佛凝固了。

死寂的空间，毫无生机，充斥着死亡的气息。

骤然，长刀破空！

伴随着优美的弧线，赤色光焰荡开，胜过炎炎烈日，在场所有人都觉双目刺痛。

就在此时，那刀忽又变为横劈。

恐怖的炸裂声中，阵破！神力势浩，有一半法力弱的神仙口吐鲜血，当场毙命！外围离得近的天兵也灰飞烟灭。

田真没有丝毫惊喜，连呼吸都屏住了。

对面的魔神后退两步，拄刀而立。

余波仍未息，云楼即将崩塌，重伤的神帝经侍卫护着掠开，关河月微亦受伤不轻，带着仙将撤下云楼。

阵破的瞬间，田真高声叫道：“陛下，走！”

轰隆声中，烟尘四起，一只黑色凤凰自尘烟中掠出，三条长长的尾羽完整无瑕，光泽美丽，羽冠高耸，清鸣声响彻天地，远送千里。

“拦住她！”神帝眼眸一冷，厉声下令。

月王弹指，三道真气化为光箭击向田真。

几乎是同时，赤光盘旋而来，替她挡住光箭，却是魔神抛出的炎武。

机不可失，神帝、仙帝见他神力不继，杀招同出。

强势破阵，元神大伤，魔神隐忍伤势，稳稳立于原地，及时抬掌挡下偷袭，身上的伤处迸裂，鲜血喷涌。

田真亦明白，唯有自己顺利逃出去，他的危险才能真正解除，眼睁睁地看众神仙趁机发招，竟有除去他的意思，田真既痛且怒，全力冲过去。

眼见众神不及阻止，一道白影突然飞身而起，追上黑凤凰，探手在她背上一拍。

一缕凤神神气被田真引入朝华君体内救命，此刻竟反被朝华君用出来，田真顿时觉得凤神内丹莫名躁动，不由得发出一声奇异的长鸣，似是召唤，又似命令。

众天兵耳膜刺痛，流出血来。

田真变回人形，心头发凉。

“凰儿，抱歉。”朝华君开口。

田真心知不妙，冷笑：“真是委屈你，拿命来算计我。”

“这是我们的计策，”朝华君停了停，“但，衣衣杀我是真。”

田真明白过来。他也没料到龙女会亲自动手，然而此刻说出这些，对她没有任何意义。真正在意她的人，绝不会利用自己。

田真不接这话茬儿：“别忘了是谁救的你。”

“跟我回去，凰儿。”朝华君扣住她的手。

“没有他的神力为你续命，你活不到现在！”

“先天杀神，天地难容，留在世上始终不是好事，我身为神王，许多事必须为神界着想。”

“你这是恩将仇报！”

朝华君并不在意她的辱骂：“他的回归是天意，你如何就不体谅我半点？”

杀神的善良，反被这群争权夺利的人利用来算计他。田真猛地一阵心酸，推开朝华君，朝魔神扑过去。

朝华君追出几步，到底是停住了。

“糊涂！”重要人质被放走，神帝见状大怒，挥手下令，无数明刀暗箭袭向田真，炎武通灵，带极地之力回旋拦截，为她挡下杀招。

一条彩带自优婆山俯冲而下，以迅雷不及掩耳之势卷过去维护，毒雾夹杂毒液，哀呼声起，受伤者无数。

蛇身承受重击，腥血四溅！

神蛇小彩！奂天女自封神识，它却察觉到外面的动静，知道是熟悉的神力，所以赶来相助。

田真落地化为人形，扑过去：“小彩怎么样，要不要紧？”

魔神道：“重伤，无性命之虞。”

田真连忙看他。

内伤深重，开口便有血溢出，魔神并不在意：“忠诚的凤凰，吾险些失去你。”

望着那略有点苍白的脸，听他仍然高高在上地说出类似夸奖的话，田真想哭又想笑，一个字也说不出来，察觉内丹的躁动感更加清晰，田真急忙推他：“你快走……”

话音未落，头顶忽现阴影。

优婆山顶的天空破开，仿佛被硬生生地撕裂，飓风自天外卷来，形成巨大的漏斗状旋涡，将二人罩在中间。

一切变故只在眨眼之间，连那些神仙也看呆了。

“陛下！”众魔回神，顾不得什么，纷纷扑过来相助，却都被强大的天地之力阻隔在旋涡之外，神蛇小彩也急得仰起了头。

无形的力量，要将人卷入旋涡底。

“这是……”田真惊骇。

“太上镜。”魔神足底一沉，护体神印再现，将二人护住，与太上镜的吸力抗衡。

“你知道，还要来？”预感到即将发生的事，田真猛地模糊了视线，用力抱住他，咬牙骂，“谁让你来这里的？他们敢杀我，你杀光他们给我报仇就好了！”

血痕消失，魔神抬手放到她背上，算是拥抱：“凤凰，你不在了，报仇何用？”

你若不在了，报仇有何意义？

旋涡越来越大，携带无数沙尘，挡住所有人的视线，田真身处漏斗中心，已经看不见外面的状况，抬头望，只见那旋涡中心是一处狭小所在，其中万千箭雨，极为凶险。

“太上镜内，非你想象中那般安宁，还要随吾去吗？”

“去。”

“你的眼泪，令吾高兴。”

此情此景太像电视剧了，田真也没力气去骂他变态，喉咙如同被堵住了。

“狭窄的太上镜，容不下太多，”干净的手指抚过，替她擦拭眼泪，“吾离开，你会回归凤王身边吗？”

他还惦记这事，田真不知道该说他什么，只是摇头。

“很好。”魔神左手扶上她的肩头，“凤神内丹，承吾一成神力，为吾守护魔界。”

柔和的力量源源涌入体内，迅速被内丹吸纳，说也奇怪，脆弱的身体承受这股神力，居然没有丝毫难受的感觉。

田真终于发现了问题，变色：“你早就打算回去了！你故意的！”

魔神承认：“今日之事，吾已料知，此劫当应。”

“知道你还要来？”田真缓缓摇头，用力揪住他的前襟，“你顺从天意，为什么又……”为什么故意回应她？为什么说那些令人心动的话？

她似有所悟，喃喃道：“你选中的是凤神内丹，你那么对我，就是为了让我替你守护魔界？你也是想利用我？”

魔神单手握住她的双手：“你这样想吗？”

利用与否，田真没有心情也没有时间去认真思考，头脑被愤怒充斥着，她狠狠地抽回手，接着却脱力般往地上跌倒。

一只手扶住她。

田真想也不想地推开，那手却强行握住她的手臂。

“你要走就走吧，”没了顾忌，她狠狠地盯着他，眼泪不争气地往外涌，“现在他们还是比我们人多，你这些部属子民怎么办？就算我有你一成力量，哪里打得过他们？”

魔神道：“此事你无须担忧，”

也安排好了？田真恍惚。

“凤凰，不要哭泣。”漂亮的手指缓缓抚过她的额，光洁的额上，凭空出现一件小巧的金色额饰，延伸至脑后固定，闪闪发光，美丽非常，“吾送你的礼物。”

他似乎很满意，道：“吾讲过，将这个封印的机会赐予你。”

田真没有留意到变化，只是怔怔地望着他，不能理解。

一句赐予，曾经以为是意外之后的安慰，却不料是早就决定的事实，他安排好一切之后飘然归去，那她算什么？九死沧他们天天练兵又算什么？让她亲手封印他，高高在上的神，从来不用考虑别人的感受吗？

神，始终是神，看得明白也不会在意太多，或许当初就错了？

自以为得到了的感情，到头来竟变成一场利用？不能相信，这些都是他的算计，是早就拟定的计划。

拥有他的一成神力，神帝、仙帝、妖皇怎么会放心这样的部下？这是断绝她再回神界的可能，只能留在魔界效力。替她解毒，留下凤神内丹，这段日子的亲密与感动，包括今天这场营救，难道都是假的？他做这些事，关于她的只是其中一部分？

“凤凰，你不在了，报仇何用？”这么动人的话，也会有假？

大概是知道她在想什么，狭长眼眸看着她，其中竟有笑意，他显然并没有解释的意思。

田真别过脸。

不得已而表白，再被一点点感动，被一点点吸引，俊美的外形，隐藏在骄傲与好战之下的那些个性，尚武、尚德，维护部属，不拘小节，大智若愚，还有偶尔的无理与坏脾气……

不是利用，别人都会利用，唯独他不会，因为了解他，一个内心尚德的神怎么可能做出自己厌恶的事情？其实他对这只凤凰是有兴趣的吧，至少比对别人要更加在意，会因为维护朝华君而介意，那句“娶你为妻”应该不是假话，他所留恋的六界也包括了凤凰吧？只不过神知天意，留下的前提已经不存在，又怎么能够回应太多？有什么可责怪的？

没有责怪的理由，所以他也没有歉意。

田真似乎觉得能够接受了，于是慢慢地伸出双手环住他的颈，迫使他倾身，唇边扯出个笑来：“既然要走了，陛下不介意亲亲我，算是跟我道别吧？”

视线相对，半晌，一只手环住她的腰。

“吾赐予你这个机会，也赐予自己一个机会。”

俊脸缓缓朝她俯下，挺直的、霸气十足的鼻梁压上她的鼻子，再稍稍错开，终于，那薄唇落在了她的唇上。

没有继续的动作，也没有立即离开，因为受过伤，唇间犹带着丝丝血腥味。

长睫微动，可以感受到他的迟疑，田真眼泪急涌，心里却真正笑了。

旋涡之力越强，神印光华渐弱。

终于，魔神轻轻拍她的背，推开她：“吾回了。”

田真闭目。

四周的喧闹声全都消失，眼前一片漆黑，耳畔一片沉寂，不知过了多久，路小残响亮的哭声传来。

“父皇！”

田真慢慢地睁开眼，茫然。

头顶的旋涡已经消失，威武身影亦不在了。

路小残跪倒在地，边哭边用小手擦眼泪，那边路冰河亦收了钩镰刀，垂首，缓缓单膝跪下，魔业护法九死沧等人紧跟着跪了满地。

原是惨败，孰料最后关头会发生这样的变故，代价虽大，收获更大，众神仙喜不自胜，齐拜神、仙二帝。

华盖张，云楼起，神帝、仙帝重登楼顶。

神帝恢复威严，连自身的伤势也不在意了，开口道：“魔神回归，证实魔道天地不容，若肯归降，赦尔等无罪。”

悲愤之下听到这番话，魔界众将大怒，欲上前厮杀，被路冰河制止。

路冰河淡淡地道：“就凭你们？”

眼下兵将伤亡无数，可己方战力仍是占了压倒性优势，神帝侧身看仙帝关河月微：“魔道当诛，今后吾神、仙两界共同把持正道，仙帝意下如何？”

关河月微素有贤名，闻言有不忍之色：“魔众无辜，神、仙两界子民亦深受战火之累，既然魔帝已被封印，我看还是赦免了吧。”

九弗太宫亦颔首叹道：“上天有好生之德。”

神帝待要再说，忽然一阵强劲熏风刮来，风里浓重的邪气让所有神仙魔众都吃了一惊，纷纷转头望去，只见一支大军御风而至，当先那人手执折扇，银发银袍，清素之下暗藏妖娆，竟是妖皇甫千秋。

神帝的脸又冷了：“甫千秋，你想插手？”

“魔、妖同出一脉，如今魔界有难，甫千秋又岂能坐视不管？”妖皇说完，与路冰河拱了拱手，叹息，“前日王弟回来，提及魔帝相救之恩，对魔帝为人甚是敬服，听说出事，便求我赶来相助，我亦料到此事必有阴谋，想不到……唉！终究迟了一步。”

路冰河拱手还礼：“费心。”

妖皇黯然道：“想当初我也曾好言相劝，无奈魔帝一意孤行，如今果然……此事我亦伤感，但恕我直言，眼下天王须以大局为重，保全魔界基业才是。”

路冰河点头：“我明白，多谢。”

田真跌坐在地，呆呆地望着优婆山顶的天空。

救甫三山，原来就是为今日妖皇出兵相助提供理由，他的回归固然遂了妖皇的意，但妖皇也绝不会允许魔界覆灭神界独大的局面出现。他前来救人时，已经以神力破坏了神界通道，所以妖界大军才能这么顺利地进来支援，所有的事，他都安排好了。

该称颂神的英明与智慧吧，为什么仍难释怀？因为没有看到他的悲伤？就这样平静地归去了，甚至连一句道歉也没有。

想要笑一笑，心头却是不尽的苦涩。

“喂、喂！”

恍惚听到有人在唤自己，田真迟钝地转头看去，却是旁边路小残见众人的注意力都在妖皇身上，悄悄伸手拉她。

“喂，够啦够啦！”刚碰到她的手，路小残就低呼，“哎呀！父皇不惜耗费神元改变你的体质，原来是想让你承载神力。”

改变体质？田真低头看双手，终于明白了昏睡七日的真相。

怪不得自己能承受神力，怪不得他功体耗损得这么严重，明明已经离去，身上却留有他的力量，他不知道这样做的后果吗？今后每使用一次力量，都会想起来吧。

田真赌气道：“承载多少神力，我也不会记得的。”

“那真可惜，”路小残擦擦眼泪，道，“父皇还有话让我告诉你呢，你不想听就算啦。”

田真猛地扣住那小手：“他说什么？”

路小残转转眼睛，继续大哭：“父皇——”

田真抓过他：“他说了什么？快说！”

“别这么大声！”路小残以传音之术制止她，“极地冰岛魔莲将开，父皇前些时日与哥哥外出，就是将六界灵脉引去那里。得六界灵气滋养，魔莲开时，地力爆发断天脉，父皇就会借它之力破太上镜，重归六界。”

重归六界？什么意思？

他会回来？

“吾赐予你这个机会，也赐予自己一个机会。”将封印的机会给了她，归来的机会给了自己。

原来如此！

没有道歉，没有悲伤，因为还有回来的机会！

大悲变大喜，田真如在梦中，犹不敢相信："真的？"

"那当然，父皇没有十足的把握，故意不告诉你，你还真哭了。"路小残颇有点幸灾乐祸，"可别太高兴呀，让他们起疑心。"

"什么时候？"

"父皇说五年后，魔莲就会开了。"

按捺不住心头的狂喜，田真一把将路小残拉入怀里抱住，低头将脸埋在他背上掩饰神情，肩膀不住地抽动。

"喂喂，做什么？"路小残挣扎，"快放开我呀！"

"小残宝宝！"田真哪里肯放，抱着他大哭。

"哭我做什么，"路小残气得咬她的手，"恶心！"

"小彩！"田真丢开他，抱住旁边的神蛇继续痛哭。

神蛇颤抖。

路小残拍拍神蛇的脑袋，悄悄说了两句话，神蛇昂首瞧了二人半晌，转身游上优婆山去了。

难怪一直觉得身体有异，原来此神把咱格式化后提高性能了，系统没重装错吧？田真捶地大哭，接着悄声问："我现在打得过那个战神吗？"

路小残很合作地哭了两声，道："找个时候我们引他出去试试吧！"

这边他二人唱和，那边神帝的心情指数急剧下降。

妖皇摇摇扇子，不紧不慢地笑道："通道已毁，神帝还不肯撤兵，莫非想将天庭让给别人住？"

通道被破坏，门户大开，后方空虚，众军疲惫，如今妖界插手，再战显然不明智，神帝几乎是从牙缝里挤出个"撤"字，关河月微自然无异议。魔神归去，目的已达到，仙界实力不及神界，果真消灭魔界，对仙界并无好处。

两界将领领命，各自清点残兵。

朝华君走到田真面前："凰儿。"

"你别假惺惺的，"路小残擦擦眼泪，跳起来拦住他，恶声骂道，"她才不会跟你走！"

朝华君看着田真。

关河月微不知何时也站在了前方，却始终没开口。

“对待敌人也要讲礼貌。”田真拉过路小残，面无表情地走到路冰河旁边，直到两界联军撤走，也不曾再看两人一眼。

妖皇道：“魔帝之事，还请天王少些悲痛，多多保重，我就不打扰了，告辞。”

路冰河道：“事发突然，恕我失礼，贵界厚谊容来日再答谢。”

“天王客气，请。”

“请。”

优婆山恢复宁静，冷冷的天风吹散尘烟，留下满目疮痍的大地，证实着曾经发生过的战斗。

目送妖军远去，田真暗暗微笑。

好吧，在这以万为计年单位的世界，五年其实不长，咱有的是青春等待，有了机会，还怕找不到办法助他？

不知这一场欢喜，哭又笑，却是谁的阴谋，谁的智慧呢……

陪众魔挤出几滴眼泪，她转身去抱路小残：“吾儿不哭，你父皇不在，还有娘疼你……”

路小残撒腿就跑。

“吾儿——”

番外一 魔神归来

世界就是这么奇怪，没有永远的朋友，也没有永远的敌人。魔神的回归，六界的风波并未因此平息，失去共同的威胁，他们开始关心各自的利益，短短五年，局势反而变得更加混乱。

失去互相利用的价值，神、仙两界联盟开始出现裂痕，关河月微治理有方，仙界的兵力日渐强大，不再甘于依附神界，屡次拒绝神帝出兵魔界的要求。道理很简单——老大要求老二一起去灭掉老三和老四，聪明的老二意识到此举对自己有害无益，表示不干了，关河月微近两年逐渐露出与妖界、魔界和平共处的意思。

共同的敌人反而可以促进团结。

极地冰海，阴风寒如刀，无数浮冰顺水流漂移，大大小小如山丘，两界大军列阵冰上，杀气冲天。冰上一女子立于阵前，额间金饰闪闪，黑袍被风鼓起，衬得肌肤白皙，称不上绝世美貌，却极英气，有几分战将的味道。

“一别五年，朝华君风采依旧。”

朝华君看着她半晌，微笑：“你倒是更胜当年。”

失去最强大的庇护者，魔界子民的危机意识提高，抓紧修行，随时备战，大事都由路冰河兄弟二人做主，魔业护法与九死沧等人负责练兵。身怀风神内丹，承载魔神之力，田真在危急关头几番击退神界大军，从此人人都知道魔界有个强悍的三护法。

“客气，”田真表示不解，“巧得很，朝华君怎么会来这里？”

朝华君道：“我要问同样的问题吗？”

田真笑起来：“我当然是听说朝华君领兵来极地，觉得奇怪，所以匆匆过来想要凑个热闹。”她停了停道，“极地荒凉，朝华君此来必有目的，能让神界这么重视的事肯定不小，魔界自然也怕你们捞到太多好处，想要分一点。”

朝华君道：“如此，何必大动干戈，有无好处尚且未知，同行探个究竟即可。”

田真制止想要劝说的魔业护法：“朝华君不介意就好。”

一旦魔莲盛开，引发地力切断天脉，他就能借此机会冲破太上镜。然而五年过去，极地冰岛至今仍无半点动静，魔莲盛开的日子难以确定，若是令神界生疑，引来两界大军，事情就不妙了，眼下当以拖延时间为上。

当下双方下令，两军并头朝冰海深处行进。

日暮云散，冰海平静且并无任何异常，朝华君不动声色令就地扎营，田真亦令魔军在一里外安营。夜幕很快降临，层云散去，露出数点星光，冰海之上一片沉寂，唯见大大小小的冰山漂过，折射着星光，闪烁着美丽的银色光辉，偶尔会发出碰撞声或碎裂声。

因为魔神归去，魔界旧部深恨神界，两军表面合作，其实各自都在暗中戒备。

田真坐在高高的冰山顶看星星。

回想当年，两人共看虚天灯火，“吾看这熟悉的天空，竟生出不舍之感，似要离开它了”，那些眷恋，促使他造就了这个归来的机会。整整五年了，为什么还是没有动静？朝华君忽然带兵来此地查探，有何目的？神界是不是已经发现了什么？

思绪虽远，人却依旧警惕着周围的动静，田真忽然站起身：“朝华君。”

朝华君立于冰上：“凰儿，你还好吗？”

“好不好都是这样，”田真道，“你和我都早已经做出了选择，再提往事也没什么意思，不如商议眼下的事。”

双眸更暗淡，朝华君点点头道：“本无大事，我只是偶然发现，神界的灵脉走向发生了变化，当然六界灵脉原本就流向不定，无甚稀奇，但此番改变委实太过奇异，令人费解。”

田真面不改色地“哦”了一声。

朝华君看着她道：“据我探察，仙界、鬼界、妖界与人界的灵脉走向也都发生了改变，它们竟都流向了这极地冰海，不像天然，倒似有意而为。”

果然是为灵脉而来，田真没有发表意见，道：“能将六界动向打探得这么清楚，你们的本事不小。”

朝华君道：“不知魔界的灵脉有无异常？”

田真道：“你不是已经知道了吗？”

朝华君道：“你也是为此事而来？”

“不错，灵脉异常，恐怕会生出什么变数，所以也想要探个究竟，”田真并不回避他的视线，微微扬眉道，“神、魔两界第一次合作，希望不会结束得太快。”

朝华君道：“时局混乱，合作下去也不是没有可能。”

神界已经察觉，这是他归来的唯一机会，唯有尽力拖延时间，实在万不得已的话……田真当即转身道：“明明站在一起，却还要时刻防备暗算，这样的合作太累，不如各自回去休息吧。”

“凰儿。”

田真站住。

朝华君沉默许久，轻声道：“其实我一直在等你归来，只是没想到，你已经……能很好地保护自己。”

田真道：“我身上的力量在提醒我，我不是什么凰儿，而是魔界三护法。”

“你还是不肯忘记。”

“朝华君能二十年不忘记龙女，我想，我会更久一点。”

话音刚落，田真猛然回身与他对了一掌，掌风里，两人各自退开数丈，落在冰上站定。

空气中，奇怪的黑暗气息在弥散，气氛异常压抑，令人心神激动，不知何时，头顶的天幕已被厚重的云层遮得严严实实，星光消失，整个冰海变得漆黑一片。

没有多余的责备，也没有人再说话。

两人都全神关注着这突如其来的异变。

黑沉沉的海面不再平静，仿佛被什么东西搅拌着，开始动荡，逐渐变得剧烈，水浪飞溅，冰山相互碰撞，发出巨大的、刺耳的声响。

几年征战，魔兵们早已临危不乱，见状都惊起，魔业护法迅速整顿好队伍赶过来，几乎是与此同时，神界的队伍也已整齐待命。

朝华君与田真都不动。

那是……

视线尽头，海天相接处亮起蓝色魔光，越来越清晰，蓝光映照下，海面美丽非常，诡异非常，四面海水都流向一个方向。

朝华君当即变色："众军听令，速速前进！"

话音未落，前方的景物忽变，冰海与魔兵全部消失，众神兵竟已身处一座死气沉沉的山谷之中，不见路径，不知边际。

很明显，这是被结界困住而产生的幻境。

冰海之上，一个红色透明的巨大结界将对面众神兵罩住，田真对魔业护法的指挥很满意，训练这么久，总算抢得先机，对方唯有朝华君一名强敌，这大阵应该能暂时阻止他们，多拖延些时间。

发生了什么？强烈的预感已经告知了答案。

太上镜乃上古众神合力所设，威力非同一般，他会成功吧？

田真立于阵心，袖中的双手紧握，再也掩饰不住心头的激动。

朝华君道："你早已知情。"

"知道什么？"田真笑道，"我只知道，真有什么好处，与人分一杯羹，哪有自己独吞来得好。"

心头的隐忧竟变成现实，形势紧急，朝华君断然道："凰儿，你再不让开，我不会留情。”

这个神王还是那样，冷血的多情。田真直接用行动回应，提掌当胸，结界更加牢固。

继续耽搁后果严重，朝华君当下不再迟疑，高举右手，掌心凝结红光，旋转而出，直击结界。

红光炸开，结界坚固无破绽。

朝华君倒退两步，意识到不对：“你……”

田真道：“隐藏实力，谁都会。”

朝华君沉声道：“大军很快就要到了，仙帝与妖皇也必定会来，你以为这种时候，妖界还会站在你们那边吗……”

“你是说回去报信的人？”田真打断他，“我忘记说了，来的时候我特地让小残在后面留意着，只怕他们都已经被小残截住了。”

说话间，远处又有了动静，蓝色海平线上，竟冒出一道巨大的黑色阴影。初看是个刚破土的嫩芽形状，小芽迅速生长，不多时就长出了直直的茎干，卷出几片嫩叶，尖尖有角，正在逐渐舒展成形！

“魔莲！果然是魔莲，六界灵脉，果然如此！”朝华君微微闭目，语气冷了，“凰儿，你不要逼我。”

田真道：“是你在逼我。”

“若在别处，或许此阵能困住我，”朝华君平抬双臂，凤翼张开，金灿灿的耀眼夺目，“但你忘记了，我们沿路寻来，脚底这一条正是神界灵脉。”

田真心头猛然一震，意识到出了问题。

神族之王，必能借助神界灵脉之力！

没有时间思索对策，羽族神王凝聚十万年修为，发出最强招式，神力绚烂如焰火，铺天盖地而来！

田真也无所畏惧，双掌推出。

然而就在此时，她体内骤然产生异变！

凤神内丹躁动，功力竟控制不住地逐渐流失，仿佛被什么牵引而去。

田真明白过来。

是了，他要借机破太上镜，所以回收神力，欲求一举击破，路冰河和她都失算了，恐怕连他也没想到外面会是这种情况。

躲避不及，美丽火焰已至面前。

涅槃之火，凤族子民谁能承受？强招碰撞，田真只觉浑身剧痛，五脏六腑如受焚烧，再也忍受不住，当即张口喷出鲜血，跌出两丈远。

“你……”朝华君收招看她，最终还是朝魔莲处掠去。

心知不能让他抢先，田真翻身爬起，吩咐魔业护法阻拦神兵，紧接着也化作蓝光遁走。

极地的海面上浮现出一座从未见过的巨型冰岛，上面长着株黑色巨莲，高耸入云，莲叶片片展开，顶上已有了花苞。

朝华君毫不迟疑地出招，横斩莲茎。

危急关头，一团蓝色光球凭空飞来阻拦，光球破，火光灭，紧接着一道黑影滚落于地。

朝华君忍怒道：“凰儿，你！”

“再来。”田真迅速爬起来，拭去嘴角的血迹。

说话的工夫，魔莲已有几片花瓣不知不觉地张开了。

朝华君冷声道：“你并非魔族，不可能借到魔莲之力，让开。”

再接强招，田真后退数步，摇晃着站稳。

眼见莲花就要完全绽放，朝华君终于闭目，金色凤翼张开，涅槃之火再现，直摧魔莲。

没有避让，炎炎火光越来越近，似欲焚尽一切，让反抗的人灰飞烟灭。

仅余的神力，筑成最后的、薄弱的结界。

不知道会不会后悔，心头就是有点惋惜，田真立于原地，正要闭目——

忽然，头顶的天幕闪现几道长而耀眼的银光，仿佛是巨大的裂缝，刹那间层云齐散，天光泻下，冰海恍如白昼，魔莲完全绽开，莲中数道黑气冲出，直入半空裂缝之中！

长空风起，隐隐传来一道响声，很遥远，有如山崩。

火焰灭，冰海寂，朝华君收招。

田真倒在地上艰难地喘息，不知是悲是喜。

许久，四周的光线重新暗下去，天幕恢复平静，星光再现。庞大的魔莲仿佛失去了生命力，迅速枯萎，无声倒落在地化作尘土，只留下一粒碧绿晶莹的莲子。

朝华君默默地在原地站了许久，最终叹息一声，俯身从地上拾起那粒莲子，缓步朝田真走过去。

田真勉强爬起来，踉跄后退：“朝华君这次手下留情，我会记住。”

见她这样防备，朝华君没说什么，将莲子重新放在了地上。

魔兵神兵匆匆赶到。

“天脉已断，”朝华君转身，声音略显疲惫，“回去吧。”

田真被搀扶着站稳，望着那背影笑了笑。再次放过自己，大概还是在算计？担心魔界报复，好为将来的求情留下退路？

芥蒂早已根深蒂固，便没什么信任可言了。

出冰海，远极地，归去途中，十方虚野处处都有受创的痕迹，山头被削，木石滚倒，仿佛遭受了巨大的地震。

亲眼见到魔莲成功开放，却不知结果究竟如何，田真焦急又不安，与魔业护法一起带着众魔兵日夜兼程赶回虚天魔界。

莲子吃下，受损真元逐渐恢复。

离魔界越近，心跳越厉害，田真既害怕又期待，对于她拼命维护魔莲的事，魔业护法并不知底细，忍不住责问。

“灵脉究竟是怎么回事？”

“此番魔莲盛开，也不见有什么好处。”

“你差点连命都没了，不该鲁莽。”

他兀自责备，田真忽然停住行进，直直地望着前方。

感觉到气氛不对，魔业护法开始莫名，跟着抬头一看，顿时也傻住了。

天地间，强烈的魔光将层云映得蓝莹莹的，云中立有一高大黑影，宽袍广袖，发饰闪着炫目金光，浑身气势迫人。

太上镜破，杀神再临六界。

“凤凰，你辛苦了。”熟悉的鼻音，浑厚威严，依旧高高在上如同赐予，他站在那里，没有主动迎上来。

分别不过千日，中间却好像隔了千万年。

田真嘴角抽动。

见她无任何表示，魔神明显不满了：“嗯？”

好面子的魔神大人，自然不会当着这么多部属的面主动，田真仍是故意站在原地，甚至将脸别过去看风景，只悄悄用眼角余光瞟他。

“陛下！陛下回来了！”魔业护法先回神，又惊又喜又怕，声音都吓得颤抖了。

众魔兵纷纷跟着跪倒参拜。

魔神终于抬起一只手：“凤凰！”

听出不容抗拒的语气，田真终于失笑，扑过去。

久违的怀抱是这么的近，她迫不及待想要奔入其中，一颗心在胸腔中跳得厉害，她明明要笑，偏偏又想哭，欣慰、委屈，各种感情杂糅在一起。

魔神单手接住她。

低低的眉，狭长的眼，没有半点变化，深黑眸底沉淀着一丝温柔。

“凤凰，让吾思念。”

此神的表达向来直接，田真想要做出点娇羞的模样，无奈嘴角已不听使唤地弯上去了，她拉住他额前的那缕长发：“几年不见，陛下还是这么貌美。”

魔神抬眼评价：“你，丑陋了。”

“说谎的陛下。”

“是吗？”

“陛下长了一双太诚实的眼睛，它会出卖你。”

魔神低头道：“识破吾之谎言，这就得意了吗？”

“当然，”田真仰脸笑，眼圈却有点红，“谁知道你也会说谎，那时候我以为你真的……”

魔神抚摸她的眼：“令你悲伤，是吾之过。”

此神经常是把别人气死、拍死了，然后来一句“是吾之过”，田真愤愤道：“陛下，道歉要有诚意！”

魔神大笑。

强大的庇护神回来，魔界上下欢腾，路冰河早已率众将等在魔神殿上，与他同登神阶受众魔参拜，直到回了寝殿，田真的脸还在发烫。

寝殿墙后，池水依旧清澈见底。

魔神扶着她的肩，问道：“为吾受的伤吗？”

语气虽没多大变化，却能听出其中的爱惜之意，田真心内甜蜜，口里道：“没什么。”

魔神道：“随吾沐浴，吾为你疗伤。”

听到要陪浴，田真迅速转身就走：“不用了不用了……”

扑通一声，人已被丢进了池里。

田真扑腾着冒出水面，怒斥：“陛下！”

岸上已空无人影。

人呢？田真正在疑惑，忽然觉得身体被什么东西缠住，慌得她低头看，只见清波荡漾，一条威风凛凛的赤鳞龙盘旋在身旁，龙身鲜艳如火，紧紧缠着她的腰，不容抗拒的强势。

理论上，大家都属非人类，神鸟神兽的原形都见惯了，没啥稀奇的，龙作为神界最优越的种族，寻常凤凰女见到它，反应应该是仰慕加星星眼，心想这位龙帅哥生得真漂亮真威武才对。

可惜，田真是个披着凤凰外壳的人类，而且有点叶公思想。

这是……

龙啊龙……

田真下意识地尖叫，挣扎。

“你怕吾？”那双龙目盯着她，有愠怒之色，索性将她缠得更紧了。

田真颤抖道："陛下的原形太威武了，吾是爱……而生畏。"

那龙低哼了一声，将她卷到池中间。

冷静、冷静……忽略那长满鳞片的龙身，田真深深地吸了口气，忽然也摇身一变，现出黑凤原形，扇动翅膀脱离控制，跃出水面，用爪子去抓他的角。

伴随着沉沉笑声，池中水花四溅。

寝殿内，数颗明珠穿成花状悬于头顶，散发着温柔的光，墙上换了新的巨幅壁画，榻上换了新的垫子，地毯美丽的花纹如波浪，榻旁精致的衣架……这些田真已经精心布置了五年。

醒来后，田真发现身体的伤势已痊愈，寝殿内空无人影，殿外隐约传来路冰河的声音，内容是汇报近几年的工作。

等到路冰河离去，田真才踮着脚走出殿门。

这是全魔宫地势最高的地方，魔神立于栏杆边，夜风吹得他背后的长发颤动。

"吾很久不见这熟悉的天空了。"

"陛下。"

魔神侧身将她拥入怀中，低眉道："凤凰，你自何处而来？"

果然是睿智的神，早就看出问题了，田真眨眼："我能不说吗？"

"嗯。"

万里石山绵延不尽，珠光接天，如同夜空之星，温柔的光芒映照着熟悉的眉眼，高高的鼻梁投下阴影，立体生动。

不敢相信他真的回来了，恍惚间手已抬起，迟疑着，最终轻轻抚上俊脸。

魔神微微侧脸："凤凰，你看这夜色美吗？"

五年来忙于应付神界来犯，竟没有认真看过，田真依偎在那怀抱内，望着远处，心头隐隐委屈酸痛，低声反问："陛下会永远陪着我，一起看这虚天夜色吗？"

"不要担心，凤凰，"魔神抚过她的头发，道，"太上镜已毁，吾再无后顾之忧。"

“要是他们重造太上镜怎么办？”

“凡神，力量远不足。”

眼泪夺眶而出，田真又哭又笑：“我还是不放心，我不只要看虚天夜色，还要走遍六界，走遍十方虚野……”

魔神“嗯”了一声，拥着她道：“要下雨了，陪吾共赏这第一场夜雨吧。”

宽大的怀抱里，感觉不到半点风寒，田真点头：“好。”

于是这一夜在飒飒雨声中度过，田真记不清何时睡着的，只知道第二日醒来是躺在殿内榻上，出门后发现，七层阶下，礼物堆得如同小山高，再看到众魔不怀好意的视线，田真觉得相当郁闷。其实昨晚真的什么也没发生，就是两人安安静静地拥抱着，看了一场夜雨而已。

任众魔调侃，田真只是抚额。

路小残歪着脑袋瞧了她许久，等到众魔各自散去，才拍手下结论：“哎呀，你还没勾引到我父皇？”

田真大怒道：“小孩子，成天想些什么！”

路小残拉拉她的黑袍，鄙视：“你长得真丑，比不上蛇女。”

“说谁丑？”田真狠狠地捏他的小脸，咱不绝世，好歹也五官端正，身材火爆，虽然目前六界这样的美人很多。

路小残笑嘻嘻地跳开，跑了。

表面不计较，田真内心却产生了严重的危机感。这几年为了守护魔界，跟着大天王他们练兵，哪里顾得上别的，现在魔神大人回来了，自己仍这么灰头土脸的样子，很危险。

于是这天晚上，等到神柱上的珠光熄灭，确认九死沧等人都回房间之后，田真才悄悄往寝殿溜。

“谁！”巡逻的魔兵呵斥，“擅闯陛下寝殿，转过来！”

田真无奈地转身。

两个魔兵张大了嘴巴，所幸二人悟性很高，马上掉头望天，表示刚才是在看星星。

不出所料，魔神早已等在殿内。

整理了半天衣裳，田真怎么也提不起勇气，郁闷地站在殿外吹风。神啊，请教玉杨娇，前后试穿了几百套新衣裳，被打扮得像个花瓶，能不紧张吗？

“凤凰，归来太迟。”

被发现，田真只好硬着头皮走进去，心虚地笑：“陛下在等我？”

魔神留意到异常，看了她片刻，下结论：“玉杨娇之物。”

这也看得出来！田真强装淡定地提着衣摆转了个圈，道：“是她送给我的，她说我穿这身很……”

“庸俗的装扮。”

田真语塞。

“浅薄的凤凰。”

受到批评，田真的紧张反而消失了，垂头丧气道：“亏我还试了那么久，以为你会喜欢。”

魔神道：“吾虽觉庸俗，亦无不喜。”

田真笑出来。

“刻意装扮，是想令吾高兴？”

“你看出来了？”

魔神拉起她，缓缓走到榻前：“吾看出了引诱。”

头顶有乌鸦成片飞过，田真面红耳赤，知道你很聪明，可是咱就这点自尊，没必要说得这么明白吧！

“陛下想多了！”

“是吗？”

“没有，真的没有，绝对没有！”田真被那目光看得更加紧张，简直想找个洞钻进去，下意识地后退，哪知脚底忽然被什么东西绊了一下，顿时整个人一歪，竟仰面倒在了榻上。

魔神居高临下地看着她，仍是很有面子的模样，表示被迫接受礼物：“承认，吾不会怪罪。”

正直的大神居然也会用这样的手段，简直不可思议！田真悲愤地坐起来：“卑鄙！卑鄙的陛下！”

额饰上的碎金片晃动，魔神俯下身来：“引诱吾，你成功了。”

你也快成功了。田真望着那张完美得无可挑剔的脸，艰难地道：“你故意的！”

“吾只是接受。”

身体被重重地压回去，完全动弹不得，田真紧张得结巴：“明明是你自己想要儿子！啊，我没准备好……你先放开，其实我还有很多事要跟你说……那个……神界有大事！”

“话多。”一只手毫不客气地捂住她的嘴，另一只……

田真快晕了。

神啊，一点都没有变，还是这么暴力！

事实上，魔神大人的兴趣从此发生了不小的改变，对战斗的迷恋程度明显降低，好战的本性得以收敛，此神不再热衷于找神界的麻烦，而是不断试验凡神的造人方式，过程相当暴力，其余五界反倒安全了许多。

田真难以忍受。

“陛下还是去打神界吧？”

“吾不能恃强凌弱。”

“那陛下以前怎么欺负神界？”

“是吾之过。”

田真语塞。

“为吾诞下子嗣，是你的职责。”

田真气得推开他：“现在没有人能再造太上镜，陛下的时间有很多，这个可以不急！”

“那——”魔神伸手，“吾陪你去人间。”

魔帝回归，已将瓦解的神、仙联盟以极快的速度恢复，妖界作为盟友，也假惺惺地遣人来道贺，背地里却在观望。只可惜目前六界已无人有能力再创一个太上镜，好在魔神的兴趣发生转移，暂时没有打谁的意思，时常与田真外出游玩，或是去人间“维护正义”。整整十年内，六界都没有生出任何大事，唯有仙界那次地力大爆发，田真与魔神过去帮忙，阻止了一场灾难。

变化最大的反而是魔界，魔界人民又恢复了相亲相爱、其乐融融的生活。

至于十年后——

暖洋洋的阳光里，十方虚野的草地上炊烟无数，魔界人民三五成群，欢乐地围坐着烧烤。

“除了陛下和大天王，都到齐了吧？”

“哥哥在那边呀。”

田真意外：“他怎么来了？”

路小残悄声道：“因为叶姬也来了呀。”

田真马上不怀好意地笑。

路小残哼了一声道：“你又想捉弄我哥哥？”

“我没那个闲工夫，他又不认我是娘。”田真看着炊烟，慢条斯理地道，“制造环境污染是不对的，小残宝宝乖，去拿个葫芦把它吸了。”

正在此时，两个十来岁的男孩子走过来。

一个紫发紫眸紫边白袍，金色腰带，金色额饰衬得皮肤白如玉，美丽又温顺的样子，步伐也放得慢些。

另一个则黑发黑眸黑色银边袍，银色腰带，银色发饰与额饰，他大步走在前面，下巴扬得高高的，傲气十足，比太阳还要耀眼，浑身散发的气势与魔神倒有七分像。

高高的鼻子，细长的双眸，秀窄的眉毛，两张水嫩嫩的小脸一模一样。

九死沧挥着手里刚烤好的肉唤道：“大王子，要过来吃吗？”

紫发小孩儿闻言微微一笑，走过去在他身旁坐下，接过肉串道谢，声音柔和又好听：“多谢沧护法。”

原来九死沧修行有成，屡立军功，已经升职当了护法。

黑袍小孩儿见状也大步走过去，伸手将架上的烤肉串全抓过。

九死沧急道：“哎哎，小王子你……”

话没说完，一道力量直接将他掀开两丈。

黑袍小孩儿不理会众多抗议的目光，举着十几串肉，在紫发小孩身边坐下，津津有味地吃起来。

九死沧闭嘴，过去重新取新肉烤。

谁家的小孩儿不讲礼貌呢？田真坐在旁边看得直咬牙，小家伙自出生起就被夸赞为“优秀的继承者”，先天神体，承袭神力，结果就是只肯听父亲的话，贯彻了实力就是硬道理的作风。

不远处，另一队里的古石护法转头看见，他资格老，忍不住站起来开口教育道：“小王子，你怎么能把皇后的也吃了？”

黑袍小孩儿闻言觉得有理，当即站起身走到田真面前，单膝跪下，递了两串给她：“母后。”

田真很有面子地接过肉，朝古石护法竖竖大拇指，不愧是老前辈。

小魔星肯听话，古石护法颇为得意，摸着胡子循循善诱道：“还有小天王和大王子呢，他们是你的兄长。”

黑袍小孩儿走到路小残与紫发小孩儿面前，弯腰各递了两串出去：“哥哥。”

古石护法指着九死沧道：“还有沧护法他们呢？”

“嗯？”黑袍小孩儿眼一眯，开始不耐烦。

古石护法没注意他的变化，仍自顾自道：“身为王子，你怎么能抢大家的……”

黑袍小孩儿微露恼怒之色，他这回并没有如愿将肉还给大家，而是大步走到古石护法那队，毫不客气地将那边架上的肉串全部抓起，走回来坐下。

那边众魔全都望着古石护法，怨气冲天。

不理会被气得直抖胡子的古石护法，黑袍小孩儿想了想，又站起身走到田真面前跪下，将刚抢来的一半肉串递给她，再走回去，将另一半分给路小残和紫发小孩儿。

田真叹气，将肉串递还给众魔，示意平分。

黑袍小孩儿见状扬眉：“嗯？”

众魔受到警告，默默地将肉串递回到田真手上。

田真道：“我吃不了这么多！”

黑袍小孩儿大声道：“母后吃不了便给我，我能吃得了。”

田真无语。

小家伙就是这么强权无理，虽说孝顺，实际上除了父亲谁都不曾放在眼里，让人气得牙痒痒。当然也有优点，那就是自从有了他，魔神大人的武力终于有了发泄之处，时常拿这个强大的儿子练习，六界因此变得安全。

旁边的紫发小孩儿见状轻笑了一声，道：“弟弟，你天生神体，前日父皇还夸你有长进，将来必能与父皇一样六界无敌。”

黑袍小孩儿骄傲地扬起脸。

路小残摸摸他的脑袋，笑嘻嘻道：“先天神体无须进食，叫父皇看见你吃这么多，定然会说你失格。”

黑袍小孩儿看看他道：“你想让我不吃。”

路小残道：“我说的是真话呀。”

黑袍小孩儿没有反驳，小家伙显然很崇拜父亲，也清楚父亲的个性，明知道两位哥哥说这些话的目的，却还是迟疑了，他看看手中大把散发着香味的肉串，狭长的双眸露出许多不舍之色，半晌目光忽地坚定起来，毅然将肉串放回架上，真的不吃了。

众魔对两位救星感激不已，争着上前取肉。

黑袍小孩儿怒道：“你们，也不许吃！”

众魔简直想哭了。

“他们并非神之体，不吃会饿的，”紫发小孩儿温柔地拉他坐下，“父皇若是知道，肯定要责怪你不体谅部属。”

黑袍小孩儿冷着脸挥手：“都吃。”

众魔获得允许，高高兴兴开吃，草地上又热闹起来。

九死沧提过壶倒了杯酒，递给紫发小孩儿：“这是万年朱果酿的酒，属下存了多年舍不得喝的，大王子尝尝。”

紫发小孩儿微笑着接过酒，却并没有喝，而是转向了在旁边发呆的弟弟，喂到他嘴边：“这酒好，你尝尝。”

“不喝。”黑袍小孩儿别过脸。

路小残拿过一串肉喂他：“乖，少吃点。”

“不吃。”黑袍小孩儿紧紧抿了嘴。

“你让他们吃肉，他们自然就不会告诉父皇，父皇就不会知道了，”路小残低声道，“要是他们敢多嘴，二哥替你揍他们。”

“我自己揍！”小孩子到底喜欢好吃的，黑袍小孩儿终于服从肉香的诱惑，警告众魔，“你们，敢说吗？”

众魔连连摇头。

肉香飘散，酒香四溢，众魔兴起，比试的比试，表演的表演，正当烤肉大会即将进行到高潮的时候，现场猛然沉寂了。

明明是艳阳高照，所有人却感到背后冷气飕飕，肉在嘴里的不敢嚼，酒在嘴里的不敢吞，表演的姿势僵硬地定在原地。

来者非常不满：“嗯？”

“陛下！”众魔迅速跪好。

田真暗暗发笑，站起身走过去，抱住他的手臂：“你不是说不来的嘛，怎么来了？”

魔神道：“吾无聊了。”

早就知道你无聊，田真道：“我们一起烤肉喝酒吧？”

魔神表示不感兴趣，扫视四周，看着黑袍小孩儿手里的酒杯皱眉：“吾儿，先天神体无须进食，你在吃什么？”

“弟弟替我斟酒，”紫发小孩儿不动声色，伸手自弟弟手中取过酒杯，“你不是还要敬母后的吗？”

魔神没有表示，看着黑袍小孩儿。

黑袍小孩儿显然听懂了哥哥的意思，咬着唇沉默。

魔神道：“是吗？”

“不是！”黑袍小孩儿终于决定放弃说谎，大声道，“是我想喝酒吃肉。”

说一就是一，明明不笨，偏又这么老实，幸亏有两个聪明又懂得变通的哥哥，田真看得没好气，这性子哪点像咱……

魔神赞道："虽有失格，诚实可嘉。"

"既然无聊，我陪陛下走一走吧。"田真不由分说拉着他就走。

背后传来一片吐气声，众魔总算得以解放，继续狂欢。

十方虚野的沙漠之上，烈日高照，黄沙如金波，两道身影立于古老的巨石上，宛如一幅古老的神话画卷。

田真从袖子里取出一壶酒："陛下喝酒吗？"

魔神侧过脸："先天之神，无须进食。"

田真"哦"了一声，慢悠悠道："这是万年朱果酒，沧护法好不容易才酿成的，我一个人喝太没意思，陛下又不肯陪我。"

魔神负手道："吾虽觉不必，亦无不喜。"

番外二 剧情重来

“小凰儿？

“别贪睡了，快醒来。”

温柔的声音穿透梦境，田真睁开眼，对上一张久违的脸。

俊美温雅的脸，嘴角噙着笑意，他正低头看着她，目光带着点促狭。

朝华君？他不是一直在羽漠天宫修行吗？田真看得有点恍惚，心头一时五味杂陈。十几年不见，这张脸倒是半点没变，谁知道这个叫“小凰儿”叫得这么亲切的人，会拿她当人质呢？

“总算醒了。”朝华君拍拍她的头。

这种态度……曾经的心动早已磨灭殆尽，仅留一丝遗憾作为回忆。田真猛地回过神，警惕起来，自己怎么会跟他在一起？他又想打什么主意？

念及此，田真慌忙想要离开这个怀抱，却发现另一个事实——

她又变回鸟了！

怎么回事？自己明明在魔界啊！田真有些僵硬地扭头，脑袋里一片混乱。

朝华君没留意到她的异常，抬眸轻叹：“这优婆山本是上古神山，受日月灵气滋养，后来被神所弃，因怨怒生出许多妖魔鬼怪，凶险至极，但上头仍长着不少罕见灵药，她便是跑上山寻药……”

“她”又是谁？田真看看夜色中高耸的优婆山，脑海里泛起一个不好的念头。

朝华君将她放在火凤的翅膀下，轻声嘱咐："不要乱跑，记住了吗？"

听到这句话，田真彻底确认了心中的猜测，哀叫。

这不就是自己命运改变的那夜吗！他要去山上找那位德音龙女，玉陈少宫奉仙帝之命暗算他，自己为救他不慎中毒，然后……被魔神大人一掌"嘉赏"成重伤，多亏朝华君用一滴心头血相救，自己平白得王气与千年修为，之后又误吞凤神内丹，得以化为人形，造成了后面的一切！

好在来到这个世界的方式已经够离奇，重来这种事显得没多大新意，田真很快接受事实，甚至感到刺激——重来好啊，有机会改变命运，不受伤，就不会被魔神大人逼毒拍死，不会欠朝华君的人情，不会吞下凤神内丹，更不会有五年别离。魔莲盛开那一战有多危险，魔神大人差点就出不来了，她绝对不会再让这一切发生！

至于化形，大不了下苦功，多修行几百年好了。

田真拿定主意，安心了，接着她就听到熟悉的对话。

"尊驾莫不是朝华君？"

"九弗太宫？"

我说旧领导，你跟他们客套个什么，你还不知道龙女就被仙帝囚禁在仙界吧？

田真懒洋洋地听着对话。

等到仙界两人离开，朝华君也要转身走。田真登时回神，立刻从火凤翼下钻出来，扑过去用爪子死死地抓住他衣袍的下摆。

那人会回来害你啊！咱要早点让你发现仙帝关河月武的阴谋，帮你找到真命龙女，也算相识一场，谁也不欠谁了。

关键是，田真不想再欠那一滴心头血，更不想顺从命运获得那颗倒霉的凤神内丹。

"嗯？"朝华君对她的举动感到不解，伸手将她抱起来，"怎么了？"

面对这种温柔，田真有点感动，现在的他还没有利用她的心思，是真正的爱护，哪怕只是对子民。

见她抓着自己不放，朝华君只当是不舍，安抚道："凰儿乖，那只药凤十分难得，我得把它找回来。”

啊？不是去找龙女吗？田真有点傻眼，不过她很快就反应过来，领导不好意思大张旗鼓地去找情人，说谎也是正常的。

朝华君十分郁闷：“混账药凤还是稀有品种，炸了吃营养好，卖出去也值不少钱，不抓回来实在是亏，我心难安。”

爱民如子的领导他他他……他说什么？形象崩坏了！田真整个鸟仿佛被雷劈了，不可置信地望着他，心头一群野马狂奔。

眨眼间，朝华君恢复了温和，吩咐道：“你且在这里等我，我很快就回来。”

是幻觉吧？田真回过神，摇头。

朝华君见状无奈地道：“罢了，你可是要随我同去？”

田真立刻从他怀中跳下来。抱歉了领导，今晚魔神大人是重点出场角色，咱不能错过啊！

“不去，就乖乖地等着。”朝华君笑着摇头，化作金光消失。

田真望着他的背影叹了口气，默默地重新钻进火凤翅膀下。

大不了咱另想办法，不让你中招就是了。

黑夜无边，夜明珠清冷的光只照见小片地方，冷风扫尘沙，重重寒气袭来，好在火凤羽毛够厚，田真倒也睡得舒适。

至半夜，耳畔终于传来响动。

“朝华君乃羽族神王，最得神帝倚重，与他交好大有益处，陛下为何非要除去他，倒是奇了……”

故事开幕了，演员就位！田真一个激灵醒来，如同打了鸡血般亢奋，等到那玉陈少宫走开，估摸着时候差不多，她立刻从沉睡的火凤翅膀下钻出来，大摇大摆地跳到火凤背上，小心地叼下那片有剧毒的羽毛，丢开。

“小乌鸦竟坏我事！”阴沉的声音响起。

这次田真镇定多了，跳下火凤背，镇定地踱着步子——你马上就要变骨灰了，你个骨灰得意个啥呢！

“坏事的下场……”玉陈少宫抬掌。

要杀鸟灭口了？田真开始心虚，拍着翅膀东张西望，魔神大人怎么还不现身来英雄救鸟？

“没见过这么机灵的小乌鸦，”玉陈少宫“淫笑”的声音传来，“不如抓回仙界。”

田真差点呛死。

亲，剧本不该这么演啊，这猥琐货是哪里来的？

眼见那咸猪手伸来，田真大叫着躲避。

“盗窃吗？”威严的声音不负所望地响起，伴随着震慑天地的压迫感。

啊啊啊魔神大人！田真热血沸腾，想也不想就朝那个高大的身影扑过去。

于是，魔神大人出场就被扑了个满怀。

“嗯？”前额垂下的黑发掩映金色额饰，俊美的脸上仍然透着杀神的阴暗气息，魔神显然不太能理解这样的热情，只知道自身形象受到了超限度的挑战，狭长双眸变得危险，“灰鸟！”

然后，田真就被弹飞了出去。

“幸无大过，”魔神负手，“吾饶你一命。”

还灰鸟！田真打了个滚，从地上爬起来，浑身毛都竖起来。

“你敢不服？”魔神眯眼。

魔神大人的面子！田真比谁都清楚眯眼的意义，吓得浑身一颤，果断地收起奓毛状态，服帖了，现在咱在他眼里还是陌生人，不能计较那么多。跟魔神大人混，心理素质很重要。

那边玉陈少宫忽然道：“你……难道就是那位英明神武的魔帝陛下？”

魔神对奉承表示满意：“仙者，眼光尚可。”

大哥，跟咱抢这种台词你不觉得羞耻吗！？田真目瞪口呆，剧情走向不太对劲啊。

“仙帝陛下抢走德音龙女，派人暗算朝华君，小人私下来通知朝华君，用的还是纯金的羽毛信，想不到被这只小乌鸦误会，望魔帝陛下明察！”玉陈少宫俯身。

羽毛信？田真懵了。

魔神看那根羽毛：“嗯，尚欠周密。”

“魔帝陛下教训的是，我下次一定谨慎。”

事情立刻得到解决，魔神表示此仙者品德高尚，玉陈少宫再三表示感动与感谢，然后告辞走了。

嘿，这走向不对啊？田真不断地甩脑袋，想让自己清醒。

魔神转身看火凤：“轻易就中招，愚蠢的鸟。”

原来魔神大人将羽族都统称为鸟的。田真感到安慰了点，领导若不是与他有亲戚关系，估计在他眼里也就是只大金鸟。

眼看他要走，田真慌忙飞过去围着他转。

“嗯？”魔神颇有些意外，伸一只手托起她，“小小灰鸟，你不惧吾？”

田真停在他手腕上，歪着头眨眼。

当然不惧，会奉承，跟你相处还是挺和谐的。

对于她的亲近，魔神表示满意，微微抬下巴：“你要追随吾？”

田真点头不止。

“你……”魔神重新打量她。

预感到什么，田真心理素质早已锻炼出来，也就破罐子破摔，得，形容词随便你挑。

等了半晌，没有回应。

怪了？魔神大人居然不做填空题了？田真惊讶地瞧他。

感受到她的视线，魔神皱眉：“灰鸟，你的缺点数不胜数，吾难以评价。”

田真无语。

“魔界不养废材。”魔神将她丢到地上。

你不养废材，就养了一堆拍马屁的。田真鸟嘴抽抽，叼起那片羽毛，走到他面前，脑袋昂得高高的。

对于她主动展示美德的行为，魔神评价："误解好人，愚蠢！唯有忠诚勉强可取。"

显然，他并没将田真抛弃旧领导追随自己划为不忠诚的行为。

田真默默汗颜。

剧情改变了，好在这位大神还算正常，可以接受。

"既归顺吾，理当告诉羽族神王，且待他归来。"魔神对这个新收的废材下属还算用心。

田真丢掉羽毛，飞起来围着他转，试探着停上他的肩。

"灰鸟，甚是无礼。"魔神侧脸看她。

田真低头立正，规矩地站好。

魔神停了停道："尚能悔改，可以宽恕。"

这位大神看似暴力，其实很宽宏大量，当然别人是不知道这些的。田真忍不住笑，不知悔改地站在他肩上，果然没有被赶下去。

夜深露重，风更大，魔神仍是站在原地一动不动，任凭寒风彻骨。黑袍起伏，长长的发丝被吹得拂在脸上，高高的鼻梁更加立体，衬得眉眼越发深邃。

田真心头微暖，扬着毛茸茸的小脑袋去蹭那俊美的脸。

魔神果然一愣，大概是觉得躲避有损形象，居然没有动，任她蹭了半晌才开口道："心智初开，吾宽恕你。"

迟迟不见朝华君回来，田真叹了口气，跳到地上，用坚硬的凤爪踩出几个大字，然后重新跳上魔神的肩，连连点头示意。

"龙女被囚仙界，嗯……"魔神念出那些字，难得抬手抚了一下她的羽毛，"聪明的灰鸟，离开吧。"

有过被丢下的经验，这次田真聪明地钻到他的袖子里，听着风声呼呼，安心地入睡了。

"懒惰的灰鸟，醒来。"

迷糊中，田真被摔到地上，睁开眼，只见周围围了一圈人，个个都是熟面孔。

九死沧、魔业护法、玉杨娇……

“陛下，这是……”古石护法摸着稀稀拉拉的胡子上前试探。

“灰鸟，吾新收的部下。”魔神开口。

众人闻言立刻严肃了。

“陛下英明，灰鸟也归顺。”

田真刚翻身爬起来，抖掉身上的尘土，闻言又差点抽过去。

这群人真是……一如既往的“二”。

七嘴八舌的恭维声中，田真有些感慨，想魔神被封印在太上镜那五年，他们一改平日懒散，勤奋练兵，在天王路冰河的带领下与妖界周旋，抵御神、仙两界来犯，如今再看到他们这没心没肺的模样，竟觉得亲切无比。

已经改变的东西，哪怕之后一切太平，也始终是回不到当初的状态了。

魔神心情甚好，负手道：“归顺魔界，明智的选择。”

田真直哆嗦，能将这么肉麻的奉承话听得这么理所当然的，这六界估计也只有你了。

“陛下，老臣擅长养鸟，不妨将灰鸟交与我照顾。”古石护法俯首自荐。

田真吓得倒退几步。

照顾没问题，问题是，这老头最擅长的不是养鸟，而是吃鸟！炸的蒸的烤的……简直可以当鸟类美食家了，这么隐僻的爱好她都是后来才发现的，真把她交给这老头照顾，大概就照顾进他肚子里了。

田真扑到魔神脚下，衔着他的黑袍下摆，摇头。

魔神低眸看看她，终于开口：“灰鸟是吾部下，也是你们的同伴。”

这话意有所指，古石护法讪讪地退下。田真登时松了口气，原来魔神大人早就清楚这位护法的爱好，到底有多少事是她没留意过的呢？

“陛下，它好像是只凤凰。”玉杨娇低声道。

姐姐的眼光一如既往的好，我记住你了！田真感动得热泪盈眶，拿尖嘴在地上划出“凤凰”两个字。

“真的是凤凰！”

“是只被烤焦的凤凰。”

你全家都被烤焦了！田真竖毛。

魔神总结道：“丑陋的凤凰。”

“父皇，我要养凤凰！”一个小小的红色影子拨开人群，跳到前面来。

“小天王。”众魔让开。

“吾儿小残。”魔神唤道。

“拜见父皇！”路小残乖巧地半跪作礼，然后站起来去捉田真，“父皇，这么纯种的凤凰不多见啦，它的血可以治伤，给我吧！”

又拿你娘当血库呢！田真气得叫了一声，看老娘将来怎么收拾你！

“长得丑，叫声还很好听呀。”路小残更加高兴，俨然一小恶魔。

田真马上跳到魔神肩上，大叫抗议。

魔神看出她不愿：“胆小的凤凰，你要谁照顾？”

田真拍拍翅膀，直接飞向那座寝殿。

殿门大开，殿内空荡荡的，除了那张寝榻，几乎没有别的摆设，如此熟悉。田真落到榻上打滚，欢快地扑棱翅膀。

伴随着美丽的蓝色魔光，魔神走进殿，看到这幅场景：“凤凰。”

田真马上飞过去蹭他的脸，一回生二回熟，果然没有被拒绝。

魔神微微侧开脸：“你要侍奉吾？”

田真暗笑，叫了一声表示回答，再往那脸上蹭了蹭，我喜欢陛下的脸！

“那就留下，”魔神终于挥手将她弹开，“吾虽觉不必，但，亦无不可。”

田真跳到榻上，笑起来。

魔神听到一串悦耳的叫声，走到榻前坐下，单身撑额头，几缕长发从前额垂落下来，正是许久不见的沉思者造型。

值得纪念啊。田真歪着脑袋瞧了瞧，跳到他怀里。

“嗯？”魔神警告，“凤凰！”

田真再次在那漂亮的手指上蹭了蹭，又轻轻啄他的掌心，然后抬头得意地望着他。

从来没人敢做出这种不怕死的亲近行为，魔神显然难以理解，目光也透出几分疑惑，他看了田真半晌，抬指在她身上抚摸了一下。

细小的动作别有种温情，田真低低地叫了一声，又在他手心蹭。

“低劣的体质。”魔神开口评价。

搞了半天是在考察咱的体质呢，怎么会感到温情的！田真彻底挫败，无辜地看着他。

美眸中泛起笑意，魔神真的笑了一下。

田真彻底僵住。

魔神大人他在笑！他居然会这样笑！没有从前的狂妄，这么温和，这么圣父，说好的霸气呢！他要是经常这样，不用武力，估计直接用美色征服六界了。

魔神放下另一只手，笑得迷死人：“吾能助你改善体质，你意下如何？”

田真下意识地连连点头。当然好，当然好！废材有什么好。大神具有重新组装人体技能，组装一只鸟估计也不难，咱这个废材明天就变天才了。

俊脸放大，她被那只手拎起来。

然后，田真就看着自己的翅膀被扯下来了。

翅膀、爪子、脑袋、内脏……一件一件离开身体，原来魔神大人是解剖高手！田真差点当场吓晕，要不要这么血腥暴力，咱一点心理准备都没有啊！

魔神拿起那颗歪歪的鸟心，评价：“凤心不正，必定花言巧语。”

这也能看出来？田真目瞪口呆。手术台上就不要打击病人了吧，真不怕出医疗事故啊！

魔神嫌弃地将小心脏扔掉。

喂喂，虽然差了点，好歹还能凑合用用啊！田真还没来得及叫出声，魔神再次拿起一只翅膀，评价一句“废物”，扬手丢掉，接着是腿、肺……

田真傻眼，开始担心了。

大神，再这么丢下去，咱就要被你丢没了啊！

最后，魔神拿起她的脑袋。

别丢了，再丢，咱真的什么都不剩了！田真直眨眼。

“父皇，麻将比赛快开始了。”门外传来路小残的声音。

“嗯？”魔神抬眸，语气似是喜悦，“传令，众人出发，务必拿下麻将比赛冠军。”

等等，时间不对吧，咱还没开始普及麻将呢！还有，魔神大人啥时对麻将感兴趣了？田真还没反应过来，就被丢到了地上，眼看着那高大身影走出殿门，田真差点跳起来，结果没跳起来——没腿了。

喂喂！这是怎么回事！哪有手术做到一半医生就跑了的！确定咱这样零件散乱着没问题？剧情太诡异了，不该这么发展啊！

田真看着周围的肢体与器官，一阵哆嗦，这是拍恐怖片呢？

“回来！都回来！”

“救命啊——”

尖叫。

“母后，母后？”声音传来。

田真一个激灵，睁眼就看到床前站着个美丽少年。少年有淡紫色长发，暗紫色眼眸，雪白的衣裳，漂亮的小脸上带着温和的笑，软软的。田真一直在奇怪，自己明明是只黑凤凰，魔神大人是条红龙，怎么会生出个紫的？田真没好问出口，免得又多个形容词。

“阿晨？”田真翻身爬起，吃惊，“你怎么这么快就出场了？”

“出场？”路晨不解，“母后总算醒来了，十方虚野麻将大赛，母后不是答应当裁判嘛，该你出场了。”

是……做梦？田真犹有些不信。

“麻将大赛？”低沉威严的声音响起，门外走进来一高一矮两个身影，都穿着黑袍。

“陛下？”田真惊疑，“你不是去参加麻将大赛了吗？”

魔神直接否决：“无聊的比赛，不准去。”

这才是正常的魔神大人啊。田真终于反应过来，长长地吐出口气，擦汗，既高兴又郁闷，连连冲路晨眨眼。

路晨拉拉额前的紫发，突然问："小弟，你也不去吗？"

"不去，"路夜板着小脸，鄙夷地道，"玩物丧志，不思进取！"

"你说什么！"田真大怒，过去拎起路夜就揍，敢拐弯骂你娘？

魔神见状呵斥："凤凰，你做什么？"

田真理直气壮："目无尊长，我教训他，怎么了？"

魔神不悦："吾儿，谁敢教训！"

看看，这就叫溺爱！田真痛心疾首地哼了一声，不甘心地丢开路夜。

魔神回身，一脚将路夜踹飞。

眼看路夜飞出殿门，直接变成黑点消失在夜空，田真回过神，吓得跳起来："你干什么！"

魔神负手："吾儿，由吾教训。"

"那也别这么大力！"

"轻轻一下也承受不起，便不配为先天神族。"

轻轻一下，就送你到千里之外。田真为路夜小朋友悲哀片刻，弱弱地道："要是他受伤了……"

话没说完，一个黑点由远及近，眨眼之间就重新飞进殿。路夜又站在了三人面前，他随手拭去唇边血迹，满脸傲气："不过如此，同是先天神族，父皇何必客气。"

魔神满意地道："吾儿，再来，让你三招。"

"一招也不用让。"

两人打出殿外，石山一座又一座地倒，石块漫天飞落，重新堆成山，众魔很有经验地四散躲避，有的还只穿着短裤。

田真默默地看了片刻，忧伤地抚额，这两个暴力跟我没关系。

路晨叹气，温柔地道："母后，我们爱好和平的还是去麻将大赛吧？"

田真立刻精神了，摩拳擦掌。

麻将无国界，人家仙界神界妖界都有嘉宾乔装来参加了，这才是维护和平的正确方式啊！发扬国粹很重要！

“乖儿子带我飞！”

“哈。”

后记

年前编编联系再版，算起来，这次应该是第三版了，感谢大家的支持。小说写于2010年，十年来，文下读者换了一批又一批，偶然回首，颇有世事变幻之感，唯有字里行间，依稀还能找到旧时心情。

此书是欢乐文，写的时候、发表的时候都很欢乐，似乎不适合文艺的后记，那我就打住，轻松地说几句。

此书原名《神啊》，与编辑商议后，更名为《小凰不是仙》，再版时由于此名已被多数读者接受，便继续保留了。十年后再看这文，我其实很不满意，几次想要精修，完善细节，充实情节，奈何工作繁忙，只能作罢。我其实不爱写番外，因为我觉得每部小说都应该有一个最合适的结局，而且每位读者对主人公的未来生活都有不同的想象，写出来反而流于死板，所以两篇番外都是当初凑出来的，品质问题还请大家多多包涵。

当初写作时的一些想法早已忘记，我和许多读者一样，对此文的印象大概就停留在魔神大人身上。此书原本也是因魔神而作，我当时是想写一篇轻松的小萌文，为小读者们扫扫上一部虐文留下的阴霾，男主定位是美貌正直、绝对强势的上古大神，但此设定严重缺乏新意，还略显中二，不萌。某日，我在现实里听到有人拍马，觉得有趣，便为其加上一条“爱听奉承话”的设定；再后来，作者偶然看到一张貌似路西法的图片，又顺势加上“黑袍”“骄傲”“叛离天界”的设定；那段时间恰好经人介绍看了十几集动漫，大概还受了动漫形象的影响……随着设定的完善，我脑海中的形象越来越鲜明，动笔时又临时加入自己“脾气差”“爱面子”等毛病，诸多优点缺点糅合在一起，魔神大人的形象就诞生了。如今偶尔还能从书评中看到读者对他的喜爱，作为创造他的人，我也是由衷地感到高兴，如果大家在生活中能和魔神一样大智若愚、知错能改、小事不计较、思想道德高尚……生活一定也会快乐吧。

再版之际，感谢这些年一直陪伴着我的读者们，感谢晋江文学城，感谢魅丽文化，祝大家阅读快乐！祝当年支持此文的小读者们幸福快乐！

蜀客